GHOST WRITER

ALESSANDRA TORRE

GHOST WRITER

Tradução
Andréia Barboza

1ª edição
Rio de Janeiro-RJ / São Paulo-SP, 2023

VERUS
EDITORA

Título original
The Ghostwriter

ISBN: 978-65-5924-175-0

Copyright © Alessandra Torre, 2017
Publicado mediante acordo com Bookcase Literary Agency e Don Congdon Associates, Inc.
Os direitos morais da autora foram assegurados.

Tradução © Verus Editora, 2023
Direitos reservados em língua portuguesa, no Brasil, por Verus Editora. Nenhuma parte desta obra pode ser reproduzida ou transmitida por qualquer forma e/ou quaisquer meios (eletrônico ou mecânico, incluindo fotocópia e gravação) ou arquivada em qualquer sistema ou banco de dados sem permissão escrita da editora.

Verus Editora Ltda.
Rua Argentina, 171, São Cristóvão, Rio de Janeiro/RJ, 20921-380
www.veruseditora.com.br

CIP-BRASIL. CATALOGAÇÃO NA FONTE
SINDICATO NACIONAL DOS EDITORES DE LIVROS, RJ

T642g

Torre, Alessandra
 Ghostwriter / Alessandra Torre ; tradução Andréia Barboza. – 1. ed. – Rio de Janeiro : Verus, 2023.
 280 p.

 Tradução de: The ghostwriter
 ISBN 978-65-5924-175-0

 1. Ficção americana. I. Barboza, Andréia. II. Título.

23-82911 CDD: 813
          CDU: 82-3(73)

Meri Gleice Rodrigues de Souza - Bibliotecária - CRB-7/6439

Revisado conforme o novo acordo ortográfico.

Seja um leitor preferencial Record.
Cadastre-se no site www.record.com.br e receba informações sobre nossos lançamentos e nossas promoções.

Atendimento e venda direta ao leitor:
sac@record.com.br

Prólogo

Sinto um toque suave na mão. Resisto, me afasto e sorrio quando sinto os dedos minúsculos afastando minha franja e o peso de um corpo contra o meu.

— Mamãe. — Sinto um suspiro na bochecha. — Mamãeeee.

— A mamãe está dormindo — Simon sussurra. — Se não a acordarmos, podemos comer todas as panquecas de chocolate.

Solto um grunhido e pego a mão dele, escondida debaixo da barra do meu pijama. Abro os olhos e vejo seu rosto, aqueles traços bonitos polvilhados com farinha e uma mancha de chocolate.

— Cuidado — eu aviso a ele, segurando seu pulso e o puxando para o colchão. Meus movimentos são rápidos enquanto saio das cobertas e passo uma perna por cima da sua cintura. — Você sabe que o monstro fica ranzinza quando acorda.

— Eu, eu! — Bethany pula diante de mim, montando no peito dele, segurando sua camisa e me olhando com um sorriso.

— Ah... — me vanglorio. — Minha guardiã de monstros e eu capturamos você, senhor Homem Panqueca! — Eu me movo em cima dele, que me encara com o tipo de olhar que anos atrás nos deixava nus e nos levava a fazer bebês. Sorrio para ele e abraço minha filha. — O que o senhor Homem Panqueca deve ser obrigado a fazer, princesa Bethany?

— Ele tem que alimentar o monstro! — ela anuncia e levanta as duas mãos no ar para pontuar sua frase.

— E... lavar a louça! — Levanto as mãos, e Simon geme em protesto. Virando os quadris, ele nos derruba no colchão, fazendo cócegas rápidas em Bethany e dando um beijo profundo em mim.

— Venha, monstro — ele ordena. — Venha e me deixe encher essa barriga.

Eu o sigo e tomo meu café. Enquanto Bethany desenha, me acomodo na poltrona para escrever e ele lava a louça.

Uma manhã perfeita. Um marido perfeito. Uma filha perfeita. Uma mentira perfeita.

1

Estou morrendo. É um começo sombrio para qualquer história, mas acho que as notícias devem ser dadas da mesma forma que um band-aid é arrancado: rápida e brusca, como uma facada que queima por um momento e depois pronto, acabou. Meu médico deu a notícia mostrando os resultados dos exames e mencionando a contagem de células sanguíneas, os números do CEA e a ressonância magnética, que mostrava um tumor do tamanho de um limão. Ele desenhou o que poderia ter sido resumido em duas frases curtas. *Seu câncer está em fase terminal. Você tem três meses de vida.*

Eu deveria estar triste. Deveria estar emocionada, com os dedos tremendo enquanto pressionava as teclas do celular e fazia ligações para todos os meus amigos e familiares. Só que não tenho amigos. E família... não tenho família. Só tenho essa contagem regressiva, que é como um canto sombrio de dias, o sol nascendo e se pondo, antes que meu corpo desista e minha mente se apague.

Na verdade não é um diagnóstico terrível. Não para mim. Há quatro anos eu espero que algo do tipo aconteça, que uma guilhotina caia ou uma porta de fuga surja. Eu poderia ficar alegre com isso se não fosse o livro. A história. A verdade que evitei nos últimos quatro anos.

Entro no escritório e acendo a luz. Estendo a mão para o quadro de cortiça que cobre a parede, pairando sobre as fotos presas, as páginas de ideias abandonadas, notas de cem noites acordada, faíscas de inspiração... algumas que não levavam a lugar algum, outras que agora estão em estantes em todo o mundo.

Meu marido fez esse quadro para mim. Suas mãos mantiveram a moldura no lugar, cortaram a cortiça e prenderam todos os pedaços. Ele me manteve fora do escritório o dia todo para montar isso. Minha insistência em entrar foi frustrada pela fechadura trancada, e minhas batidas na porta foram ignoradas. Lembro de me sentar nessa mesma cadeira, com as mãos na barriga, vendo o produto final. Eu olhava para o quadro vazio e pensava em todas as histórias que iria construir nele, as palavras ansiosas por um lugar ali. Ele se tornou tudo que pensei que seria.

Paro na página que li inúmeras vezes. O papel está mais desgastado que os demais e as bordas não estão cobertas por recortes ou fotos. É a sinopse de um romance. No momento tem apenas um parágrafo, o tipo de texto que um dia poderá aparecer na contracapa do livro. Escrevi quinze romances, mas este me assusta. Receio não ter as palavras certas, o arco narrativo certo, ter estabelecido um objetivo muito alto, o impacto ser tão grande e mesmo assim não afetar adequadamente o leitor. Tenho medo de contar tudo e mesmo assim ninguém entender.

É um livro que planejei escrever daqui a algumas décadas, quando minhas habilidades se desenvolvessem, minha escrita melhorasse e meus talentos se aperfeiçoassem. É um livro que planejei passar anos escrevendo, deixando todo o resto de lado enquanto meu mundo se aproximava da única coisa que importava. Não me envolveria com mais nada até terminar, até ficar perfeito.

Agora, não tenho décadas.

Não tenho anos.

Não tenho o nível de habilidade.

Não tenho *nada*.

Não importa. Pego a tachinha que prende a página e a coloco com cuidado no centro da mesa limpa.

Três meses. O prazo é o mais apertado que já enfrentei. Não haverá ligações frenéticas para minha agente e nenhuma negociação pedindo mais tempo.

Três meses para escrever uma história que merece anos.

Isso é possível?

2

Quando o conheci, a noite tinha cheiro de funnel cake e fumaça de cigarro. Ele sorri, e algo dentro de mim se movimenta, como se uma fresta se abrisse entre as vértebras, e meu coração bate mais forte que nunca.

Garotos como ele não gostam de garotas como eu, não me seguem com os olhos nem ouvem quando falo. Eles não se aproximam ou querem mais.

Ele é diferente de todos os outros. Ele não ri. Não se afasta. Nossos olhos se encontram, sua boca se curva e meu mundo se transforma.

Escrever o primeiro capítulo me consome. Talvez sejam os novos medicamentos ou quem sabe as lembranças, mas sinto calor com o esforço. Minha camisa está úmida nas costas e meu peito, apertado e dolorido quando termino de escrever sobre quando nos conhecemos e sobre nosso primeiro encontro. Foi a noite em que ele conquistou minha mãe com um sorriso fácil e a mim com tacos e cerveja mexicana. Seus dedos acariciavam os meus enquanto caminhávamos até o carro. Ele me beijou naquele carro. Minha boca estava hesitante e a dele, forte e segura. Meus nervos se dissolveram no primeiro toque confiante da sua língua.

Eu era uma jovem de vinte anos. Aquela que nunca estivera em um encontro, nunca fora perseguida, nunca *tinha se importado* com garotos e romance fora das páginas dos meus livros.

Mas tudo foi diferente depois daquela noite. Simon entrou na minha vida e a transformou em algo ardente e selvagem. Meus dias começavam com um fervor excitado, minhas noites terminavam com pensamentos de amor e de futuro — de coisas como viagem e paixão, de seus olhos e toque, de ser desejada por algo que não fossem minhas palavras.

Foi amor. Desde o princípio. Selvagem. Louco. Sem sentido. Amor.
Salvo o arquivo e fecho o laptop, sentindo náuseas.

Exatamente às 2h24 da tarde de quarta-feira, paro de digitar. Afastando o laptop, limpo minha mesa, movo o telefone para o meio dela, pego um bloco de notas novo da gaveta, destampo uma caneta e a coloco na superfície branca.

Nos dois minutos seguintes, me recosto na cadeira e estendo os braços acima da cabeça, fechando os olhos e alongando o peito.

Exatamente às duas e meia, o telefone toca. Eu me sento, pego o aparelho e o levo ao ouvido.

— Oi, Kate.

— Boa tarde, Helena. — Há uma tensão em sua voz, como se ela tivesse corrido para o telefone, como se não tivesse a semana toda para reservar um tempo e se preparar para esta ligação. A irritação floresce dentro de mim, uma ocorrência comum nessas chamadas. — Tenho quatro coisas para discutir com você.

Levou anos para eu treinar Kate adequadamente, para refrear as tendências da minha agente com relação a conversas irreverentes e brincadeiras. No começo ela era mais resistente às minhas expectativas, mas o primeiro avanço, o primeiro best-seller, a primeira comissão, essas coisas a tornaram mais flexível. É incrível o que o dinheiro faz com uma pessoa, o nível de controle que ele pode estabelecer. Ele fez de Kate meu mico de circo. Fez de Simon meu bicho de estimação, o tipo que não arruma sua bagunça, o tipo que demarca o território e que rosna e vai atacar seus filhos se você não o mantiver em uma coleira bem apertada.

Primeiro, Kate menciona uma oferta para publicação no exterior. Anoto os termos no papel em branco com a data de hoje. Aceito tudo e passamos ao segundo item: uma terceira reimpressão de *A balsa de Hope*. Nossa. Dou um suspiro e consigo passar pelo terceiro e pelo quarto tópico. Ela fica calada e eu considero minhas próximas palavras, escolhendo as que foram planejadas para causar a menor reação possível.

— Preciso que você encerre todos os itens de ação que estiverem em aberto. Vou me aposentar. — Decidi que a melhor maneira de dizer isso é falando que iria me aposentar. É o mesmo que a morte, no que diz respeito a Kate. As duas coisas significam que minha produção de livros será interrompida. Ambas significam que não poderei cumprir prazos pendentes.

Há um longo silêncio, do tipo que se estende por minutos, que leva o outro a tirar o telefone da orelha e verificar a conexão. Quando ela enfim responde, é decididamente sem imaginação, e dou um suspiro diante de seu jeito previsível.

KATE

— Se aposentar? — Kate fala. Ela passou a maior parte dos últimos dez segundos tentando encontrar uma resposta melhor, algo que Helena fosse apreciar, mas o pensamento é tão... absurdo que o melhor que ela pode fazer é repetir. Não tem como Helena Ross *se aposentar*. Não quando Marka Vantly está produzindo um best-seller novo a cada quatro meses. Helena vai escrever até os dedos caírem, só para não ficar por baixo em relação à sua rival. Além disso, quem *se aposenta* com trinta e dois anos?

— Sim — Helena retruca. — É quando as pessoas param de trabalhar.

— Eu conheço o termo. — Ela empurra a mesa, a cadeira do escritório gira e a sala se torna um borrão suave de rosa pálido e creme. — Por quê? — Ela fecha os olhos quando faz a pergunta, mesmo sabendo que não é permitido. A seção nº 4xxx das *Regras de Helena para Kate* proíbe perguntas pessoais. Uma regra que ela já quebrou antes, com resultados sempre desastrosos. Ela se esforça para ouvir o clique do receptor, o corte agudo da voz de Helena, o temido som de um e-mail recebido cheio de advertências sobre o relacionamento agente/cliente e seus limites.

Mas tudo que Helena faz é suspirar. A falta de reação é tão estranha quanto o anúncio da sua aposentadoria.

— Preciso que você entre em contato com o editor para falar sobre *Destruída* e informe a ele que não vou entregar.

Kate abre os olhos e mostra os dentes na tentativa de não repetir as palavras da mulher. Ela se endireita na cadeira, se aproxima da mesa e aproveita o momento para abrir o calendário enquanto passa os dedos sobre as datas até chegar às palavras escritas ordenadamente. *Prazo final de* Destruída. Dali a pouco mais de um mês. Na semana passada, quando se falaram, Helena estava com oitenta por cento do manuscrito pronto e confiante em sua programação. Nesses treze anos juntas, Kate conseguiu contar o número de vezes em que Helena havia perdido um prazo. As prorrogações que solicitava nunca duravam mais de uma semana ou duas, pois suas regras pessoais eram tão rígidas quanto as que ela estabelecia para todo mundo.

Mas agora ela não está pedindo uma prorrogação. Está dizendo a Kate que quer se livrar de um compromisso de publicação, de um livro que já foi anunciado, com marketing prévio já feito e com metade do adiantamento de sete dígitos e a comissão de Kate pagos. Não entregar um manuscrito é um evento raro na indústria editorial. Para Helena Ross, é inconcebível.

Kate se levanta, sentindo cada músculo se contrair em preparação para a batalha.

— Helena — ela fala com cuidado. — O que aconteceu?

— Pare de ser dramática, Kate. — A voz de Helena é rápida, algo que um idoso usaria com uma criança, apesar dos dez anos a mais de Kate. — Ligue para a editora, encerre meus compromissos daqui para a frente. Se você não conseguir lidar com essa tarefa, vou arranjar outro agente que consiga.

Há algo mais. Kate sente, algo ainda maior que a novidade a respeito de *Destruída*, como um tsunami se movendo em direção à costa, quando a preparação é inútil, uma vez que os pés não se mexem diante de um desastre iminente. Ela engole em seco, se apoiando na beirada da mesa em busca de apoio e puxando o fio duplo de pérolas no pescoço com a ponta dos dedos, lutando contra o desejo de subir a mão e cutucar os lábios.

— Eu consigo. — Talvez esteja errada; talvez não haja mais nada. Entre a aposentadoria da sua maior cliente e o cancelamento de um contrato, talvez o derramamento de sangue tenha terminado.

— Tem mais uma coisa. — Quatro palavras que Kate não quer ouvir. Ela abaixa a cabeça e respira fundo. Seja o que for, ela consegue lidar com isso. Não sobreviveu treze anos com Helena sem se tornar forte. A mulher é uma bola de imprevisibilidade de manutenção cara.

— Vou escrever um livro novo. Gostaria que Tricia Pridgen editasse.

Claro que gostaria. Tricia Pridgen é a melhor editora. Quando quer um livro, ela consegue. E tudo que ela publica se transforma em ouro. Best-sellers com tiragens múltiplas, lançamentos internacionais. Mas Tricia Pridgen não vai publicar nada de Helena Ross. Ela não trabalha com romances. Caramba, ela mal trabalha com ficção. Seu último livro foi uma coleção de entrevistas com O.J. Simpson, perfeitamente embaladas e ainda dominando as listas dos mais vendidos. Helena deve saber disso. Helena *tem* que saber disso.

— Você quer cancelar *Destruída*, se aposentar *e* escrever um livro novo para vender para Tricia Pridgen? — A matemática daquilo não se encaixa, as variáveis não somam.

— Sim.

Kate fecha o calendário e tenta pensar, percorrer as etapas dessa equação impossível.

— Você já tem o esboço?

— Não.

Aquilo é um alívio, algo para que ela ganhe algumas semanas.

— Quanto tempo você leva para terminar o esboço?

— Não vou mandar esboço. Nem sinopse.

Ela suspira. Se Helena fosse outra pessoa, pensaria que ela está blefando, que toda essa conversa é uma pegadinha, com uma câmera escondida em sua estante e que seus colegas estariam rindo em suas salas. Mas Helena, fora de seus romances, não tem senso de humor. Ela não acredita em *nada* que a faça perder tempo. Ela não gastaria vinte e quatro minutos falando sobre uma coisa que não é de vital importância.

— Não tenho como oferecer o livro sem ter o esboço. *Especialmente* sem ter a sinopse. Você sabe disso. Eu poderia me dar bem com a Jackie, mas não com Tricia Pridgen, que, aliás, não aceita romances.

— Eu sei o que interessa para Tricia Pridgen, *Kate*. — As palavras são como um chicote, que pinta a palavra INDIGNA em sangue vermelho no seu rosto. Não é digna de lidar com as alegações da Grande Helena Ross. Não é digna de ser a agente da estrela mais importante dos romances. Não é digna de fazer perguntas pessoais ou de telefonar em qualquer dia, exceto às quartas-feiras às duas e meia, ou de emitir opiniões sobre os romances de Helena. Não é digna de fazer nada a não ser manter a boca fechada e *obedecer*.

— Então me explique como você gostaria que eu vendesse esse livro sem saber nada sobre ele. — Kate usa sua voz mais gentil, aquela de quando

Helena está mais difícil, uma voz que poderia ter feito o marido ficar um pouco mais se a tivesse usado.

— Não quero que você venda agora. Quero que venda daqui a alguns meses. Depois que eu... me aposentar. — Há algo engraçado na maneira como ela diz *aposentar*, como se ainda não estivesse acostumada com a palavra.

Daqui a alguns meses. Depois que eu me aposentar. Daqui a alguns meses é pouco tempo. Rápido demais. O tsunami cresce mais e a sensação de mau pressentimento aumenta.

— Em quanto tempo vai acontecer?

— É só isso. — Ela diz as palavras com um final calmo, como se estivesse cansada de falar, com a mente distraída por outra coisa. — Tenho que desligar.

Helena não pode desligar. Não agora, não quando acabou de lançar uma montanha de trabalho sobre Kate.

— Espere — Kate pede, descontrolada, pensando em todas as perguntas que ainda precisa fazer. — Falo com você na próxima quarta? — Um desperdício enorme de perguntas, já que a conversa das duas na quarta era tão regular que podia definir seu horário de ovulação.

— Quarta? — Helena diz, com a voz fraca. — Sim. Talvez.

Há um clique no receptor, e a preocupação de Kate se transforma em pânico total.

3

Minhas regras para visitantes são simples: impressas em fonte tamanho 16, plastificadas e afixadas bem no meio da porta, em um local impossível de não ser visto. A primeira regra, como sempre, é a mais importante:

1. Não toque a campainha.
2. Não estacione na entrada.
3. Se você é advogado, vá embora.
4. Se você é um religioso ou um militante político, coloque seu material embaixo do tapete, em silêncio.
5. Se está aqui para fazer uma visita social, vá embora.
6. Se está aqui para tratar de assuntos comerciais ou jurídicos, entre em contato com minha agente ou meu advogado.
7. Entrega de pacotes: você tem minha autorização para deixar pacotes sem assinatura.

Espio pelo olho mágico, abro a porta da frente e encaro a pessoa que toca a campainha: uma jovem tola o suficiente para ignorar meu cartaz. Ela provavelmente é a babá dessas crianças que estão gritando na rua há quase duas horas. Quando comprei todos os outros lotes sem saída da rua, três anos atrás, erroneamente assumi que estaria garantindo o uso exclusivo do gigantesco espaço ao redor da área. Aparentemente não é o caso, já que minhas queixas à associação de proprietários de imóveis encontraram negações teimosas.

— Sim?

— Helena Parks? — Quase hesito ao ouvir meu nome de casada, que raramente é usado. — Meu nome é Charlotte Blanton. Gostaria de fazer algumas perguntas.

Gostaria de fazer algumas perguntas. O policial de olhos sombrios e cheiro de outubro no ar. *Tenho apenas algumas perguntas.* O agente funerário com dedos finos, a batida deles contra um mostruário de caixões.

Fico escondida atrás da porta e observo o movimento da sua garganta enquanto ela engole em seco e flexiona as mãos em torno de uma pilha de papéis.

— *Você* é Helena Parks? — Ela parece incerta, e eu aprecio seu desconforto. Talvez seja uma fã, uma leitora que procurou registros públicos e licenças de casamento. Isso já aconteceu. A última exigiu a presença da polícia. Posso lidar com essa mulher de ombros estreitos se projetando de um casaco de lã.

— Não estou interessada em visitantes. — Minhas palavras são rudes, e eu limpo a garganta.

— Só vai levar um momento.

— Não. — Começo a fechar a porta, mas ela me impede com a palma da mão. Faço uma pausa e realmente preciso alterar as regras e adicionar *Visitantes não devem tocar a campainha*. Por outro lado, é óbvio que essa garota não respeita autoridade, já que seus olhos passam rapidamente pela minha lista plastificada.

— Por favor — ela fala. — É sobre o seu marido.

Meu *marido*. Odeio ouvir essas palavras saírem dos lábios de outra pessoa. Elas são muito sem graça, fracas demais por tudo que ele era. Meus dedos apertam a maçaneta.

Dei minhas declarações à polícia, respondi a centenas de perguntas. Eu havia passado no teste. Recapitular tudo *agora*, com essa mulher, não é algo que me interesse. Especialmente hoje, quando as risadinhas de crianças estão me dando nos nervos.

Não digo nada, evitando seus olhos quando fecho e tranco a porta, ouvindo o clique satisfatório enquanto a deixo do lado de fora.

Me afasto, correndo em direção à escada com a intenção de fugir para meu escritório, onde posso fechar a porta, aumentar o som e afastar sua intrusão.

Ela bate na porta. O *toc-toc-toc* atinge minha psique, minha respiração fica ofegante enquanto tento subir a escada, meus músculos resistem e a fraqueza do meu corpo aparece.

Mais de quatro anos desde aquele dia. Que fio solto essa mulher poderia ter encontrado?

4

Meus oncologistas me receitaram catorze medicamentos, uma montanha de frascos de comprimidos laranja que cobrem todos os sintomas que meu corpo poderia pensar em produzir. Nenhum deles trata o fardo que carrego atualmente. Marka Vantly: autora best-seller internacional. Ela é péssima em vários sentidos. Inspiro profundamente e olho para seu último e-mail.

Helena,

Tive o desprazer de ler *Batida do tambor*. É interessante o que se passa com a literatura de sucesso nos dias de hoje. Sinto muito pela resenha da *Publishers Weekly*, embora entenda as opiniões deles sobre o romance. Parabéns pelo seu lançamento!

Marka

Vadia. Esse e-mail demorou mais que os outros para chegar. Foram dois meses após a publicação. Marka provavelmente estava muito distraída com sexo grupal e compras para se preocupar com algo como ler. Em sua última entrevista, ela estava deitada nua sobre uma pilha de livros, os cabelos loiros derramados sobre as capas. Para uma escritora, ela não tem um grama de gordura sobrando, nem raízes escuras aparecendo. Seus olhos pareciam preguiçosos e sedutores enquanto olhavam para a câmera. Foi nojento. Tão nojento que liguei para a *The New Yorker* e cancelei minha assinatura. Escritores não deveriam ser objetos sexuais. Devemos ser valorizados pelas nossas palavras, nossas histórias e pelo impacto que causamos no coração do leitor. Mas os livros de Marka não exercem esse efeito; o objetivo dela se concentra mais na excitação e menos nas ressonâncias emocionais. Arranco a casca de uma banana e dou uma mordida. Digito uma resposta com os dedos um pouco melados.

Sra. Vantly,

Não levo em consideração as críticas de alguém cujo último livro se chama *A mangueira do bombeiro*. Por favor, volte para o seu lixo e deixe os escritores de verdade trabalharem em paz.

Helena Ross

Ha. Curto e grosso. Envio o e-mail e sorrio, retornando à caixa de entrada e movendo o mouse rapidamente enquanto passo pelas outras mensagens. Uma coleção de inutilidades. Peço para sair do mailing de vários deles e depois me repreendo por perder meu tempo. Faltam três meses e agora estou limpando minha caixa de entrada? *Que estupidez.*

Dou uma última mordida na banana e jogo a casca na direção do lixo, observando enquanto ela aterrissa no saco plástico branco. Minha dor de cabeça, que começou esta manhã, está ficando cada vez pior, e sinto uma pressão forte nas têmporas. Deixo os e-mails por um momento e me levanto para buscar um Vicodin na minha mesa no andar de cima. A banana é o suficiente para impedir que ele atinja o estômago vazio. Subo a escada e, quando chego ao topo, o andar gira. Seguro o corrimão por um momento e espero tudo voltar ao normal. Talvez eu devesse me sentar.

Ultimamente a tontura se tornou comum. Assim como a vertigem e a visão turva. A combinação é uma droga para meus níveis de produtividade. Outra onda de tontura me atinge e minha mão afrouxa, desobedecendo meu cérebro. Tento segurar o corrimão novamente, tropeço nos últimos degraus, mas tudo se torna um caleidoscópio de degraus cinza, brancos e polidos.

Meus joelhos se dobram.

5

KATE

Kate abre a porta de seu apartamento em Manhattan, tirando os sapatos ao entrar e sentindo um pouco de medo da sala escura antes de sua mão tocar no interruptor e de o espaço se iluminar. Já se passaram dois anos desde o divórcio, e ela ainda não se acostumou com a estranheza de viver sozinha, com a sensação de que alguém está lá se escondendo e esperando.

Ela abre uma lata de sopa, despeja a mistura em uma panela pequena e liga o fogo, com a cabeça cheia de pensamentos sobre Helena. Adiou as ligações para as editoras, esperando que a cliente ligasse de volta com a sanidade restaurada.

Claro que isso não aconteceu. Helena não é do tipo que se arrepende de uma decisão ou muda de ideia. No minuto em que deu a Kate a ordem para cancelar *Destruída,* estava decidido. Fim de jogo. Livro abortado.

Nem sempre foi tão difícil. Durante o primeiro romance de Helena, ela foi quase agradável de trabalhar. Claro, ela era mais jovem. Uma moça de dezenove anos, olhos grandes e um rosto solene de quem havia saído de Connecticut com o único objetivo de aterrorizar a Big Apple com suas palavras. Por consideração a uma amiga, Kate a encontrou em uma cafeteria no Brooklyn. Viu a morena rouca escolher um bolinho enquanto descrevia seu romance... uma história sobre segunda chance, que soava exatamente como metade da pilha de lixo que Kate recebia. Ela havia se distraído, observando uma briga na mesa ao lado, quando percebeu que a garota ficara quieta. Kate virou a página de cima do manuscrito com os olhos se voltando para o relógio.

Então ela leu a primeira linha.

O primeiro parágrafo.

O primeiro capítulo.

Como toda a América faria em um momento ou outro, ela *devorou* as palavras. Daquela criatura pálida e simples, com orelhas e olhos um pouco grandes demais... veio mágica. Ela se forçou a parar na quarta página, olhando fixamente para Helena.

— Foi você que escreveu isso?

A jovem assentiu e perguntou se ela havia gostado.

— Sim. — A resposta foi muito fraca, e ela passou a mão, quase com reverência, pela página na tentativa de conter sua excitação. — Preciso ler o restante. Esta noite.

A garota havia tirado um CD-ROM da bolsa e o empurrado sobre a mesa para Kate.

— Entreguei para outros cinco agentes. — Ela disse as palavras como se fossem um presente, aliviando a pressão de Kate, sem que ela tivesse a necessidade de fingir gostar do material. Mas tiveram o efeito oposto. As informações inocentes soaram como uma ameaça. Cada minuto que passava era uma possível oportunidade para o telefone tocar, uma oportunidade para ela ser arrancada de Kate.

— Certo. — Kate abriu um sorriso fraco, mantendo os dedos nas páginas enquanto as devolvia para a garota, *sentindo* uma perda no peito. Por outro lado, receber o CD parecia vazio, a caixa muito leve para as palavras que já haviam sido gravadas em seu coração.

Kate sabia, mesmo antes de abrir o arquivo, que o queria. Ela leu o manuscrito no balcão da cozinha, espiando a tela com sobras de comida chinesa e chá quente ao seu lado enquanto rolava o mouse constantemente. Copiou o arquivo e o enviou ao chefe às dez da noite. Às dez e quinze, ligou para Helena e deixou uma mensagem de voz. A mensagem seguiu com um e-mail que aceitava uma taxa de comissão de dez por cento, um desconto de cinco por cento que arriscaria seu emprego, mas valeria a pena. Ela também garantiu que o romance seria leiloado na casa dos seis dígitos, outra grande promessa que não poderia garantir, já que era uma soma que nunca havia conseguido. Mas ela nunca representara um livro como aquele. Ele poderia transformar sua carreira. O livro poderia resolver *tudo*: a luta para pagar o aluguel, o desemprego iminente, a plataforma fraca em que o casamento se equilibrava.

Ao enviar aquela ridícula proposta de negócio em seu apartamento sombrio, ela não podia imaginar o quanto Helena seria difícil de lidar. Se agarrou ao romance brilhante e não considerou as dores de cabeça que poderiam acompanhar sua criadora.

E as dores de cabeça foram muitas. Não é que Helena seja difícil. Ela é muito específica sobre o que deseja. Suas peculiaridades se fortaleceram nos últimos anos, e ela mudou de solicitações para ordens. A garota agradável daquele café praticamente desapareceu, se afastando de Kate, das editoras, de qualquer interação com as pessoas. Em seu lugar surgiu uma nova Helena, com a qual as interações eram campos minados. Mantê-la feliz? Era um exercício de equilíbrio.

Em raros dias, Kate lamentava ter conhecido a mulher. Na maioria deles, ela simplesmente se perguntava o que tinha acontecido. Dizem que todos os gênios são um pouco doidos. Talvez a loucura de Helena tenha demorado mais para aparecer.

Kate abre uma gaveta, pega uma colher de pau comprida que está na beirada do balcão e mexe a sopa. Amanhã ela decide. Amanhã ela vai ligar, ou talvez enviar um e-mail para a editora e informar sobre a decisão de Helena. Um e-mail será suficiente, certo?

Alguma coisa breve e profissional. Se ao menos ela tivesse mais informações, algum tipo de desculpa. Ela não pode dizer a verdade: que Helena está abandonando *Destruída* para trabalhar em um novo romance, que por sinal ela deseja mandar para um de seus concorrentes. Isso seria quebrar laços. Essa notícia se espalharia pelo mercado editorial como piolhos em um acampamento de verão, com todas as cabeças infectadas com pensamentos negativos sobre Helena antes do fim da semana. Ela nunca mais conseguiria vender um romance. Não que isso realmente importasse, já que a mulher está se aposentando.

Ela reprime uma risada e abre a geladeira, pegando uma garrafa de Moscato e a colocando no canto. Vodca seria mais apropriado, algo para brindar o fim da sua carreira. Mas ela jogou a vodca fora quando Rod foi embora. A vodca, ou o Bourbon, as garrafinhas que encontrou em todos os cantos do apartamento. Acontece que seu marido era alcoólatra, uma característica que ela não havia descoberto até que ele se fosse.

Engraçado o que só se descobre sobre as pessoas quando elas deixam você. Ou quando sua mente para de dar desculpas para todos os sinais. A conselheira havia chamado aqueles sinais — ser mulherengo, beber demais e as mentiras — de pedidos de ajuda. *Ele estava lá, gritando por você com aquelas ações*, ela explicou. *Ele estava implorando por ajuda.*

Era mentira. Ele estava implorando por ajuda para o Captain Morgan, o uísque. Não para ela. Aquela mulher, com todas aquelas abreviaturas chiques depois do nome, sorriso e tom condescendentes, não sabia nada sobre pessoas reais, problemas reais e relacionamentos reais.

Ela pensa em Helena, em seu tom rígido e comportamento espinhoso que atingiram Kate através da linha telefônica. Helena anda bebendo ou será que está com algum problema? Provavelmente não. Quantos problemas alguém como ela poderia ter? Ela anda por aí com todo o talento e dinheiro do mundo. A maldita mulher planeja se aposentar com trinta e dois anos. Provavelmente vai passar o resto da vida tomando sol no Caribe, fazendo amor de manhã com o marido e tendo bebês.

Ela apaga o fogo e bate a colher na borda da panela. Tenta imaginar Helena gritando no meio da sala e pedindo ajuda a alguém.

Isso nunca vai acontecer. A mulher morreria primeiro.

6

— *Me fale sobre os seus livros.* — *Seu braço roça no meu ombro quando andamos, e eu enfio as mãos nos bolsos, nervosa com o pensamento de ele estender a mão, da junção desconfortável de mãos suadas.*

Olho para ele, vendo o vento balançar seu cabelo macio, a luz da placa de neon do bar pintando seu rosto com um brilho rosado.

— *São romances, sabe? Um garoto conhece uma garota.*

Ele ri, e eu gosto da curva dos seus lábios e do jeito como seus olhos se iluminam quando olham para mim.

— *Simples assim, né?*

Dou de ombros, curvando um pouco a boca.

— *O amor é bem simples, Simon.*

Uma afirmação idiota. Mas naquela época eu apenas sonhava, ansiava e escrevia sobre o amor. Não sabia que animal feroz ele poderia se tornar.

Tem um rato na minha casa. Eu me deito de bruços e estendo o pedaço de queijo, empurrando-o ainda mais para baixo do sofá e prendendo a respiração enquanto ouço o deslizar de pequenas patas pelo chão.

Gostaria que Bethany estivesse aqui. Se ao menos... se ao menos minha mãe pudesse prendê-la no assento do carro e trazê-la para cá, ela poderia entrar pela porta sem bater, como sempre fez. Bethany poderia se deitar de bruços ao meu lado, com os cotovelos minúsculos no chão de madeira e os olhos arregalados. Ela iria cobrir a boca e rir. Abaixar o queixo no chão e espiar embaixo do pesado sofá de couro. E eu ia dizer a ela que o rabo dos ratos pode crescer tanto quanto o corpo deles e que comem de quinze a vinte vezes por dia.

Empurro o queijo com a ponta da unha e tiro a mão, esperando para ver se a criaturinha aparece. Talvez ele tenha família, um ninho minúsculo em algum lugar com cinco ou seis corpos cor-de-rosa minúsculos, escondidos em um buraco no papel de parede, com a boca minúscula aberta e implorando por comida. Esse pedaço de queijo pode ser o jantar deles e combinar muito bem com o pedaço de pão que deixei ontem.

Talvez eu devesse ter deixado Charlotte Qualquer Coisa entrar. A garota que apareceu ontem, armada com suas perguntas, que pretendia estragar meu dia. Talvez a visita dela fosse apenas de rotina, uma policial acompanhando a morte de Simon, uma verificação depois de quatro anos e não uma investigação intensiva sobre as circunstâncias. Ou talvez a referência a Simon fosse uma desculpa, e ela fosse na verdade minha irmã há muito tempo perdida. Nossa conversa poderia ter revelado uma história de abandono, tendo passado sua juventude em abrigos antes de enfim ser adotada — provavelmente por um sheik rico, alguém que a coroou princesa e que agora está se casando com ela. Pode estar precisando da minha ajuda, querendo fugir para uma vida mais feliz, de liberdade e irmandade.

Ha. Um enredo terrível, cheio de buracos, o primeiro sendo que minha mãe nunca abandonaria um filho. Ela teria abraçado um segundo filho, especialmente se tivesse os traços delicados de Charlotte e seu cabelo loiro. Aposto que ela foi um bebê bonito. Tenho certeza de que não recusou chupetas ou pediu refeições mais nutritivas na pré-escola.

Viro a cabeça, apoiando a orelha no chão de madeira, e observo o pedaço branco, esperando o tremor dos bigodes, um focinho minúsculo espreitando e passos hesitantes em direção à comida.

Nunca tive um animal de estimação. Minha mãe sempre rebatia essa possibilidade, horrorizada com a ideia da baba, dos pelos de animais, da urina e das fezes.

Eu me mexo no chão e fecho os olhos, sentindo a dor de cabeça me atingir com força, quase me cegando com sua pontada.

Me afasto do laptop, sentindo os dedos tremerem quando mexo na borda da gaveta para abri-la. Giro a tampa do frasco de remédio, pego dois analgésicos e os coloco na boca. Outra dor de cabeça e a visão manchada por causa disso. Hoje de manhã fui a uma consulta, expus meus sintomas e o médico me garantiu que eles só fariam piorar. Ele me deu um sermão sobre quimioterapia, juntamente com uma nova receita de analgésicos. Declinei da quimioterapia, mas aceitei os remédios.

Olho para a parte inferior da tela do computador. Mil e setecentas palavras. Quase um capítulo, e meus dedos estão diminuindo a velocidade, minhas frases quase parando e a cabeça tropeçando em palavras simples que ela conhece de cor. Escrevi quinze livros e nunca tive um branco tão completo, como uma tempestade de neve contra o para-brisa, sem nenhuma opção disponível a não ser parar e esperar. Me afasto da mesa, me recosto na cadeira e coloco os pés para cima, descansando os calcanhares contra a superfície de madeira.

Faltam três meses. Foi o que o médico disse. Três meses e um livro que vai alcançar facilmente trezentas páginas. Fecho os olhos e faço as contas, me dando quarenta dias para escrever, quarenta para reescrever e dez dias para a doença. Preciso escrever oito páginas, duas mil palavras por dia. Meu estresse aumenta. Dez dias de folga em três meses é uma agenda louca. E duas mil palavras por dia é assustador, especialmente para mim, que levo um ano para produzir um manuscrito normal.

Não vai ser um manuscrito normal. Essa personagem vai estar mais perto de mim do que qualquer outra. Uma mocinha em cuja pele já estive, já dei passos, tomei decisões e cometi pecados. Depois que eu escrever sua história, ela vai ser real, vai ser exposta, morta para edições, mas aberta aos olhos de todos. Nos tablets, nas mãos, dedos sujos e unhas feitas que vão passar as páginas cada vez mais rápido, até que cheguem ao fim e passem para o próximo livro. Tendo terminado com essa personagem. Acabado com essa história.

Estou aterrorizada com o pensamento. Milhares de palavras de verdade e vida, publicadas e divulgadas para serem digeridas, criando uma chance, muito pequena, de que ninguém compre. Ou de que leiam suas palavras, que críticos digitem qualquer coisa, refletindo sobre suas motivações, fraquezas e ações, e se ela merece seu destino.

Não sei o que vai ser pior: se a odiarem ou se não a lerem. Ela poderia acabar em uma lixeira, com uma etiqueta chamativa de noventa e nove centavos colada na capa.

Não posso fazer isso com ela. Não posso fazer isso *comigo*.

Talvez tenha sido por esse motivo que esperei até agora, o momento em que não estarei por perto para ver a carnificina, para lidar com a polícia, as consequências, o julgamento.

Duas mil palavras por dia. Três meses que já estão diminuindo. Meu estômago se contrai e eu abro a boca, inspiro profundamente, sentindo um ataque de pânico se formar, meu corpo fica quente, o escritório abafado e a tela do computador brilhante demais.

Não consigo. Não tenho condições, nem tempo, nem horas suficientes para dedicar àquele que é o romance mais importante da minha vida.

Quase pego o telefone, ligo para Kate e peço ajuda.

Em vez disso, me inclino para a frente, caio no chão, levo a mão à lata de lixo de plástico embaixo da mesa e vomito.

7

No verão em que conheci Simon, perdi Jennifer. Era como se um buraco tivesse se aberto no meu coração e ele tivesse entrado, colocando sua mão onde a dela já esteve, seu sorriso substituindo o dela. É claro que eles eram diferentes. Ela tinha onze anos, ele tinha vinte e dois. Ela fugiu...

Apago a última linha e depois o parágrafo inteiro. *Mentiras.* Estou esquecendo que esse não é um romance comum, que não posso ter liberdades fictícias, não posso fornecer pistas ou levar os leitores a um caminho que não percorri.

Não existe Jennifer. Quem sabe se existisse eu poderia estar em outro lugar agora. Quem sabe se eu tivesse uma amiga, mesmo que ela tivesse onze anos, Simon não fosse meu tudo.

Tento imaginar uma amiga para o meu eu de vinte anos, uma garota cujos interesses tinham se concentrado unicamente na leitura e na escrita, que passava os dias sobre um caderno ou computador, a cabeça cheia de personagens fictícios e cidades estrangeiras. As meninas na minha escola pareciam criaturas estranhas, os meninos pareciam vilões. Outra escritora teria sido minha melhor aposta. Ou possivelmente uma bibliotecária, apesar de nenhuma ter me dado bola.

Penso em Marka Vantly, em nossa guerra de sete anos, e faço uma careta. Talvez outra escritora não fosse minha melhor aposta. Por outro lado, geralmente as escritoras não são supermodelos que escrevem coisas ruins.

Meu olhar flutua sobre a pilha de livros ao lado da mesa. Todos os meus romances, exceto um, estão ali. O que não está é *Triste coração*. O pior livro que já escrevi. Era sobre uma garota que recebe um transplante de coração quando criança e que, devido ao procedimento médico ou à personalidade dada por Deus, é incapaz de amar. Os críticos adoraram, e os leitores correram para comprar. Vendeu um milhão de cópias no primeiro ano. Marka Vantly me enviou um e-mail contundente que falava a verdade. Dizia que o livro era terrível, chato e sem graça e que minhas tentativas de formar um casal eram fracas.

Ela estava certa.

Não reagi bem. Li o e-mail e empurrei o laptop para fora do balcão. Simon havia chegado em casa e encontrado pedaços da tela pontilhando o chão da cozinha, música punk estridente soando pela casa. Foi uma tentativa malsucedida de abafar aquelas palavras.

Nunca respondi àquele e-mail. Não saberia o que dizer. Senti os pés fracos e estranhos. Resolvi o problema com um comprimido para dormir, Chardonnay e hostilidade contra meu marido. Aquele e-mail foi a centelha que iniciou minha rivalidade com Marka. E o incêndio que ela causou foi nossa constante competição nas colunas dos mais vendidos. Toda semana o placar mudava, nossas tiragens e vendagens mostrando números gigantescos que qualquer assinante da *Publishers Weekly* poderia acessar. Aquele e-mail foi o primeiro de muitos, cada lançamento trazendo outro, e minha natureza competitiva era incapaz de resistir à mesquinhez equiparada e às farpas trocadas com hostilidade crescente.

Sempre disse a mim mesma que não importava o que Marka Vantly pensava. Me convenci de que ela escrevia lixo e que não conseguia distinguir talentos inteligentes da porcaria que vomitava. Se bem que, honestamente, a prosa dela não é ruim. Na verdade, por trás de todos os orgasmos, palmadas, algemas e gritos... é razoavelmente boa. O que eu odeio, e nunca vou confessar em meus e-mails para ela, é que ela está desperdiçando esses escritos com obscenidades. Eu escrevo cenas de sexo. Na maioria dos meus romances coloco uma boa quantidade de cenas eróticas. Ela poderia escrever sobre sexo e *ainda* publicar um ótimo romance. E é isso que me irrita nessa mulher, ainda mais do que os lábios perfeitamente carnudos e a publicidade incessante. Ela está desperdiçando seu talento. Poderia estar nos oferecendo mais.

Talvez ela não tenha mais nada para dar. Quem sabe só tenha sido abençoada com talento para *contar* histórias, e não com talento para *criá-las*. Há uma distinção muito real entre os dois. Talvez ela escreva bobagens porque não *tenha uma história melhor para contar*. Sinto uma momentânea explosão de empatia por essa mulher, o tipo de emoção que reconheço instantaneamente como condescendência. Ainda assim, está aí, uma desintegração do ódio que nutro por tanto tempo, a paz na compreensão da minha adversária. Talvez seja por isso que ela envia e-mails tão mesquinhos, vindos de um lugar de insegurança, ciúme e frustração.

É uma boa possibilidade, e eu a mantenho, visualizando o cenário positivo como uma árvore real, e dando a ela raízes que cavam a terra e galhos que alcançam o céu. É um exercício que não faço há uma década, o conceito que minha mãe psiquiatra me ensinou quando eu era uma leitora de livros, sem amigos, uma condição digna de preocupação. Passei por uma dúzia de consultas dolorosas no sofá de camurça antes de ela desistir. Nessas consultas, aprendi a compartimentar as preocupações em caixas imaginárias na tentativa de relaxar. Também aprendi esse estúpido exercício da árvore e a aborrecer os clientes enquanto fingia saber muitas coisas. Minha mãe sabia que estava presa a mim e às minhas "esquisitices", e tenho quase certeza de que ela culpava os genes do meu pai por isso. Se ele adorava aprender, buscava de forma obstinada ter uma pontuação perfeita no vestibular e definir a curva do sino por puro despeito em relação à concorrência? Então, sim, somos praticamente iguais. Mas eu não saberia nada disso. Ele foi embora duas semanas depois que minha mãe lhe contou que estava grávida. Deixou a aliança no balcão da cozinha, junto com os papéis do divórcio e um bilhete. *Não te amo o suficiente.* Sou uma pessoa muito fria e emocionalmente distante, mas até meu coração obscuro pode dizer que isso é errado.

Enfio minha árvore Marka da felicidade em um picador de madeira e desisto, me levantando e abandonando o manuscrito. Desço a escada em busca de comida e distração.

Mil e setecentas palavras escritas. Setenta e sete mil pela frente.

Impossível.

8

Corro. A grama molhada faz cócegas nas minhas pernas e eu suspiro seu nome, puxando sua mão. Ele olha para trás e ri, diminuindo o passo. Aperta com mais força, entrelaça os dedos nos meus e me puxa para mais perto. Meu ombro bate contra seu peito, o cheiro da sua colônia se mistura com o cheiro do luar e das flores silvestres. Um encontro estranho e meus sentidos ficam selvagens, meu queixo é erguido e ele me beija. Seu gosto é de menta e sal. Sua língua é firme e confiante, e ele passa a mão pela minha barriga por baixo da blusa.

— Simon... — Paro quando seus dedos alcançam o sutiã esportivo e meu coração acelera com o contato da palma da mão em meu peito. Seu beijo se aprofunda, mas depois ele se afasta, puxa minha blusa e pressiona minha mão no seu jeans.

— Me toque — ele murmura.

Dou um suspiro e me recosto na cadeira, precisando de uma pausa da cena, das lembranças. Sinto o peito latejar, a respiração está ofegante e dolorosa, e não sei se é devido ao câncer ou à dor provocada pelo passado.

Não há nada como o amor jovem. Ele chega em uma época em que o coração não sabe se proteger, quando tudo que é importante é cru e exposto — o ambiente perfeito para uma explosão que suga sua alma e esmaga o coração. Queima mais, bate mais forte e toca mais fundo. É por isso que as chamas do Facebook entram em erupção duas décadas depois entre os namorados do ensino médio. Entre duas almas ingênuas e inocentes, tudo pode acontecer. Almas gêmeas ou tragédia. E às vezes as duas coisas.

Eu estava completamente exposta quando Simon me atingiu. Sua presença era como um meteoro brilhante em minha vida, e eu a segui tão cegamente quanto um vaga-lume segue uma lâmpada.

Fico de pé, com os joelhos dobrados, as costas protestando, e dou alguns passos em direção à porta antes de resolver minhas torções. Abro a porta do escritório e entro no corredor vazio. Uma volta pela casa, um comprimido, uma soneca e depois retorno ao trabalho. É uma equação que uso há anos, mesmo antes do câncer. Só que os comprimidos, naquela época, eram para depressão, não para dor.

Ando pelo corredor, meus passos mais lentos que antes e minha respiração, mais forte. Bethany corria por este corredor, do nosso quarto até o dela. Da sala de mídia até o quarto. Do quarto de hóspedes até o topo da escada. O único cômodo no qual ela nunca correu foi meu escritório. Aquele espaço era proibido. Minhas regras eram inabaláveis, e qualquer violação, punida. Fixo os olhos nas tábuas do piso e tento tirar a imagem dela da mente.

Minha parte preferida da casa incluía o segundo andar inteiro. Eu levava um pano úmido na mão, uma garrafa de cloro na outra e limpava rodapés, maçanetas e os interruptores à medida que avançava. Nos fins de semana o cloro era substituído pelo Vidrex, e eu cuidava das janelas. Quando o bloqueio de escrita me atingia, eu limpava todos os cômodos, e a casa inteira brilhava. Mas isso mudou há quatro anos. Agora eu evito a sala de mídia e o quarto principal. Não carrego material de limpeza e nem sequer chego perto das janelas.

Minha casa, assim como o resto de mim, está se deteriorando.

Desço a escada devagar, com passos cautelosos, segurando firme o corrimão de madeira, sem tempo para erros ou machucados. Alcanço o último degrau e me sento, respirando fundo e sem energia.

Deste local, vejo as duas salas da frente, o tipo de lugar grandioso em que as pessoas ricas gostavam de dispor móveis desconfortáveis antes de as salas de estar e de jantar serem extintas. Quando Simon e Bethany moravam aqui, a sala da esquerda era uma espécie de caverna, cheia de brinquedos, com uma poltrona confortável em que eu lia e um caminhão de bombeiros de quando Simon era pequeno. A sala da direita abrigava um conjunto de jantar que Simon encontrou na internet, e que custou uma fortuna para trazer, mas que pertenceu a Clint Eastwood e deveria estar em um pavilhão de caça no Colorado e não na nossa mansão.

Agora, os dois cômodos estão vazios, as cortinas da frente fechadas e os quartos, de alguma forma, parecem menores sem nada neles. Meus olhos flutuam do vestíbulo vago até a sala grande, onde um sofá solitário fica em frente a uma TV. O sofá que comprei em um anúncio do Craigslist e a TV, em uma oferta especial da internet. As duas compras foram feitas algumas semanas depois que vendi tudo, depois que percebi que minha loucura tinha mais espaço para crescer e que seu alimento era o tédio.

Às vezes os romances não são suficientes. Às vezes preciso do zumbido irracional de uma televisão, a breve fuga de donas de casa superficiais e relacionamentos ruins, algo para me garantir que Simon e eu não éramos os únicos e que todo mundo tem problemas.

Se ao menos nossos problemas fossem simples, do tipo que pode ser resolvido na terapia de casal ou em uma escapada romântica, com recomendações de produtos e discussões roteirizadas.

Fecho os olhos e tento encontrar a energia necessária para percorrer os dez metros até a cozinha. Talvez comer ajude. Comer e tomar um comprimido para dor. Então talvez eu consiga produzir mais algumas palavras.

9

KATE

Kate se afasta da porta imponente, algo que com certeza pertence a Helena Ross, considerando a plaquinha grosseira em fonte manuscrita e raivosa que manda NÃO TOCAR! Se a advertência não fosse suficiente, também há uma lista plastificada, colada no meio da porta. Uma série de regras dirigidas a quem se atrever a pisar na propriedade. Apesar da preocupação, Kate se diverte ao notar que a lista é tão longa e ridícula quanto a que Helena lhe enviou uma vez.

Lendo essa lista, você imagina que um monstro do tipo que se delicia com crianças pequenas e faz uma expressão severa quando ouve uma piada mora na casa. Você jamais sonharia que os mesmos dedos magros que digitaram essas linhas também criaram Eva e Mike, o casal que flutua por aí quando não está se apaixonando loucamente. Existe um senso de humor e admiração dentro de Helena que ela só deixa transparecer nos romances, nunca nas interações pessoais. Kate passou muitas noites tomando vinho e imaginando a vida da escritora, se perguntando se as regras valem para todos os aspectos ou apenas no relacionamento com a agente. Imaginou-a com uma casa grande, bebês que amam livros e seu adorável marido, que faria cócegas enquanto ela escrevia e a puxaria para o quarto para fazer amor. Com certeza *esse* é o mundo que cria as histórias que Helena Ross escreve. E por que ela não teria essas coisas? Ela não é uma pessoa pouco atraente. Na verdade, é quase fofa de um jeito estranho. E é engraçada, com um senso de humor seco e incomum. Não se pode ler um de seus romances sem reconhecer isso. Ela consegue colocar humor na mais sombria das situações, adicionando vida suficiente para impedir que o coração do leitor pare.

Sua batida não obtém resposta. Ela se afasta da varanda e olha para o lugar. A casa se estende para o céu nublado, com dois andares abaixo do topo de uma colina e acima das casas vizinhas. Ela está sozinha no fim de um beco sem saída. Os lotes vizinhos estão ermos e cobertos de vegetação, com grama alta em comparação à linha de propriedades limpa e perfeita que é a Hilltop Way, 112. Grama escura, dura e curta cobre o jardim da frente, com a ponta afiada e precisa ao encontrar a entrada de carros pintada de branco. As pedras que levam ao degrau da frente também são dolorosamente brancas, colocadas cuidadosamente em uma base preta que combina com o tijolo cinza-escuro da casa. Não há cor em lugar algum, tudo variando em tons de cinza sombrio e destacado pelas flores brancas nas caixas das janelas. Todas as cortinas estão fechadas, sem chance de olhar lá dentro. Suas bordas são retas e estão presas de alguma maneira. Deve estar totalmente escuro sem a luz do sol que começa a aparecer nos braços de Kate. Essa casa não é o mundo das suas reflexões alimentadas pelo vinho. É uma realidade muito mais sombria e triste, que combina com o lado mais sombrio e difícil de Helena. O lado que cria regras e repreende agentes, a parte que ela teme. Ela olha para as câmeras de segurança da varanda, que apontam na sua direção. Levantando uma mão hesitante, acena.

Talvez o marido de Helena esteja em casa. Simon, esse era o seu nome. Seria bom conversar com ele. Talvez ele pudesse dar algumas pistas sobre a aposentadoria de Helena. Ela o encontrou uma vez, há cerca de dez anos, na primeira e única tentativa de Helena fazer uma sessão de autógrafos. Ele tinha sido legal, superprestativo e aparentemente imune às peculiaridades da esposa. Ela acenou outra vez e desistiu.

Foi bobagem ter vindo. Helena não é do tipo que recebe quem aparece sem avisar. Ela devia ir embora, voltar para o Camry alugado e dirigir as três horas de volta à cidade, fingindo que essa terrível ideia nunca lhe ocorreu. No entanto... faz uma pausa. Há momentos na vida de um agente em que ele precisa estar presente para seus autores. E o aviso da aposentadoria precoce de Helena *com certeza* se qualifica como um desses momentos.

Ela desce os degraus, para ao lado do carro e arrisca um último olhar para a casa vitoriana de dois andares.

Aquela é uma casa triste. Ela quase consegue ouvi-la chorando, ansiando por um pouco de vida.

Kate abre a porta do carro e para rapidamente, avistando a própria morte.

A mulher é quase esquelética, com ossos aparentes, olhos escuros fundos, lábios rachados e pálidos. Ela anda com cuidado, lutando pelo caminho inclinado, o cabelo úmido e desgrenhado e a boca comprimida em uma careta de raiva. Não, não é raiva. É dor. Kate a reconhece pelos ombros, o sulco da testa e o jeito de parar. Atrás dela, um grande arbusto esconde uma caixa de correio, e os envelopes nas mãos de Helena dão uma dica sobre sua origem.

— O que *você* está fazendo aqui? — Pelo tom altivo de Helena, as palavras claras e bem articuladas, nunca se imaginaria a condição de seu corpo. Nessas palavras, ela reconhece a escritora, ainda que sua aparência tenha mudado drasticamente.

Sete anos se passaram desde a última vez que se viram. Outros clientes a teriam abraçado. Ou sorrido. No entanto, para Helena, a saudação é quase calorosa.

— Eu queria falar com você — Kate diz, forçando os ombros para trás e ajeitando a postura. — Sobre sua aposentadoria.

— Me ver responde à sua pergunta? — Helena retruca, seca.

Não havia respondido. Até Helena dizer isso, não existia qualquer pista, por mais simples que fosse, que encaixasse todas as peças do quebra-cabeça. No breve momento em que o coração de Kate assume, ela entende.

Helena Ross não vai se aposentar. Ela está morrendo.

10

É interessante ver a reação de Kate quando ela compreende: o rubor pálido que cobre suas generosas bochechas, os olhos arregalados e o enrijecimento do queixo, como se estivesse esperando um golpe. Assisto à ação como uma observadora, e a parte escritora do meu cérebro cataloga cuidadosamente os indicadores para algum livro futuro que nunca vou escrever. É uma ação automática, e eu paro antes que a dor da realidade chegue. Mas ela vem mesmo assim. *Nunca mais vou escrever um livro.*

Kate engole em seco. Ela envelheceu nos últimos sete anos. Há mais afundamentos na pele do rosto, mais rugas no contorno dos lábios pintados de vermelho. Ela ganhou um pouco de peso. A calça preta está meio apertada nas coxas e o pescoço está mais carnudo do que me lembro. Ela mencionou uma vez, em um e-mail há vários anos, que estava se divorciando. Talvez seu relacionamento fosse como o meu — uma partida de xadrez repleta de segredos e peças de poder. Talvez o ex fosse o responsável por essa linha profunda na sua testa e pelas bolsas extras de pele embaixo dos olhos.

Ele provavelmente não é responsável pela umidade dos seus olhos, pelo seu ofegar e pelas lágrimas que caem de repente. Minha agente, a mulher que deveria cuidar da minha carreira, lutar pelos meus romances e enfrentar as editoras mais desagradáveis de Nova York, está *chorando*. Minha opinião sobre ela se desfaz. Eu a vejo umedecer os lábios e dar um passo cauteloso na minha direção.

— O que aconteceu com você, Helena?

O que aconteceu comigo? Tenho uma história que não tenho tempo para contar. Tenho uma casa vazia que cheira a morte. Não tenho amigos, família e ninguém para pedir ajuda. Estou morrendo, e é a melhor coisa que me acontece há muito tempo.

Dou de ombros.

— Estou com um tumor. Está espalhado por quase todos os lugares. Os médicos me deram três meses.

Ela vacila, e eu espero que não desmaie, porque mal consigo entrar na casa, muito menos carregá-la comigo. Eu suspiro.

— Você gostaria de entrar?

Ela assente e passa um dedo rápido ao longo da linha inferior dos cílios.

— Sim. Eu gostaria muito.

Eu me sento à mesa redonda da cozinha, um dos itens raros que ficaram na casa depois daquele dia. Não tenho energia para oferecer uma bebida a Kate, e ela não pede nada. Ela está acomodada na outra cadeira, com a bolsa gigantesca sobre os joelhos, e seus olhos se movem para todo lado, menos para mim.

— Quando você se mudou? — ela pergunta, apertando os dedos nas bordas do couro verde-claro.

— Há uns dez anos. — Sorrio. — Não sou muito fã de móveis. — É a explicação mais fácil para a casa vazia, uma vez que ela era cheia de vida, itens caros, barulhos e cheiros. Agora, prefiro a sensação ecoante e vazia do andar de baixo, as paredes nuas, os itens solitários que parecem esquecidos nos espaços gigantes. Os únicos cômodos que restam com vida são meu escritório e o quarto da Bethany. A sala de mídia também é a mesma, assim como o quarto principal, apesar de eu não entrar nele há anos. Esta casa ocupa quatrocentos e sessenta e quatro metros quadrados dos imóveis de primeira linha de New London e é possível colocar todos os pertences dentro desta cozinha — esse espaço utilitário e severo, atualmente ocupado por duas estranhas e por uma conversa desconfortável.

— Onde está o Simon? — Ela se mexe na cadeira e olha por cima do ombro, como se meu marido morto pudesse aparecer de repente.

— Foi embora. — Ela sabe que não deve fazer perguntas, e sou grata por ela não ter conhecido Bethany, nem ter tido informações sobre minha gravidez. Posso lidar com muitas coisas, mas a menção do nome dela é uma facada no coração. Uma tentativa de explicar sua ausência iria arrancá-lo pelo meu estômago.

— Ah. — Ela franze a testa e os dedos da mão esquerda tocam a parte superior da coxa, tirando uma linha solta do tecido amontoado. — Quem leva você para fazer quimioterapia e outras coisas?

Não estou fazendo quimioterapia. Nem radioterapia. Nem qualquer outra "coisa". Mas não estou no clima para uma palestra de dez minutos sobre minhas responsabilidades comigo mesma, então ignoro essa parte.

— Eu vou com meu carro. Ou pego um táxi.

Ela arregala os olhos diante da afirmação. Provavelmente tem vários amigos, todos pulando com a oportunidade de buscá-la, de enfrentar o trânsito da cidade, levá-la para o hospital e aguardar pacientemente — enquanto ela enfrenta todos os formulários, perguntas, coletas de sangue e conversas tristes. Não que eu me importe de fazer tudo sozinha. Tive um livro para me divertir, o mais recente de Marka Vantly — uma escolha infeliz, mas não pude resistir ao desejo competitivo de saber o que minha rival está aprontando.

— Posso ficar aqui — ela oferece. — Te levar para os lugares. Ou... — Ela olha em volta. — Você sabe. Te ajudar com a casa.

— Não. — Não consigo pensar em nada pior. Só a conversa me mataria... sua conversa incessante, as ofertas e os olhares de pena... seria um inferno. Um inferno pior do que o que ocupo atualmente, onde tenho que lutar para fazer tarefas básicas e sou ignorada pelo rato.

— Quando você descobriu?

— Faz uns dez dias. Tenho perdido peso há um tempo, e minha energia... — Nem sinto vontade de terminar a frase. Não é só a minha energia, apesar de ter sido a parte mais irritante. Sinto também dores de cabeça, o nariz sangra, o equilíbrio muda, e os desmaios. Acho que tive mudanças de humor, embora seja difícil dizer, já que tenho tão pouca interação com os outros. — O médico disse que o tumor tem um ano mais ou menos.

— Ah, Helena. — Ela estende a mão, do outro lado da mesa, e eu movo as minhas para debaixo do móvel, apertando-as entre as coxas. Me arrependo da ação quando vejo seu rosto refletir a dor e os olhos baixarem para a mão. Vejo um momento doloroso de vergonha antes que ela se recupere. Ela endireita as costas e abre a bolsa, puxando uma pasta e uma caneta. — Eu trouxe a documentação para rescindir o contrato de *Destruída*. Você vai precisar devolver o adiantamento, é claro.

Devo ter revelado algo no telefone, acionado algum alarme interno que a levou a imprimir esse contrato, dirigir três horas para New London e entregá-lo pessoalmente, em mãos. Se eu tivesse energia, me sentiria violada. Em vez disso, só quero dormir.

Ela pega também um caderno e eu me animo ao ver uma caneta, aguardando por alguma ação iminente.

— Entendo que você não queira minha ajuda — ela começa. — Mas vamos falar sobre o que você precisa. — Ela arqueia uma sobrancelha repleta de pelos na minha direção. — Governanta? Cozinheira? Ah! — Ela abaixa a cabeça e começa a escrever. Observo a palavra MOTORISTA aparecer em letras claras e de forma.

Há um ano eu teria perguntado o que é que ela está fazendo, invadindo minha casa e tentando dominar minha vida. Há um ano ela nem sequer estaria sentada nesta mesa. Eu teria ordenado que ela saísse do meu gramado, mandado que voltasse para a cidade e depois lhe enviaria um e-mail com muitas palavras em que listaria todos os seus erros, enquanto sutilmente ameaçava demiti-la.

Há um ano eu não precisava da ajuda de ninguém. Agora, não estou em posição de recusar assistência, apesar do rosnado do meu orgulho, que eu engulo.

— Bom — ela fala, animada, como se aquilo fosse um trabalho de escola e ela tivesse sido nomeada nossa líder. — Podemos encontrar alguém para te levar ao médico, pegar sua medicação e tudo mais. E uma empregada e uma cozinheira... você concorda com isso?

Mordisco o lábio inferior, considerando a ideia. Simon sempre quis uma "governanta" — alguém para dirigir para nós, cuidar do cara do paisagismo, trocar lâmpadas e atender a todas as suas necessidades. Rebati essa ideia o tempo todo, em pânico com o pensamento de uma estranha abrindo minhas gavetas, reorganizando minhas coisas e pulando no meio da nossa vida.

— *Nós podemos definir zonas restritas* — *Simon argumentou, com a expressão teimosa e cruzando os braços contra o peito largo.* — *Ela não poderia colocar os pés no seu escritório, na sala de mídia ou...* — *Ele olhou em volta, como se a cozinha estivesse em discussão.* — *Ou onde quer que você não queira.*

Ela. Sempre foi ela. E talvez tenha sido por isso que odiei a ideia. Eu não precisava de uma mulher na minha casa, se apossando dos meus processos, analisando meu casamento, a relação com minha filha ou nossos caprichos pessoais.

— Não quero ninguém aqui. — Solto o lábio e olho para Kate, sentindo meus músculos tensos para brigar.

— Tudo bem. — Ela sorri, e me lembro de como é chato estar perto de pessoas extremamente alegres. — Posso conseguir entregas diárias de refeições, alguém para deixar a comida. — Ela olha para o chão e eu espero que ela mencione a limpeza, enquanto observa a poeira que começou a se acumular à medida que minha saúde se deteriorava. Observo a caneta se mover quando sua atenção retorna à página, e ela escreve ENTREGA DE REFEIÇÕES DIÁRIAS e depois olha de volta para mim. — Você precisa de uma enfermeira?

— Não. — De repente estou com fome. Deve ser por causa dessa conversa sobre comida. Meu estômago se aperta com o pensamento de algo fresco e caseiro, já que passei os últimos meses comendo comida congelada. Mas não posso mencionar comida *agora*. Isso só incentivaria a invasão desagradável de Kate, justificaria sua atividade intrometida e daria credibilidade à lista estúpida que ela pretende criar. Será que essas entregas diárias de refeições podem incluir sobremesas? Eu mataria por um bolo de morango. Ou rabanada. Ou...

— Algo mais? — Ela olha para mim, e percebo em seu sorriso mal escondido que ela está gostando *disso*. Não da dor ou da doença, não acho que ela seja uma candidata à síndrome de Munchausen por procuração. Mas a ação lhe agrada, a capacidade de me ajudar, de fazer alguma coisa... é disso que ela gosta. E talvez seja esse entendimento que me faça abrir a boca, confessar a necessidade, o medo que eu ainda não havia encarado completamente.

— Preciso que você me arranje um ghostwriter.

11

KATE

Um ghostwriter. Kate pressiona a língua contra os dentes na tentativa de não abrir a boca para pedir esclarecimentos sobre um conceito que ela pensou que Helena Ross jamais consideraria. Esqueça engolir o orgulho por ter alguém para preparar suas refeições. Era um trabalho mil vezes mais pessoal, mais invasivo — para não dizer impossível. Não há como Helena Ross ficar bem com outras mãos tocando seu manuscrito, lendo suas palavras, muito menos *escrevendo* em seu nome. Kate apoia a caneta com cuidado, deslizando as mãos no colo e transformando as feições em uma agradável máscara de aceitação.

— Você quer contratar um ghostwriter — ela repete. — Para o livro que você está escrevendo? — O livro pelo qual ela dirigiu até aqui para convencer Helena a mudar de ideia, esperando que um encontro com a mulher fosse além de um telefonema.

— Sim. Estou com medo de não ter tempo para terminá-lo. Um ghostwriter pode trabalhar mais rápido. — Os olhos de Helena estão focados na mesa, em uma longa fenda na madeira, que segue pelo centro e depois se ramifica para a esquerda.

— O livro que você quer que eu venda para Tricia Pridgen?

— Sim.

Bom, Helena poderia esquecer essa possibilidade. Por mais difícil que fosse vender esse manuscrito antes, pelo menos um romance de Helena Ross teria algum valor. Um romance escrito por um ghostwriter, usando o nome de Helena Ross... seria um veneno, especialmente para alguém como Pridgen. Kate afasta da cabeça o valor de um livro póstumo, o conceito ainda cru demais para ser considerado.

Uma dúzia de perguntas para na ponta da sua língua. Por que esse livro é tão importante? Por que escrever um livro? Por que não passar seus últimos meses de vida fazendo algo divertido e emocionante, riscando itens de uma lista com um aceno do seu dedo podre de rico? Por que não transformar o livro em um conto? Em que estrutura de compensação ela está pensando para o ghostwriter?

Ela escolhe a mais urgente.

— Você tem alguém em mente?

HELENA

Pela primeira vez desde que contratei Kate Rodant, não tenho resposta. Trazer à tona o conceito de ghostwriter parecia um passo grande demais. Pensar em quem poderia ser... minha cabeça gira.

Isso me lembra de quando pesquisei sobre barriga de aluguel. Não para mim, mas para um dos meus personagens. Passei vinte minutos no telefone com uma mulher de Boston, que carregou na barriga três bebês para outras mulheres e conversou sobre a experiência com o ar desapegado de um psicopata.

Naquela época, eu não conseguia decidir se preferiria uma mulher como aquela em vez de uma que se importaria verdadeiramente com o feto e que poderia desenvolver um apego emocional a algo que era, de fato, meu e não dela.

Abandonei o enredo pela mesma razão pela qual agora quero abandonar essa conversa: era exaustivo pensar, as apostas eram muito altas e as escolhas, terríveis demais.

Preciso de alguém com habilidade, que conheça meu estilo de escrever e com talento.

Alguém que não precise contar a própria história, mas que possa adotar a minha. Alguém que não se apegue emocionalmente à história, alguém sem sentimentos.

Levo mais tempo do que o necessário para ver a resposta, que surge na minha cabeça antes que eu a afaste.

Eu sei de quem preciso.

E prefiro morrer a pedir a ela.

12

KATE

— Marka Vantly.

Kate estuda o rosto de Helena, que não tem nenhum traço de humor, embora as palavras devam certamente ser uma piada. Ela pode não saber sobre sua doença ou sua estranha casa vazia, mas sabe uma coisa sobre sua cliente: Helena *odeia* Marka Vantly. Outro agente da empresa em que trabalha havia representado Marka em um pequeno acordo de direitos conexos, e Helena ameaçara demitir Kate por isso, tendo sido veemente ao repudiar qualquer associação entre suas marcas. Foi por isso que Helena fechou com a Hachette, embora a Random House tivesse oferecido adiantamentos muito mais altos. Marka publica com a Random House, e com qualquer outra casa que assine com um autor independente... Helena tinha rasgado o contrato de sete dígitos e o enviado de volta para Kate com um cartão eloquente que quase lhes mandava para o inferno, com vários pontos de exclamação.

Kate pega sua caneta.

— Por que Marka Vantly? — Ela olha para a página, anotando cuidadosamente o nome da mulher e lutando para se manter inexpressiva. Marka não vai topar. A mulher é o sonho de qualquer editora, com seu calendário de lançamentos reservado até o ano seguinte. Além disso, não há segredo sobre a rivalidade entre as duas. É como pedir a Darth Vader para regar as plantas de Luke Skywalker.

Helena ergue o rosto, observando Kate como se estivesse decidindo se ela está apta a receber essa resposta.

— Não sei — ela finalmente diz, suas palavras lentas e metódicas.

Até mesmo Kate, limitada em seu conhecimento a respeito de Helena, é capaz de ouvir a mentira, a indiferença casual impregnada em centenas de segredos.

— Tem certeza?

Ela observa as mãos de Helena se apertarem, a cabeça se virar e o olhar na direção da janela. Não há nada para ver, já que os vidros estão fechados, apesar das repetidas ofertas de Kate para abri-los.

— Sim. — Os lábios de Helena se apertam ao pronunciar a palavra. — Ligue para o agente dela e organize isso.

HELENA

Kate não compreende. Vejo isso na maneira como ela segura o celular, os ombros rígidos, sem parar de olhar na minha direção, como se quisesse que eu a impedisse. Ela me perguntou três vezes se tenho certeza e eu deixei claro que ela não precisa perguntar novamente.

Simon adorava me questionar. Ele nunca ficava satisfeito em ouvir algo uma vez, sentia a necessidade contínua de se tranquilizar com uma resposta. Quando compramos a casa, ele me perguntou sete vezes se eu tinha certeza. *Era o bairro certo? O preço certo? Precisávamos de uma maior? Ou essa era muito grande?* Eu disse a ele que gostei, o tranquilizei de que tudo ficaria bem, mas ainda assim ele se preocupou. Se afligiu. Me *aborreceu*.

Me lembro de entrar na cozinha no dia da assinatura do contrato e pensar que estava terminado. De inalar o perfume de lírios frescos, convencida de que nesta nova cidade, longe dos amigos dele, dos ruídos e sons da cidade, ele finalmente se acalmaria, que nos acomodaríamos e seríamos felizes, e que todas as perguntas finalmente *parariam*.

Uma mulher deve ser capaz de comemorar a compra do seu primeiro lar, mas só me lembro de querer um pouco de silêncio.

— Vou ligar para o agente dela. — Kate fala do seu lugar no balcão da cozinha, com o celular na mão e o polegar apoiado nele, e juro por Deus, se ela continuar parada por mais tempo, vou cortar seu dedo e usá-lo para apertar os botões.

— Então ligue agora. — Acho que está na hora de criar um novo conjunto de regras. Kate parece grudada com teimosia ao meu lado, e, por mais mesquinhas que sejam minhas regras, esse é um exemplo brilhante do seu valor. A regra número um pode ser algo como *Quando disser que vai fazer uma coisa, cale a boca e faça.*

Kate limpa a garganta e eu encaro seus dedos, sentindo a tensão no meu peito se liberar quando ela começa a digitar.

13

KATE

Ninguém atende. Kate afasta o celular da boca, batendo os dedos na bancada de granito, e se vira para Helena.

— Caixa postal.

— Deixe um recado. — Helena se debruça sobre uma caneca de chá de cerâmica e murmura a ordem na direção de Kate. Seu humor parece mudar sem estímulo claro, desencadeado por gatilhos que a agente ainda precisa descobrir quais são. Isso a lembra da própria tia, uma mulher esquizofrênica que assava biscoitos em um momento, depois os pegava da sua mão e os jogava no lixo, resmungando sobre veneno e conspirações do governo. Helena é um caso muito mais brando. Suas mudanças são mais sutis, e seus altos e baixos variam de levemente entretidos a irritados e deprimidos. Esse foco completo em um novo livro, a coisa com Marka Vantly... parecem vir do nada. Cancelar *Destruída*, a apenas algumas semanas da entrega, e passar seus últimos meses escrevendo um livro novinho em folha, um livro que será escrito por Marka Vantly? Isso não faz sentido. Helena Ross pode precisar de um psiquiatra, medicamentos mais fortes ou férias no Taiti, mas não precisa de um ghostwriter.

A gravação da caixa postal termina e soa um sinal, que é a sugestão para deixar o recado. Ela deixa uma mensagem — um discurso divagante se apresentando e pedindo ao agente que ligue de volta. Ron Pilar representa Marka há mais de uma década, sua principal estrela em uma carteira de doze clientes. Ele é o agente que ela sempre sonhou se tornar, um sonho que morreu há anos, na época em que os fios grisalhos começaram a aparecer em seus cachos vermelhos. Ron não sabe quem ela é; ele provavelmente nem vai ligar de volta. Ela termina a ligação e ergue o rosto para encontrar os olhos de Helena fixos nos seus.

— Que mensagem terrível — a mulher fala baixinho. — É a primeira vez que deixa uma?

Kate solta um suspiro controlado.

— Para ele, sim.

— Ele te intimida?

Ela sorri, apesar do nervosismo. A curiosidade na voz de Helena tinha um tom de... apuração. Em outro momento, Kate poderia ter sido uma futura personagem, uma mulher insegura em um romance ainda a ser escrito.

— Sim — ela admite. — Ele é um nome muito importante no mercado.

— E você não é? — Mais uma vez, havia uma inocência genuína em sua pergunta. Como se ela não percebesse o quanto era patético um agente ter apenas um cliente de sucesso.

Ela aperta os lábios. Aquela é a única rachadura que não consegue conter.

— Não.

A resposta não perturba Helena, que retorna o foco para si mesma, como sempre.

— Quanto tempo vai demorar para ele ligar de volta?

— Não faço ideia.

Helena confere as horas em um relógio de *A Bela e a Fera* com uma pulseira rosa grossa, presa no buraco mais distante.

— Tomei um comprimido para dormir um pouco antes de você chegar. Se não se importa, vou deitar por algumas horas.

— Tenho trabalho para fazer — Kate fala. — Se você não se incomodar, vou pegar meu laptop e trabalhar aqui.

Helena move os olhos para a mesa da cozinha e depois de volta para o seu rosto, como se estivesse considerando o cenário alternativo — mandar Kate embora, para o carro, ou, pior, de volta para a cidade.

— Tudo bem — ela fala devagar. — Vou estar no sofá.

Quando ela se levanta da mesa, é com um esforço lento, e Kate luta contra o desejo de oferecer assistência, permanecendo no lugar enquanto Helena caminha lentamente pela cozinha e pela sala grande, quase caindo no sofá e puxando um cobertor sobre seu corpo.

— Me acorde daqui a duas horas — ela murmura. — Por favor.

Por favor? Helena já havia usado essa palavra antes? É muito estranho ver essa sua versão, uma versão muito diferente da mulher com quem lidou em e-mails e telefonemas semanais. Há sete anos, a última vez que elas se encontraram — por meia hora no escritório de Kate —, seu corpo estava firme, seu humor, seco e agudo, e suas instruções tinham sido dadas com um toque de superioridade. Ela sempre fora reservada, nunca compartilhou detalhes da sua vida, o que deixava a imaginação de Kate divagar por conta própria, pintando uma vida de cor e riqueza, com uma família unida e cães, as noites passadas lendo diante de um fogo crepitante, um bebê gordinho engatinhando perto dela em um tapete macio. Sempre atribuíra a irritabilidade e a comunicação estrita de Helena à sua inaptidão. Com certeza ela não era assim com todo mundo, com certeza ela...

Agora que Helena ficou em silêncio no sofá, com o corpo magro engolido pelo cobertor e a casa estranhamente silenciosa, ela percebeu a amarga verdade do assunto. Talvez ela não tenha mais ninguém com quem se irritar. Talvez ela não tenha ninguém.

A busca por um carregador de celular leva Kate ao segundo andar da casa de Helena Ross. Ela aperta o interruptor e a luz cintila em um quarto vazio, revelando paredes brancas, pisos de pinho e um ventilador de teto. Ela apaga a luz e segue pelo corredor, o som de seus passos parecendo ameaçador na casa deserta, o prólogo perfeito para qualquer filme de terror.

O cômodo seguinte, outro quarto, também branco, está igualmente vazio. Ela segue em frente, mas a próxima porta está trancada. É misterioso que todos os quartos estejam vazios. Por que Helena compraria essa casa enorme se não usa o espaço? Não faz sentido desperdiçar todos esses cômodos, não quando ela tem dinheiro para encher cada um deles com belas obras de arte, móveis, tapetes grossos e lustres de cristal. Kate encosta a orelha na porta trancada, imaginando se é um quarto ou armário.

No andar de baixo havia um grande salão vazio. A sala de estar estava mobiliada apenas com um sofá e uma televisão, a cozinha só com uma mesa e duas cadeiras. Todos os outros cômodos — sala de jantar, sala de estar formal, hall de entrada e quarto —, todos vazios. No andar de cima, o quarto principal era o único até agora com móveis. A cama king size estava cuidadosamente arrumada, e ela resistiu ao desejo de afofar os travesseiros ou puxar as cobertas. Parou na grande janela e olhou para as cortinas intactas. Talvez pudesse comprar algumas flores em uma floricultura local, algo para colocar na mesa de cabeceira e dar um pouco de cor ao quarto.

Ou não. A paciência de Helena com Kate devia estar se esgotando. Em circunstâncias diferentes, ela já teria sido convidada a sair. Helena, provavelmente por pura conveniência, ainda não seguira esse caminho.

A porta no final do corredor está fechada e ela para diante dela, vendo um pedaço de papel colado à superfície, uma das famosas listas de Helena Ross.

Só que essa lista é diferente. Foi escrita com lápis colorido, letras grandes e cheias de curvas. Essa lista a faz sentir como se houvesse uma mão apertando ao redor do seu coração.

Regras do quarto de Bethany
1. Nada de meninos.
2. Tire os sapatos.
3. Se tocar música, tem que dançar.
4. Não mexa na minha arte.
5. Nada de palmadas.
6. Traga cookies.
7. Não apague a luz.

Às vezes você só precisa de um instante para entender uma pessoa.

A sensação de perda no ar... não é imaginada. A vida que sua mente havia pintado... em algum momento, tinha sido real. Em algum momento ela criou essa criança que fazia listas, que odiava palmadas e adorava biscoitos. Kate olha para a lista e sabe, sem segurar a maçaneta, que não há ninguém no quarto. Ela se dá um longo momento para se preparar, depois vira a maçaneta e empurra a porta.

Paredes verde-claras, da cor do quarto de Eva em *Forçado amor*. Uma cama pendurada no teto por cordas douradas e rosa, a colcha, uma montanha organizada de travesseiros e bichos de pelúcia. Ao lado de uma janela há uma mesa, com a superfície coberta de desenhos, lápis cuidadosamente alinhados e organizados por cores. O lado direito do quarto tem um mural pela metade, material escolar por perto e uma boneca esquecida no chão.

A peça mais comovente está no meio do chão: um saco de dormir desenrolado sobre o tapete, com o tecido amassado e aberto, e o travesseiro com aparência de ter sido usado. Muito diferente da cama dura e sem uso do quarto principal, esta cheira a uso frequente, a noites sem dormir e lágrimas. A garganta de Kate fica apertada e ela pisca, se virando para sair do quarto antes de perder a compostura.

Ela não olha mais pela casa.

Depois disso, ela não consegue.

14

Minha casa cheira a alvejante. Kate enfrentou o andar de baixo, usando luvas cirúrgicas e armada com um frasco de spray e toalhas de papel. Ela provavelmente teria sido uma boa colega de quarto, alguém que entenderia minha necessidade de conformidade com a geladeira e regras organizacionais. Simon sempre riu das preocupações que eu tinha, assim como fez com minha pesquisa de imunização e o alarmante índice de qualidade do ar no Brooklyn. A pesquisa, o envelope grosso preso com três elásticos, cheio de estatísticas aterradoras, foi o motivo pelo qual nos mudamos para New London, a três horas da costa. Era uma cidade pequena, com taxa de criminalidade aceitável e ar limpo. Cresci aqui, e abracei a ideia de voltar, devido a minhas lembranças da cidade pacata, cheia de visitas à biblioteca e de tardes tranquilas lendo na rede do quintal. Minha mãe também abraçou a ideia, comprando uma casa a alguns quilômetros, o que permitiria que ela se oferecesse para ficar com a neta. Ofertas que foram recebidas com simpatia por Simon e receio por mim.

Observo Kate enquanto ela limpa a frente do meu laptop, prestando muita atenção ao teclado e esfregando a superfície das letras. Quando termina, ela cuidadosamente o vira para mim, quase com reverência, movendo-o para o meio exato da mesa da cozinha. Um cronômetro no relógio apita e ela se vira com calma, vai até o armário, pega um frasco de comprimidos, abre a tampa e retira um. Em seguida, o estende.

— Já pensou em ser enfermeira? — pergunto, com ironia, estendendo a mão com cautela, e pego o remédio, meio irritada, meio agradecida. Talvez tomar meus remédios conforme prescrito, na hora certa e com comida, ajude a minimizar os sintomas. Já me sinto melhor, renovada depois do cochilo, que fez a dor de cabeça diminuir até se tornar quase imperceptível.

— Não ria — Kate fala —, mas já.

— Sério? — Estendo a mão para a frente e pressiono o botão para ligar o laptop.

— Sim. — Sua resposta rápida me faz sorrir. Antes, enquanto ela deixava mais uma mensagem na caixa postal do agente de Marka, zapeei os canais de televisão e perguntei o que ela gostava de assistir, uma pergunta que ia de encontro à regra número quatro, na qual — em um dia mal-humorado há alguns anos — afirmei que ela nunca deveria compartilhar detalhes pessoais de sua vida comigo. Parecia um pedido razoável na época, pensado para aumentar minha produtividade. Agora, parece uma chatice. Ultimamente, todas as minhas regras parecem desagradáveis. E *super*controladoras, o que é péssimo, já que essa era a queixa mais comum de Simon, uma queixa que sempre refutei sem consideração.

Meu computador termina a inicialização e eu abro o e-mail. Há um de Charlotte Blanton, e preciso de um momento para reconhecer o nome. Charlotte. Lembro da campainha sendo tocada, da pergunta sobre meu marido e da intrusa. Clico no e-mail dela, sentindo o peso dos condenados. Qualquer fantasia de irmandade perdida desaparece assim que a mensagem abre. Ela é curta e vai direto ao ponto, o que eu aprecio. Todo o resto sobre ele eu odeio.

Helena,

Sou jornalista do *New York Post* e estou escrevendo um artigo sobre seu marido. Tenho algumas perguntas a fazer e informações para compartilhar. Por favor, me ligue.

Charlotte Blanton
Jornalista investigativa, *New York Post*

Esperei quatro anos por algo assim. Que alguém encontrasse um fio solto e desse um puxão suave, que se transformaria em mais, fazendo tudo se desenrolar até que nossos segredos fossem revelados ao mundo. Isso pode se transformar em uma tempestade de merda da imprensa. Poderia ser a maior história do ano, amplificada pela minha morte iminente. Posso ver as manchetes agora. Posso ver os jornais vendendo muito e meu beco sem saída cheio de vans e microfones.

Não posso deixá-la fazer isso. Não posso deixar Charlotte Blanton estragar tudo quando finalmente estou pronta para contar a história eu mesma.

Arrasto cuidadosamente o e-mail dela para a pasta de SPAM e bloqueio seu contato. Pronto. Feito. O celular de Kate toca, ela o pega e seus olhos se conectam com os meus.

— É Ron Pilar.

— Não. — Pressiono os dedos contra a testa, sentindo náuseas, sem saber se a condição foi causada pelo comprimido recente ou pelas palavras que acabaram de sair dos lábios vermelho-escuros de Kate. — De jeito nenhum. — Uma coisa é entrar em contato com Marka Vantly com uma proposta de negócio. Outra é um *encontro* entre nós, cara a cara, que é o que ela quer.

— Não estamos exatamente em posição de exigir nada nessa negociação — Kate fala com cuidado, sentada no sofá do escritório. Subimos a escada depois da ligação. Eu sentia necessidade de chegar até meu calendário e meus arquivos, e sair daquela maldita cozinha. Ela está usando a mesma blusa, o que é um lembrete de que esse é o mesmo dia em que fui até a caixa de correio e vi seu carro chegar. Parece que uma semana se passou, sua presença já tendo deixado de ser estranha para... não amiga, mas algo entre os dois. Há trinta minutos ela foi ao banheiro sem perguntar onde era. Durante minha soneca, ela deve ter andado pela casa, descobrindo os quartos vazios, os pedaços ocasionais de habitação. Ela tentou abrir a porta da sala de mídia? Provavelmente. Sem dúvida viu o quarto de Bethany e minha cama lá. Pela mudança em seus olhos, a suavização em seu discurso, a maneira delicada com que está me tratando... ela acha que sabe. Talvez, antes de me acordar, tenha feito uma pesquisa na internet sobre meu nome de casada. Talvez ela saiba tudo ou pense que sabe.

Ela segue meus olhos, olhando para a blusa, e a alisa de forma consciente.

— Eles disseram que Marka vem até aqui. Você não precisa viajar.

— Não — respondo, sentindo minha irritação aumentar, tanto por sua invasão quanto pela de Marka. — Vou descrever tudo e nós podemos nos comunicar por e-mail. — Qualquer coisa para impedir que os saltos altos de Marka Vantly batam em meu chão, seus olhos vagueiam em minha casa vazia, na minha calça de moletom e em meus cabelos oleosos. Não quero ver um sorriso estúpido surgir em seu rosto enquanto ela bate aquelas unhas perfeitas contra seus lábios sensuais. Dane-se *isso*.

— Ela não concordou com nada, só quer conversar.

Marka não quer conversar. Ela quer fazer perguntas, descascar as camadas da minha alma e entender por que, depois de uma década de insultos, eu a escolhi para escrever essa história. Ela quer saber sobre o cronograma ridiculamente curto e minhas motivações. Seu interesse é saber sobre a história e por que ela é tão importante — minha próxima inspiração é uma luta, enquanto o pânico aperta meu coração.

— Não — declaro. — Não posso.

— Está se sentindo intimidada por ela? — Ah, a ironia amarga, minha pergunta anterior jogada tão facilmente de volta na minha cara. É manipuladora, mesmo que tivesse sido comigo, mas endireito a coluna, apesar de conhecer seus motivos.

— Claro que não — respondo. — Ela simplesmente não vale o meu tempo. — Me viro lentamente na cadeira, movendo os olhos sobre o quadro de cortiça, focando o pedaço de papel gasto, a sinopse presa com destaque no centro do quadro. Se Kate procurasse com atenção. Se ela pensasse bem, descobriria coisas.

— Nós poderíamos conseguir um autor diferente — Kate oferece. — Talvez Vera Wilson ou Kennedy...

— Não — digo, com os olhos presos na linha de abertura da sinopse. *Se você mentir vezes suficientes, ninguém mais acredita na sua verdade.*

— Não *precisa* ser Marka — Kate insiste. — Eu poderia tentar...

— Não — repito, e minhas palavras soam mais fortes. Vera Wilson, Kennedy Blake ou Christina Hendlake... são todos iguais. Palavras nas páginas. Bem escritas, o trabalho deles não tem espaço para críticas. Mas também não tem vida. Essa história... minha última história... precisa de vida. Precisa de alma. Ela precisa ser poderosa o suficiente, e não sei se sou capaz de lhe fazer justiça. Preciso do melhor possível, e, com orientação, talvez Marka possa ser treinada. Talvez, com uma mão pesada na direção, ela consiga fazer a tempo. Ela escreve rápido, sei disso. Vou fazer o esboço, ela pode escrever, e eu posso editá-lo bem. Guiá-la para um terreno melhor quando ela se perder. Isso *pode* ser feito. *Tem* que ser feito.

— Helena? — Kate pergunta, mas suas últimas frases ficaram perdidas no emaranhado dos meus pensamentos. Eu me viro para ela, levantando uma sobrancelha. — Quer que eu cancele com o pessoal da Marka?

— Não — resmungo. — Me deixe enviar um e-mail para ela primeiro.

Se você mentir vezes suficientes, ninguém mais acredita na sua verdade. É uma boa introdução. Eu só queria que não fosse tão verdadeira.

Meu e-mail lindamente redigido para Marka, no qual me abstenho de insultos ou palavrões, fica sem resposta, um status que me enfurece. Me mantenho firme por um dia inteiro e depois cedo, dando a Kate permissão para ligar para o agente dela e concordar com a reunião. Passei quase uma década lutando contra essa autora. Agora, com a pressão do meu prazo, concordo.

Não sei por que ela insistiu em vir até aqui. Para piorar as coisas, sinto a certeza de Kate de que Marka não vai concordar com os termos. É uma possibilidade legítima, que tenho medo de considerar. Droga, se Marka tivesse entrado em contato há seis meses com um pedido semelhante, eu teria rido dela. Teria tido um prazer perverso em recusar com um e-mail redigido de forma maliciosa, com a intenção de atingi-la quando ela estava por baixo. Eu teria sido a maior vaca do planeta.

E esse é o principal motivo pelo qual inicialmente recusei seu pedido de um encontro cara a cara. O cenário mais provável é que ela venha até aqui sem nenhuma outra razão além de me constranger pessoalmente. Ela vai curvar a boca carnuda, rir da minha proposta, da minha linha do tempo e da minha vida. Vai julgar minhas características desiguais e meus cabelos pegajosos. Ela vai ser como as garotas populares da sétima série, só que desta vez eu *vou* me incomodar. Isso *vai* importar.

Preciso de Marka.

Mas também tenho pavor dela.

Faltando menos de vinte e quatro horas para nossa reunião, sinto uma onda de náusea e tropeço em direção a uma cadeira.

15

Quando ele conhece minha mãe, é como manteiga na torrada quente, uma fusão de almas — uma união sem esforço em que sou uma simples espectadora. Me sinto traída ao vê-la rir das piadas dele, vendo-o abrir a porta para ela e seu elogio ao trabalho dela.

Eu o preparei para sua desaprovação dura, seus olhares de julgamento e sua psicanálise. Não me preparei para vê-los se dando bem, para ver minha mãe sorrindo para mim e os dois se unindo.

Depois vai ser uma luta — mas, naquela tarde fria de domingo, é só irritante. Eu...

A campainha toca e meus dedos param acima do teclado, deixando o parágrafo inacabado na tela diante de mim. Movo os olhos para o relógio, preocupada por um momento que tenha perdido a noção do tempo e que Marka já esteja aqui. Mas são quinze para as quatro, quinze minutos antes do nosso compromisso. Não consigo imaginar Marka chegando antes do horário. Na verdade, espero que ela se atrase.

A campainha toca pela segunda vez, e eu me levanto da mesa, salvo o arquivo e vou para a porta, andando o mais rápido que consigo, sentindo de repente uma necessidade urgente de chegar antes de um terceiro toque.

Chego à porta e a abro, pega de surpresa pelo homem que está lá. Imediatamente imagino que seja Ron Pilar, o agente de Marka. Esse homem — rosto corado, cabelo selvagem, roupas amassadas — não é um agente e *com certeza* não é de Nova York. Não há um osso polido dentro da camisa cáqui, que tem um número desnecessário de bolsos e um peixe bordado na frente. Nenhum vendedor ficaria em sua posição confortável, com uma mão enfiada no bolso e a outra tocando a campainha em saudação. Observo sua mão se mover, notando os calos na palma, as rachaduras na pele e o anel de ouro no dedo anelar esquerdo. Se eu olhar de perto, provavelmente haverá sujeira sob as unhas dele. Espero que ele não seja o motorista que Kate contratou, que esteja aparecendo um dia mais cedo. Não tenho como deixar um homem assim me levar a qualquer lugar.

— Helena? — O sotaque ao pronunciar meu nome é profundo e masculino, e já descrevi vozes como essa centenas de vezes, do tipo rude, que faz mulheres fracas desmaiarem contra cercas. Não vou desmaiar. Vou chutá-lo para fora da varanda, *imediatamente*, antes que Marka Vantly e sua equipe cheguem. Olho para seu veículo, uma caminhonete Ford branca, parada no meio da minha entrada.

— Tem um cartaz aqui. — Aponto. — Não toque a campainha. Não estacione na entrada. E não peça nada.

— Ah. — Ele sorri. — E eu pensei que essas regras tinham sido criadas exclusivamente para mim.

Eu o encaro inexpressiva, não vendo sentido em sua resposta. Pior ainda, ele continua aqui, com as botas em cima do tapete escrito *Vá Embora*, enquanto minutos preciosos passam. Eu deveria estar me tranquilizando e me mantendo composta. Essa distração... não tenho tempo para isso.

— Você precisa ir embora.

— Cheguei um pouco antes da hora. — Seu sorriso continua no lugar e é divertido, como se sua piada pessoal fosse muito fascinante para ser compartilhada. — Prefere que eu espere na caminhonete até as quatro?

Cheguei um pouco antes da hora. Prefere que eu espere até as quatro? As palavras lentamente se encaixam, e eu pisco, processando as possibilidades. Minha pergunta seguinte é uma tentativa desesperada de ganhar tempo.

— A caminhonete que está na entrada?

Ele ri e eu fico feliz que isso seja muito divertido para ele.

— Sim.

— Você é Ron Pilar? — Não pode ser, a menos que Ron Pilar negocie contratos de livros sobre cercas, antes de cuidar do gado.

— Aquele idiota? — Ele tosse e ri. — Não. — Sua boca se contrai como se ele estivesse escondendo alguma coisa.

Quer dizer que ele conhece Ron Pilar. Ou então ele é louco e está empenhado em me levar a um estado mental semelhante. De qualquer forma, já me cansei desse jogo de adivinhação.

— Não estou com tempo para isso — digo de forma brusca, sentindo meus encantos sociais esgotados. — Fale quem você é ou saia da minha varanda.

— Desculpe — o homem responde, mas não parece nem um pouco sincero. Ele estende a mão para meu espaço pessoal, com um sorriso emoldurado por uma barba ao longo daquele rosto rude. — Sou Mark Fortune. Mais conhecido como Marka Vantly.

Marka Vantly.

Sou Mark Fortune. Mais conhecido como Marka Vantly.

No ar, há a sugestão do crepúsculo, um abrandamento do calor e o leve aroma de madressilva na brisa. Nos olhos dele, há diversão e um brilho de conhecimento que atinge meu coração.

— Você não é Marka Vantly. — Minhas palavras soam confiantes. Ignoro sua mão e cruzo os braços, na tentativa de fortalecer minha posição. Ele é maluco. Deve ter invadido o e-mail de Marka, chegado antes da reunião e está tentando invadir minha vida. Escolheu uma péssima história para contar. A imagem de Marka é reconhecível até mesmo por alguém que não é do mercado editorial, já que a perfeição loira está estampada em cada livro dela. Esse fazendeiro... ele não poderia ser menos plausível.

A menos que.

A menos que...

A menos que eu esteja errada. Há uma arrogância inteligente em seu sorriso, e eu reconheço — a consciência de que você mantém algo em segredo para os outros. Sinto isso quando escrevo cenas pensadas para enganar, quando misturo traços de personagens e mensagens ocultas contra os leitores, organizando-as para confundi-los. Ele se diverte com isso. O que ele sabe que eu não sei? Provavelmente tudo.

De repente, me sinto pequena. Estúpida. Brava.

Pego o único caminho disponível: dou um passo para trás. Seus olhos seguem meu movimento e ele arqueia as sobrancelhas espessas — e eu fecho a porta.

Foi mais como uma batida. A madeira às vezes incha, exigindo que qualquer ação seja executada de maneira bastante vigorosa, que faça os vidros balançarem e as paredes tremerem. Não foi porque sou temperamental. Foi só para garantir uma boa vedação, do tipo que não permite perguntas, ser parada com uma mão ou que as palavras sejam sussurradas através de aberturas. Fecho a porta, viro a tranca e deixo o estranho maluco do lado de fora. Vou deixar que Marka lide com ele. Se e quando — olho para meu relógio — ela aparecer.

Vou para a cozinha e tento me recompor. A casa silenciosa é reconfortante. Há uma razão para eu odiar a campainha. Depois do funeral, ela tocava constantemente, com vizinhos e benfeitores trazendo comida e flores, o que deixou a casa com um cheiro repulsivo de caçarola floral. Cada toque da campainha era uma nova onda de intromissão. Uma vez eu a arranquei com a tesoura. Meus movimentos frenéticos foram observados por um funcionário assustado da FedEx. Dois dias depois, eu a consertei. Não conseguia dormir à noite sabendo que os fios soltos estavam pendurados, que um pedaço da casa estava incompleto — um lembrete visível de que eu não tinha um marido para consertar ou o autocontrole para ouvir o som. Então, em vez disso, deixei a campainha consertada no lugar e coloquei a placa. Começou só com um item, uma regra.

NÃO TOQUE A CAMPAINHA.

A regra única aumentou para duas, depois para quatro, depois para sete. Elas são mais do que pedidos para preservar minha sanidade. Também são uma medida de inteligência, testando a capacidade de leitura e de seguir solicitações simples e educadas.

O idiota na varanda já havia parado na frente da casa. Erro número um. Ele tocou a campainha. *Duas vezes.* Erro número dois.

Mentir sobre a identidade nunca foi uma regra, mas poderia facilmente ganhar um lugar na lista.

Estou chegando à geladeira quando ele toca a campainha. Não é o toque educado de antes. Desta vez é alto e insistente, um aperto após o outro. Minha psique é incapaz de lidar com a investida. Corro e abro a porta antes que eu perca a cabeça completamente.

Antes o homem estava sendo irritante. Agora? Vou matá-lo.

16

MARK

Se a fúria fosse uma pessoa, seria Helena Ross. E, se ela tivesse uma arma, o próximo passo seria a morte. A mulher abre a porta com violência, as narinas dilatadas e os olhos vermelhos. A mão estendida em um pequeno punho bate no pulso dele, impedindo o próximo aperto na campainha.

— Pare com isso. Pare, pare, pare, PARE. — As palavras são um cântico, e a respiração está mais ofegante, vinda de um peito dolorosamente magro sob a camiseta de algodão de manga comprida que ela veste.

Tanta raiva em um corpo tão pequeno. Ele esperava uma mulher mais velha, da sua idade, com cabelo grisalho e óculos delicados, ombros austeros esticados e usando uma calcinha do tipo que não se mostra a ninguém. Mas essa mulher, que mais parecia uma vara anoréxica, com cotovelos e orelhas aparentes... não podia ter muito mais que trinta anos. Pensar que uma coisa tão minúscula foi o que o criticou por quase uma década... o faz querer jogar a cabeça para trás e rir.

Rir, ao que parece, seria imprudente. Ela não parece ter muito senso de humor, semicerrando os olhos cada vez que ele sorri.

— Eu *sou* Marka Vantly — ele fala rapidamente, antes que ela feche a porta, em tom sério. — Ligue para Ron Pilar e pergunte a ele. — Ele segura o cartão de visita gasto, a única prova que ele tem prontamente disponível. Vai saber se o número está correto, já que ele recebeu aquele cartão há oito anos, quando Ron era um estranho e ele era só mais um escritor pobre com uma pilha de manuscritos recusados. Naquela época não havia leilão pelos seus romances, críticas na *Publishers Weekly* nem adiantamento de seis dígitos.

Só houve uma tentativa desesperada de chamar a atenção do principal agente do setor. O primeiro contato foi em um momento de comemoração, e o cartão de visita resultou como um item cobiçado.

Ela se endireita. Uma mão continua protegendo a campainha, mas seu olhar se move para o cartão, que está no espaço entre eles. Seus grandes olhos, que parecem estar pegando fogo, se voltam para o rosto dele, semicerrando-os. Um perfeito olhar penetrante, que pertence às garras que digitavam todos aqueles e-mails cruéis, cheios de inveja e despeito.

Helena pega o papel, e a nostalgia dele desaparece subitamente, vítima da sua posse. Ela olha desconfiada entre o cartão e o rosto dele.

— Espere aqui. — A mulher dá um passo para trás e segura o batente da porta, parando por um momento para olhá-lo, em seguida para a campainha e para ele de volta.

Ele levanta as mãos em inocência e recua, se afastando dela e do pequeno botão que parece irritá-la. Deus, e pensar em todos os e-mails que ele enviou, selecionando cuidadosamente as palavras certas para deixá-la louca, e tudo o que era necessário era o toque da campainha.

Ela bufa e fecha a porta, deixando-o sozinho na varanda pela segunda vez em cinco minutos. Que mulher interessante.

Ele se vira, se afasta da casa e vai até a grade da varanda, enquanto seus olhos se movem sobre as linhas perfeitas do quintal — um forte contraste com a área selvagem da sua plantação, em Memphis. Ele tenta imaginar a conversa que deve estar ocorrendo lá dentro, seu interrogatório a Ron Pilar. Ron vai se comportar, engolindo sua crítica sob o manto de puxa-saco. Quanto a ela... quem sabe como Helena lidaria com isso. Até agora, seu plano de agir de um jeito agradável se perdeu um pouco.

Ele ouve um clique da fechadura e se vira, se afastando da grade. Helena está parada na porta aberta, com um telefone sem fio entre as mãos. Há um longo momento de silêncio enquanto os olhos dela flutuam sobre ele, examinando-o com uma desconfiança renovada. Ele não diz nada, e o jogo de espera se estende lentamente.

— Você devia ter me avisado de que é um homem — ela finalmente diz, e, caramba, ele percebe um pouco de tristeza em sua voz, como se ele fosse um marido traidor ou um amigo infiel.

— É um segredo que poucas pessoas conhecem. — Ele enfia as mãos nos bolsos da frente e deseja, pela primeira vez na vida, que não fosse tão grande, tão alto e tão amplamente construído. Uma das mãos dela se move para agarrar o batente da porta, e é como se ela precisasse do apoio. Sua fragilidade parece muito deslocada no meio do fogo que queima nos olhos.

Ela considera e depois assente.

— Posso respeitar isso. Mas não posso respeitar suas brincadeiras comigo. — Seu rosto endurece, e ele tem pena dos futuros filhos dela. Essa expressão, o aço em sua voz... é uma força assustadora de se enfrentar. — Não brinque comigo.

— Não vou. — É uma promessa que ele terá que cumprir. A mágoa que permeia sua postura... era uma dor familiar. Nela, ele vê as primeiras lágrimas de sua filha por causa de um garoto, seu afastamento quando foi rejeitada na Stanford, a falha em sua voz (na semana passada) quando foi esnobada por um amigo. Ele causou essa dor, tudo pela necessidade imatura de humilhar Helena Ross por puro entretenimento. — Podemos começar de novo?

Ele começa a ver as pequenas rachaduras em sua fachada, o relaxar de seus ombros estreitos, o aperto firme dos dedos ao redor do telefone, seus lábios se abrindo e o suspiro que escapa deles. Ela encontra seus olhos e assente.

— Tudo bem. — Ela se vira, abre a porta e o espera entrar.

Respirando fundo, ele passa pela porta e entra na casa. Veio até aqui para conhecer Helena Ross e recusar sua proposta. Mas, agora, se sente vacilar.

17

Minha mente não consegue esquecer o fato de que Marka, a sereia loira do romance, é essa velha pilha amarrotada de masculinidade. Os dedos que tamborilam na mesa diante de mim, com cicatrizes e rachaduras, unhas curtas e pelos nas juntas, são os mesmos que escreveram *O prazer da virgem*. Seus olhos azul-claros afiados, que me olham como se pudessem ler minha alma, revisaram as provas de *O cachorrinho da professora*. Debaixo desses cabelos escuros com fios grisalhos está a mente que criou algumas das melhores e piores coisas que já li. *Um homem*. Se eu soubesse, nunca o teria chamado aqui. Um homem não pode me ajudar a contar essa história. Um homem não pode, nem nunca vai entender.

Estamos na cozinha e eu me sento na segunda cadeira, o lugar que eu costumava usar quando Simon se sentava à minha frente, com os ombros curvados sobre o café, Bethany passando por nós, cheia de sua energia matinal, com um ou dois brinquedos na mão. Lembro de estar sentada nesta cadeira e de me sentir maravilhada com a beleza da minha vida. Lembro também de estar sentada nesta cadeira na manhã seguinte, planejando meu suicídio.

— Helena? — Sua voz é incrivelmente suave, uma voz que não pode pertencer à mulher... à pessoa... que odeio. A pessoa que desperdiça seu talento na imoralidade e me envia aqueles e-mails desagradáveis. Olho para ele e pisco, sentindo a vista embaçada. *Merda. Estou chorando?* Limpo os olhos e tento manter o foco. Ele quer saber por que está aqui. Com isso, pelo menos, eu posso lidar.

Limpo a garganta e começo meu roteiro, um roteiro que já treinei três vezes até agora. Cada tentativa soou menos dura e mais crível, ensaiada para uma deusa e não para esse membro da Associação Americana de Aposentados que está diante de mim.

— Tenho uma história que quero publicar, mas não tenho tempo para escrevê-la. Meu ritmo é muito mais lento que o seu... normalmente demoro um ano em cada livro. Considerando que esse é um pouco mais complicado que os outros, eu levaria ainda mais tempo. Quero contratar uma pessoa que possa escrever a maior parte, e eu vou cuidar das reescritas. Cada capítulo vai ser fornecido em formato de estrutura de tópicos, e o... ghostwriter... você... só vai precisar preencher o arquivo. — Olho para cima da superfície de carvalho gasta da mesa. Ele me observa com atenção. As linhas da sua testa estão franzidas e ele passa a mão gigante pela boca.

— Qual é o tamanho?

Dou de ombros.

— Não tenho certeza. Umas oitenta mil palavras.

— Mais do que meus trabalhos normais.

— Não é como um dos seus trabalhos normais. Não é erótico.

Eu sei qual é a próxima pergunta antes que ele faça. Eu temia que isso saísse da boca de Marka. Imaginei uma sobrancelha perfeita se erguendo, os lábios brilhantes e vermelhos fazendo beicinho com as palavras. Vindo dele, soa diferente. Áspero como cascalho. Ele afasta os dedos da boca enquanto fala.

— Então por que eu?

— Por mais que eu odeie admitir isso... — Engulo em seco e fecho as mãos debaixo da mesa. — Nós temos estilos de escrita parecidos. Eu não precisaria reescrever o tempo todo. O seu trabalho tem, mesmo com as suas tramas ridículas, coração. Você sabe escrever motivações e cenários difíceis. Acho que, se tiver a direção certa, você pode ser treinado. Melhorado.

Ele solta uma risada curta e inclina o corpo para a frente enquanto me observa.

— Não.

Endireito os ombros e espero, sentindo os ossos do meu traseiro contra o assento de madeira.

— Não estou procurando um mentor. Especialmente um que seja tão jovem quanto a minha filha. Estou muito feliz escrevendo minhas historinhas inúteis. — Ele empurra a mesa e se levanta. Isso não pode acontecer; ele não pode ir embora *agora*.

— Espere. — Estendo a mão e seguro seu pulso. O movimento é como uma estocada não planejada, que causa uma dor aguda no peito, faz minha respiração falhar, e meu rosto se contorce por um momento antes de eu recuperar o controle. — Sente-se. — Ele baixa os olhos para a mão ao redor do seu pulso, e eu o solto.

— Por favor. — Acrescento, mas não gosto do jeito como ele me olha, com o olhar deslizando pelo meu rosto e corpo. Em preparação para a batalha, eu havia coberto as camadas desgastadas. Passei maquiagem e escovei o cabelo. Receio, pela sua nova e mais crítica avaliação, que não tenha feito o suficiente.

— Você está doente? — Ele permanece no lugar, as palmas das mãos apoiadas na mesa, os braços rígidos sustentando os ombros fortes e intimidadores. Volto ao meu lugar, precisando me distanciar dele, mesmo que isso me coloque em posição mais fraca.

— Sim. — Eu não devia ter que dizer mais. Um indivíduo educado deixaria isso de lado.

— Que tipo de doença?

— Tenho três meses. Talvez menos. — Eu não tinha planejado contar à Marka. Não pretendo, com Kate já ciente, contar a mais ninguém. No entanto, com esse homem, por algum motivo, eu falo. Acho que parte disso é desespero, pois a recusa ainda está fresca em seus lábios, e meu coração ainda está em pânico no peito. Parte disso é porque, aos seus olhos, existe alguma coisa. Uma ponta de tristeza que reconheço, uma dor que entendo. Não sei nada sobre ele, mas sei que preciso dele. Mesmo que ele seja um homem. Talvez ele *entenda*.

Ele finalmente se senta, com um baque pesado na cadeira, e o encosto range quando se acomoda no lugar. Ele é um homem muito maior que Simon, o maior que a cadeira já sustentou. Ele olha fixamente na direção da geladeira, e há um longo momento de silêncio antes que se volte para mim.

— As pessoas sobrevivem a esses prognósticos o tempo todo.

Faço uma careta.

— Não é o meu caso. — Conheço esse tipo de pessoa. É aquele que tem família e filhos, o tipo que *tem que* viver mais porque simplesmente não há outra opção. Eles fazem acupuntura e tomam suco, tentam meditar e milhares de amigos rezam por sua cura. Eles abandonam o estresse e dedicam tudo, *tudo mesmo*, para vencer as probabilidades. A jornada dessas pessoas para a morte é diferente. Os contrastes entre elas e eu são numerosos.

— É por causa de um contrato de publicação? Você aceitou o adiantamento e não tem como devolver? — Ele olha ao redor da cozinha deserta, e, se eu achei que ele não havia notado o vestíbulo e a sala de jantar vazios, estava errada. — Caramba, você está vendendo móveis para pagar seu tratamento? Porque eu posso...

— Não — respondo. — Não é para uma editora.

— Então é só um livro. — Ele pronuncia a frase devagar, como se estivesse tentando entender o conceito.

— Meus livros não são como os seus. — Me remexo no lugar e tento pensar na melhor maneira de explicar. — Não são *só* livros. Os personagens são especiais para mim, e a vida deles é vivida enquanto eu escrevo as histórias. Essa história em particular... eu preciso escrever antes de ir embora. É importante para mim.

— Você não pode usar o argumento de que está morrendo e esperar que eu embarque nisso.

— Vou te pagar. — Cito uma quantia que chama sua atenção e que o faz arquear as sobrancelhas. Não sei que tipo de adiantamento a Random House está pagando a ele, mas sei o que Kate me dá, e é igual à cifra que ofereço.

— E você quer que eu escreva como ghostwriter? Não como coautor? — É uma distinção importante. Como ghostwriter, os leitores nunca vão saber sobre o seu envolvimento; só o meu nome será impresso na capa.

— Correto. — Quando me preparei para essa discussão, era com Marka Vantly em mente, uma mulher que eu estava convencida de que adorava os holofotes. Eu estava preocupada com essa parte da negociação, certa de que ela iria querer seu nome em letras douradas na lombada. Não tenho ideia de como esse homem vai responder. Ele publicou durante todo esse tempo em segredo, se escondendo atrás de uma Barbie loira, mantendo seu verdadeiro nome e identidade em segredo. Atuar como ghostwriter é diferente?

Ele passa a mão pelos cabelos, coça o couro cabeludo, o que deixa as mechas selvagens, reforçando que é um homem que pouco se importa com as aparências. Quero cortar aquele cabelo e abrir seu crânio. Me deleitar com seus pensamentos e conhecer suas motivações. Por que um homem como esse escreve obscenidades? Por que ele concordou com essa reunião? Por que ele me mandou um e-mail, para começar? E agora, o que ele está pensando?

Ele afasta a mão dos cabelos e vira a cabeça, para me encarar.

— Me fale sobre essa história que você precisa contar.

— Você vai topar? — As palavras saem muito ansiosas, e tento me recompor, acalmando minhas feições.

— Talvez. Preciso conhecer a história.

Não estou pronta para contar a ele. Não consigo nem gerenciar um esboço decente. Minha caneta continua pairando sobre a página em branco e minha mente parece incapaz de ceder, apesar da urgência do meu cronograma. Como posso falar sobre uma história que nem consigo estruturar na cabeça?

— É sobre uma família. — Faço uma pausa, precisando de uma dose, um pouco da garrafa acima da geladeira, a que escondo de mim mesma, pois me faz pensar nela e nele e acabar com tudo. Não me levanto, nem pego o copo, aquele que fica na gaveta de baixo. Eu deveria. *Não deveria*. Ele está me observando, e só falei uma frase. Entrelaço os dedos com firmeza e apoio a mão no colo. — Bem, começa antes disso. Uma história de amor. Um garoto conhece uma garota, eles se apaixonam.

— E depois?

Contorço as mãos, apertando tanto os dedos que penso que talvez possa quebrá-los. Isso dispersaria essa conversa dolorosa, poderia me custar horas e possivelmente mais alguns pontos de simpatia.

— Eles se casam e têm uma filha. — Respiro fundo e as próximas palavras saem de uma vez só. — É uma tragédia. No fim, a esposa perde os dois.

Ele pisca.

— Perde? Defina isso.

Não, obrigada.

— Ainda não estabeleci todos os detalhes.

As pupilas dele não se movem. O modo como estão fixadas em mim é quase perturbador.

— O que...

— Esse é o esqueleto da história. Mais tarde eu preencho os buracos. Ainda estou trabalhando nisso. — A resposta sai e eu me agarro ao tom agudo das palavras. *Sim*. Posso fazer assim. De forma abrupta. Isso vai me impedir de quebrar os dedos e meus olhos de se encherem de lágrimas.

— Parece... — Ele finalmente move os olhos. É um movimento lento, como se ele estivesse procurando uma palavra. Aquela que finalmente sai desapontaria enciclopédias em todos os lugares. — ... triste.

— Dá. — Eu me endireito no lugar e posso sentir o final dessa conversa se aproximando, o zumbido do fim ficando mais alto. — Eu sei que é triste.

— Tem alguma coisa faltando. — Ele se recosta e cruza os braços. — O que mais? — Eu o vejo semicerrar os olhos, como se suspeitasse de mim.

— É isso. — Não minto tanto desde aquela noite.

— Não vai vender bem.

— Não ligo. — Há uma liberdade nisso. Este será o primeiro livro com o qual não vou me preocupar. O primeiro em que não vou esperar pelo telefonema, enjoada de preocupação com a posição que o último lançamento ocupa nas listas de mais vendidos. Nunca vou saber se esse livro vai vender cinco exemplares ou cinco milhões. Nunca vou saber se os leitores, ou mesmo a editora, o amam ou odeiam.

Ele está lutando com alguma coisa. Posso ver quando se inclina para frente, uma das suas mãos se fechando sobre a outra, e os olhos sobre a mesa antes de erguê-los para os meus. Quando ele fala, sua pergunta é a última coisa que espero ouvir.

— Você realmente quer passar seus últimos meses escrevendo?

— Sim. — É como se ele estivesse perguntando a um drogado se ele quer outra dose ou a uma criança com sobrepeso se ela quer mais bolo. Não há nada nos meus dias finais que eu queira mais do que criar mundos. Também não há nada que eu tema mais do que me aprofundar *nesse* livro em particular.

Mas tem que ser feito. Não posso morrer com esse livro não escrito, com essas verdades enterradas em mim. Isso precisa sair. Alguém tem que saber a verdade.

— Você não pode estar falando sério. — Ele afasta as mãos, depois as junta de volta, e seus dedos se entrelaçam sobre uma aliança de casamento, que ele gira no dedo. Simon nunca usava sua aliança. Eu devia ter perguntado a ele sobre isso, durante uma das cem vezes que notei. Devia ter tirado da mesa de cabeceira e esperado para ver quanto tempo levaria para ele perceber.

Depois que ele morreu, entreguei a minha a uma sem-teto, com os olhos imóveis enquanto eu a deixava cair no pote. Às vezes me pergunto o que ela pensou quando despejou as esmolas e viu o diamante. Me pergunto se, quando ela penhorou, fizeram perguntas ou se a polícia foi chamada. Mark move as mãos.

— Você deveria ir viajar. Fazer coisas com que sempre sonhou. Sentar na praia e pedir bebidas com guarda-chuva. Fazer massagem todos os dias e ler. Contratar um italiano para esfregar loção nos seus pés e te mimar no próximo domingo.

Tenho que sorrir com isso.

— Você tem um fascínio que não é natural por homens italianos, sabia?

— Não mude de assunto.

— Estou falando sério. *O garanhão italiano*... aquele romance de sacanagem ambientado em Veneza, os dois caras...

— A única coisa que você está provando é que fica obcecada com os meus livros — ele me interrompe.

Eu bufo e a mudança de assunto parece boa, já que os cantos da sua boca se erguem um pouco.

— Temos um acordo, sr. Fortune?

— Um milhão de dólares? — Ele levanta as sobrancelhas e desvia o olhar. — Preciso pensar um pouco.

— O que há para pensar? — Não posso perdê-lo. Não agora. Não quando perdi uma hora nesta reunião, e várias outras para organizá-la. Além disso, uma parte de mim gosta dele, suas arestas e seu jeito quieto. Mesmo que ele tenha ignorado minhas regras e pareça desinteressado em meu romance. É surpreendente, já que não gosto de muitas pessoas. Sendo bem sincera, eu na verdade não gosto de *ninguém*. Empurro o contrato que Kate preparou, com suas dezenove páginas, sendo nove dedicadas aos meus *pedidos*. É o que Kate está chamando de minhas regras, embora os pedidos sejam um substituto terrível, que coloca os itens como negociáveis, mesmo que não sejam.

— Aqui está o contrato. Você vai receber um milhão de dólares por um trabalho que pode terminar em alguns meses. Escreva rápido e quem sabe você se livra de mim antes. — Sorrio, mas ele não retribui o gesto. Ele puxa o contrato para mais perto, e nossa leveza do início já se foi.

— Vou pensar. — Ele se levanta e o vejo pegar o contrato, dobrá-lo ao meio e enfiá-lo no bolso de trás. É um veículo terrível para um item tão importante. Ele não vai pensar. Provavelmente nem vai ler o contrato. Perdi a chance e nem sei por quê.

— Um milhão e meio. — Sou patética e estou desesperada, e não havia percebido até agora. Eu o sigo, enfiando um pouco de cabelo atrás da orelha, e ele se vira. Seus olhos encontram os meus. Seus ombros caem um pouco, e, se eu achava que minha fraca negociação daria poder a ele, estava errada. Ele estende a mão e a coloca no meu ombro. Ela pesa, e o toque não faz nada para me tranquilizar. Sinto como se houvesse uma descarga de combustível no meu fogo de pânico interno.

— Não tem a ver com o dinheiro, Helena. — Ele solta meu ombro e sorri, mas o sorriso não encontra seus olhos, e ele começa a andar em direção à porta da frente lentamente.

— Então o que é? — pergunto atrás dele, segurando as costas da cadeira. Ele para, mas não se vira.

— Eu não disse não ainda.

— Isso não responde à minha pergunta.

Ele se vira e a luz da tarde atinge seu rosto, fazendo a pele desgastada ficar quase rosada pela iluminação.

— Eu tenho uma filha — ele fala lentamente. — O nome dela é Maggie. Ela tem dezenove anos.

— Bom para você. — O nome da minha filha é Bethany. Há três semanas eu deveria ter acendido dez velas no bolo dela. Eu me endireito e, quando levanto a mão do apoio, ainda estou de pé. — O que isso tem a ver com o meu livro?

— Eu não gostaria que ela passasse seus últimos meses presa em uma casa vazia, trabalhando em um livro com alguém como eu.

— Essa decisão não é sua. — Dou um passo à frente e, de repente, *não gosto desse homem*. — Não é da sua conta.

— Meu nome está neste contrato, então é da minha conta. — Ele levanta as páginas e, de repente, desejo acrescentar outro *pedido* curto e simples. *Não seja um idiota.*

Abro a boca para repreendê-lo e, em vez disso, a verdade sai.

— O livro é sobre meu marido e minha filha. Eles se foram. Estou morrendo. Lamento que você não goste disso ou da minha programação para os próximos três meses, mas é *isso* que é importante para mim. A história deles... é tudo o que importa para mim. — Viro a cabeça, olhando para a mesa onde estávamos sentados, apertando o queixo com o esforço necessário para manter minhas lágrimas sob controle. Se olhar para ele, vou desmoronar. Se eu disser outra palavra, vai ser um soluço.

Ele dá um passo na minha direção, e bondade não é o que eu quero. Eu não posso...

Não posso.

18

MARK

Ela está desabando. Ele percebe pela rigidez na sua postura, no aperto do maxilar, no tremor de todo o seu corpo. Ele percebe isso no ar, na dor áspera que ela emite, e isso é muito mais profundo, muito mais forte que a própria mortalidade. Naquela notícia não havia emoção. Nisso, ela é uma corrente elétrica bruta. Ele não sabe quando aconteceu, nem como, mas a tristeza é uma música em que ele é bem versado.

Existem poucas maneiras de confortar uma pessoa assim. Ele esteve como ela, apertando a boca com tanta força que deixou hematomas, quando lhe contaram sobre Ellen. Esteve desse mesmo jeito, no meio de um corredor do hospital, quando o enfermeiro tocou seu ombro, pedindo para se manter firme. Esteve assim, quando empurrou o homem contra a parede, quando soluçou em seu peito, depois tentou dar um soco nele várias vezes, sem nenhuma razão.

Ele se aproxima, e Helena se encolhe. Ela pisca e as lágrimas caem. Ele quer abraçá-la, quer chorar por ela, mas não a *conhece*, e esse é o problema.

— Pare. — Ela levanta a mão e ele o faz, observando enquanto ela fecha os olhos, se fortalecendo, engolindo tudo. Engolir a emoção assim não pode ser saudável. Mas, se tivesse engolido mais e bebido menos, estaria em uma posição diferente, com muito menos arrependimentos. — Estou bem.

É mentira, ele sabe, mas ela parece mais forte quando vira a cabeça, seu olhar encontra o dele e ergue o queixo.

— Estou bem — ela repete, quase como se quisesse se convencer.

O silêncio cresce entre os dois, o corredor fica repentinamente quente, e ele volta a tocar o contrato no bolso. Os termos não têm importância agora, tudo está enraizado em sua confissão.

— Você vai me ajudar? — As palavras parecem mortas, ditas por uma mulher que perdeu a esperança.

— Não sei. — Ele precisa pensar, precisa de ar fresco e de sol, e precisa sair desta casa miserável. Precisa beber, lutar, subir em um garanhão e galopar com força até perder o fôlego. Necessita viver e esquecer, abandonar essa garota e seu desejo de morte, seu livro deprimente e realista. Então, ele pensa em sua filha. Se ela estivesse nessa situação, se ela precisar de ajuda ... ele vai estar lá? E, se não estiver, quem o fará? Quem vai passar esses meses finais com ela? Quem vai ajudá-la nas tarefas mais importantes que ela deixou?

Olhando por esse ângulo, ele realmente não tem escolha.

HELENA

— Tudo bem. — Ele puxa algo do bolso de trás... o contrato. Com passos lentos, ele caminha para a frente e o pressiona contra a parede. Observo e sinto as lágrimas começarem a fechar minha garganta. Hoje estou péssima. Não choro há anos, mas agora estou brotando como uma fonte. Ele vira a última página e segura o papel, enquanto leva a outra mão ao bolso da camisa.

— Você vai fazer? — Meu coração pula quando ele puxa uma caneta. Ele risca Marka Vantly e escreve seu nome verdadeiro em uma caligrafia forte e bagunçada. O rabisco da sua assinatura é ainda pior. — Tem muita coisa nessas páginas — digo. — Talvez você queira ler...

— Não ligo. — Ele fecha a caneta com a boca e a devolve ao bolso, estendendo o papel para mim. — Gostaria de receber metade do valor antecipado.

— Tudo bem. — Olho para o contrato e sinto a primeira onda de alívio. — A quantia está errada; ainda diz...

— Foi muito gentil da sua parte aumentar o valor, mas não vou me aproveitar da situação. — Ele dá um passo em direção à porta. — Um milhão é mais do que justo. — Ele está abrindo a porta quando o alcanço e estendo a mão para detê-lo. Algo precisa ser dito, algo que não seja a logística do contrato.

— Obrigada. — Não sei quando falei essa palavra pela última vez. Sei que, no momento, parece inadequada, oito letras que não dizem nada, mas que significam tudo para mim.

Ele me olha e há um vazio em seus olhos, uma falta de conexão que não entendo.

— Tudo bem. Preciso ir... Tenho algumas coisas para fazer.

Preciso ir... Tenho algumas coisas para fazer. É a última coisa que ele diz. Ouço os passos das botas pesadas na varanda, o andar apressado pela escada. Um minuto depois, vejo seu carro ser manobrado e descer a rua.

E pensar que as pessoas *me* consideram estranha.

19

Prólogo
Helena Ross

Me disseram uma vez que casamento é fachada. Ignorei a sabedoria das palavras, principalmente porque elas vieram de um praticante de swing de cinquenta e dois anos, que acreditava que a monogamia era um conceito autodestrutivo, e uma boa orgia, a resposta para tudo.

Mas aquele homem estava certo. Não sobre a orgia, embora eu nunca tenha testado esse conceito. O casamento é fachada.

Simon e eu... nossa fachada começou cedo e cresceu profundamente e de forma sombria, como um poço de segredos e mentiras.

Eu amei meu marido. Mas também passei a odiá-lo.

Nunca escrevo fora da ordem, mas o prólogo vem a mim quando o contrato de Marka — Mark — chega. Escrevo à mão rapidamente, antes de perder o pensamento, e minha caneta trabalha sobre o bloco de notas enquanto a máquina zumbe. Quando todas as páginas estão prontas, grampeio o contrato e uso uma tachinha nova para prendê-lo no quadro, sentindo uma onda de alívio me atingir ao ver seu rabisco bagunçado. *Mark Fortune.* Ele não escreveu uma única palavra, mas já sinto alívio e um relaxamento da pressão que me sobrecarrega desde meu diagnóstico.

Olho para o prólogo, lendo o conteúdo. Muito bom. Isso vai intrigar o leitor, além de confundi-lo. Dou um tapinha na última linha e passo para o lado, arrastando os dedos suavemente nas teclas do laptop, o que faz a tela ganhar vida com a pressão. Olho para o prólogo de novo e sinto uma agitação familiar. Clico no arquivo do livro e o sentimento cresce.

Eu deveria comer alguma coisa. E tomar meus remédios. Mas primeiro vou escrever um parágrafo. Talvez dois.

Quando termino a cena, são quase cinco horas da manhã seguinte, catorze horas após a partida de Mark. Desligo a música e salvo o arquivo, me esticando na porta antes de cair no sofá do escritório. Abraço um travesseiro contra o estômago.

Escrevi quatro mil palavras, minhas últimas por um tempo. Terminei o namoro inicial com Simon e dei um tom de esperança para o livro, que Mark vai passar os próximos meses fortalecendo e depois dizimando.

Uma parte de mim teme passar a tocha, expor meus segredos e contar tudo a ele.

Uma parte de mim teme como vou ser percebida em meu romance final.

Uma parte de mim está aterrorizada. A parte restante parece quase eufórica com a sensação de libertação.

Em breve... minha história final será publicada, e todos vão saber a verdade.

20

A batida soa cinco horas depois, muito cedo para visitas. Eu praticamente me arrasto pela escada e abro a porta, olhando de soslaio para o rosto de Mark Fortune.

Pelo menos ele bateu, prova positiva de que os homens *podem* ser treinados. Me inclino o suficiente para ver a entrada da garagem. *E* estacionou na rua. Dois pontos a seu favor. Ambos são discutíveis, porque o contrato, do qual enviei uma cópia assinada por e-mail, afirma *claramente* que ele deveria estar em casa. Longe de mim. Eu trabalho sozinha, ele escreve sozinho, e todo mundo fica feliz. Olho para a mochila de couro na sua mão e levanto uma sobrancelha.

— Bom dia. — Ele está de volta ao modo encantador que conheci. Seu sorriso está repleto de uma familiaridade casual que me irrita instantaneamente.

— O que está fazendo aqui? — Enviei o manuscrito a ele antes de dormir. Ele deveria estar em sua mesa, revisando o conteúdo e gentilmente me pressionando, por e-mail, em busca de um esboço.

— Você esqueceu o anexo. — Eu o encaro sem entender. — No seu e-mail — ele explica. — Não tinha anexo.

— Ah. — É uma possibilidade distinta: minha sessão de escrita a noite toda me deixa um pouco louca, e meu esquecimento de anexos é uma ocorrência comum. Um anexo não enviado não explica sua presença na minha varanda, às dez da manhã de um sábado. — Vou reenviar.

— Pensei em ler pessoalmente. — Ele sorri e eu paro, minha mente dividida entre o desejo de feedback e uma manhã sem visitantes.

O feedback vence, e dou um passo para trás, abrindo mais a porta e sinalizando para ele entrar.

Não é tão difícil escrever um livro. As palavras são fáceis. O difícil é a capacidade de dar vida a elas. Escolhi Marka porque as palavras dela saltam. Elas têm vida, têm sentimentos. Escolhi Marka porque posso me ver em seus personagens, consigo *sentir* suas emoções.

O mesmo homem que escreveu essas palavras, esses personagens, acabou de se coçar. Ele está lendo meu primeiro capítulo, no meio da minha história de amor, e estendeu a mão, segurando a frente da calça. A ação é impensada, um hábito nojento que ele provavelmente pratica dez vezes por dia. É por *isso* que evito os homens. É por isso que evito as pessoas em geral. Somos uma raça repugnante e suja, que há apenas alguns séculos manchava o rosto com fezes e dançava pela chuva.

— O que há de errado? — Ele está olhando para mim, com as sobrancelhas levantadas e óculos de aro de plástico no nariz.

Mordo o lábio na tentativa de parar o bico.

— Nada.

Ele volta para a página, lambendo o polegar antes de passar para a próxima. Pensar nele lendo meu trabalho é irritante. Há uma razão para eu não permitir que ninguém veja obras em andamento antes da conclusão. Uma vez, vi Simon curvado sobre meu computador, movendo o mouse, enquanto lia o manuscrito. Estourei. Foi a nossa primeira grande briga, aquela em que eu gritei, ele desdenhou e finalmente concordamos, quatro horas e cem lágrimas depois, em nunca, nunca mais tocar nas coisas um do outro. Eu não mexia no *World of Warcraft* no computador dele, e ele não entrava no meu escritório sem permissão prévia.

Ele levanta as páginas e eu fico tensa, observando seu rosto de perto.

— Isso é bom.

Não é efusivo, mesmo assim sinto o nó entre meus ombros relaxar.

— Você escreveu o suficiente para eu entender o tom. E sinto que tenho uma boa capacidade para lidar com os personagens. — Ele está de pé, com uma das mãos apoiada na região lombar, e eu me pergunto exatamente quantos anos ele tem. Cinquenta? Velho o suficiente para eu me sentir confiante de que ele nunca vai tentar dar em cima de mim. Não que isso tenha sido um problema comum durante a minha vida. A maioria dos homens não gosta de mim, uma condição que Mark uma hora vai alcançar, supondo que ainda não tenha atingido esse precipício.

— *Por que você me ama?* — *sussurrei a pergunta nas costas de Simon, passando a mão pela pele, de sarda a sarda, conectando os pontos.*

— *Eu amo tudo em você.* — *Sua voz era quase inaudível por causa da televisão, e eu queria silenciar o som e fazer a pergunta centenas de vezes mais.*

— *Até minhas peculiaridades?* — *Eu hesitava em fazer a pergunta. Uma pequena parte de mim estava preocupada com o fato de que, de alguma forma, em nosso ano juntos, ele não as tivesse notado. Talvez ele fugisse depois de perceber.*

Com isso, ele se virou, seu grande corpo se moveu na cama, e seu perfil se iluminou por um breve momento pelo brilho da televisão antes que ele estivesse de frente para mim.

— *Eu amo suas peculiaridades acima de tudo. Você é a mulher mais original que já conheci, Helena. Foi a primeira coisa que me atraiu em você.*

— *Achei que fosse porque eu pareço uma supermodelo.*

— *Isso também.* — *Ele se inclinou para a frente e senti seu braço deslizar pela minha cintura. O lençol entre nós era quase um casulo do abraço, quando ele me puxou para mais perto e pressionou seus lábios nos meus.*

— Estou com fome. — Mark anuncia, e isso me traz de volta ao presente. A lembrança de Simon é substituída por um velho que poderia fazer bom uso de um cortador de pelos de nariz e ouvido. — Posso levá-la para almoçar?

Levá-la. Que agradável de se ouvir. Uma regra simples que Bethany nunca conseguiu dominar. Com ela, sempre foi "te levar". Eu a corrigi mil vezes, mas ela aprendia pelo exemplo. E Simon foi um exemplo terrível.

— Helena? — Mark está de pé agora, olhando para mim com expectativa. Agora que ele está aqui, devemos trabalhar um pouco. Ainda há um esboço a ser feito, reescritas para concluir, além do ato constrangedor de levá-lo até sua caminhonete e enviá-lo na direção do aeroporto de New London.

Meu estômago aproveita aquele momento infeliz para roncar. Olho para ele e peso a ideia na mente.

— Certo — eu aceito. — Mas só um almoço rápido.

Ele acabou de alugar a caminhonete e ela já cheira a homem. Faz tanto tempo que não chego tão perto de um homem, que fico tantas horas com alguém além de Kate. E Kate conhece meus limites, não me pressiona e entende seu lugar. Esse homem é diferente. Ele vai ser um trator, que vai triturar lentamente minha carcaça e depois vai retornar para concluir o trabalho.

— O que você está com vontade de comer? — Mark coloca a caminhonete em movimento. O solavanco me faz agarrar a porta, enquanto a outra mão aperta o cinto de segurança. Ele não me olha. Mantém os olhos na estrada e a voz calma.

— Tailandês. — É uma resposta fácil, um alimento que anseio há anos. Depois do que aconteceu, eu como em casa. É uma maneira fácil de evitar uma abordagem: o subterfúgio simpático e lento de um estranho, as mãos estendidas para um cumprimento ou um abraço, uma necessidade esmagadora de dizer *alguma coisa* para a viúva de Simon Parks. Você pensaria que, quatro anos depois, os vizinhos teriam esquecido, mas não foi o que aconteceu. Esse é o problema de uma cidade pequena.

Qualquer coisa trágica fica nos livros de história. Preciso fazer algo, então abro o porta-luvas, localizo e retiro um contrato de aluguel de veículo.

— Mark Fortune. — Leio, me acomodando no banco e enfiando um pé embaixo da coxa. — Parece o nome de um astro pornô.

— Helena Ross parece nome de bibliotecária.

— Ehh... — Minha voz se esvai. Minha vida é composta de pouco mais que livros e arrependimento. — Isso meio que se encaixa. — Leio mais. — Então, sr. Fortune, você é de Memphis. — Olho para o topo do contrato, datado de ontem. Ele passou a noite, nesta pequena cidade no meio do nada, onde não mora ninguém além de soldados e estudantes universitários, e os poucos nascidos aqui são uma mistura de descendentes de baleeiros e famílias intrometidas.

— Sim. Nascido e criado. — Ele para na saída do meu bairro. — Direita ou esquerda?

— Esquerda. Como é Memphis?

— É legal. Tenho um rancho nos arredores. Minha filha vai para Ole Miss, então fica perto.

Sua filha. Eu me remexo no banco, me lembrando daquele fato doloroso.

— Ela é caloura?

— Sim. — Ele se vira para mim, e o canto da boca se curva com tristeza. — A casa está um pouco vazia sem ela.

Minha má sorte continua. Um ano antes, e sua vida calejada estaria ocupada com dramas adolescentes e acessórios para baile. Ele certamente não estaria por perto, me paparicando com refeições, conversas e outros eventos que desperdiçam tempo. Ele se aproxima, liga o rádio e uma música country sai baixinho dos alto-falantes. Volto ao contrato.

— Essa coisa custa oitenta dólares por dia? — Um solavanco na estrada balança o contrato e eu ergo os olhos cima. — Vire à esquerda. Você deveria ter contratado um seguro.

— O seguro é uma facada. — Ele parece despreocupado, dirigindo o volante só com uma mão. Seu contato visual comigo é desnecessário, dada nossa alta velocidade.

Me distraio com a página e sinto o estômago revirar quando chego à extensão do aluguel.

— Este contrato é para um mês. — Empurro as páginas na sua direção.

— Imaginei que ficaria por aqui. — Há um ponto de tráfego à frente e ele tira o pé do acelerador. Sua calma se torna mais frustrante a cada segundo.

— Não *quero* que você fique por aqui. — Falo de coração, mas as palavras saem suaves, como se eu estivesse pensando duas vezes. Não estou. Quero minha casa vazia de novo. Quero minhas regras e controle total sobre todos os aspectos do meu ambiente. Quero algo que, há duas semanas, meu prognóstico me roubou. Quando Mark começar a escrever, vou ficar à mercê da sua caneta. Posso contar a ele a minha história?

Posso lhe entregar meu coração e confiar nele?

Paramos em um sinal vermelho, e ele afasta os olhos da estrada e encontra os meus.

— Não vou atrapalhar. Basta me oferecer um pouco do seu tempo todos os dias, e nós podemos dar conta disso. Duas horas por dia, quando você quiser. Em um mês isso pode estar na mão do editor.

Um livro inteiro, escrito em um mês. Ele conseguiria? Tirar tudo do meu peito nesse período de tempo parece o paraíso. Mas também parece um inferno passar por toda essa dor, tão rapidamente, com um estranho.

Olho para longe dos seus olhos e puxo o cinto de segurança, sentindo o peito subitamente apertado.

— Eu realmente não trabalho bem com outras pessoas. Literal e figurativamente falando. Além disso... — Hesito, insegura sobre a menção do elefante branco sentado entre nós. — Você e eu não temos um histórico de nos darmos bem.

— Você está se referindo aos e-mails — ele comenta como se fosse uma besteira, uma briga boba entre amigos.

— Sim.

— Achei que tivéssemos superado isso.

Ele achou? Ele pensou que todos esses anos, todas essas palavras odiosas... elas não significaram nada para ele? Talvez a questão seja que ele sabia. Ele *sabia*, por todos esses anos, que não era Marka Vantly, que não era uma supermodelo maravilhosamente irritante que estava aparecendo nas listas dos mais vendidos e vendendo mais que minhas tiragens. Ele sabia, e provavelmente gargalhava, se divertindo comigo e com meus comentários maliciosos. Meu rosto esquenta de vergonha, e nunca me senti tão estúpida.

— Pare a caminhonete.

— O quê? — Ele me observa, sem afastar o pé do acelerador. A caminhonete continua seguindo a um ritmo que certamente vai me matar. — Do que você está falando?

— Não quero andar com você. — E também não quero escrever com ele. Como eu poderia? Tudo o que eu sabia sobre ele é falso. — Você é um mentiroso.

— Mentiroso? — Ele finalmente diminui a velocidade e direciona a caminhonete para a lateral da estrada, subindo o veículo no meio-fio e parando no acostamento, tão perto da mureta que quase encosta nela. Seguro a maçaneta e abro a porta, mas a mureta está no caminho, impedindo que ela se abra. Sinto a claustrofobia aumentar, como se estivesse em um cofre de aço, trancada, presa. — Helena.

Eu me viro para ele.

— Estou presa. Estacione e me dê mais espaço.

— Nós estamos em uma estrada. Não vou deixar você andar no meio do trânsito.

Fecho os olhos, diminuo a respiração e tento pensar em um prado gigante, no vento, no espaço aberto.

— Então siga em frente. Comece a dirigir. AGORA.

Não abro os olhos, mas sinto a caminhonete balançar para a frente, o conforto do cinto de segurança à medida que ele afrouxa e eu relaxo. Estendo a mão e pressiono o controle da janela, dando as boas-vindas à explosão de ar fresco.

— Como assim eu sou um mentiroso?

Ele é um idiota ou um cabeça-dura, e eu também aposto nos dois.

— Você é homem.

— Sim. — Ele vira o rosto. Uma das suas mãos solta o topo do volante, e eu olho para a estrada, nervosa. — E isso te incomoda?

Me remexo no lugar, tentando formular uma explicação que ainda não formei. De certa forma, estou feliz — de maneira esmagadora — por ele ter a aparência que tem. Eu me sentiria intimidada pela perfeição de Marka, por seus lábios carnudos e apelo sexual. Quando se combina isso com sua escrita, suas vendas, seus seguidores... era injusto, me irritava, colocou nosso relacionamento em desigualdade, e sempre me deixava como perdedora. Agora, esse fator de intimidação se foi, a competição se diluiu e minha visão dela desapareceu.

Ainda assim, eu sabia como lutar com *ela*. Com um homem, com ELE, tudo é diferente. Ele sorri quando eu esperava que ela me golpeasse. Ele ri quando ela teria zombado. Seus olhos se suavizam, estão mergulhados em compaixão e compreensão — qualidades que eu não esperava que ela tivesse.

Nesta luta, nem sei onde ficar. Engulo em seco.

— Devia ter me contado.

— Sinto muito por isso. — Ele suspira e realmente parece sincero. A capacidade de arrastar palavras pelo chão e levantar poeira emocional deve ser uma coisa de caubói. — Não tenho o hábito de contar para ninguém. Minha filha e meu agente. Só eles sabem. — Ele se inclina para a frente e desliga o ar-condicionado. — Bom, e agora você.

— E Kate — adiciono baixinho, sentindo minha raiva rachar. Eu, mais do que ninguém, entendo segredos. Entendo como uma pessoa, um sussurro da verdade, pode desintegrar impérios, destruir vidas, revelar monstros.

Houve um dia em que fui um monstro. E esse homem... ele logo terá que carregar essa verdade, manter esse segredo, guardar esse abismo.

Talvez não seja ruim que ele tenha mantido essa fachada por tanto tempo. O homem pode ficar de boca fechada. É uma ferramenta que, nos próximos meses, vai ser útil.

Olho pela janela e sinto um pouco do meu ódio desaparecer.

— Não vai ser tão ruim assim. — Ele aciona a seta e se encaixa em um espaço entre dois carros que um elefante acharia apertado. — Falo menos quando escrevo. Só pode ser uma melhoria em relação a isto. — Ele gesticula no espaço aberto da cabine e eu sorrio, mesmo sem intenção. Isto: a estranha troca de palavras entre pessoas que são o oposto uma da outra.

Ele sai do carro e seus olhos encontram os meus através da janela.

— Nem consigo imaginar você escrevendo — admito. O pensamento desse homem debruçado sobre um laptop é divertido. Ele provavelmente pressiona as teclas com os dedos indicadores. Talvez dê espaço duplo no começo de cada frase e se esqueça de salvar o arquivo.

— É um empreendimento muito masculino. Muito grunhido e flexão.

Eu rio, mas soa como um ronco, e levo a mão à boca para cobrir o deslize.

— Você não vai levar isso a sério.

— Parece um livro sombrio, Helena. Vai precisar de um alívio cômico em algum momento.

Eu me viro para encará-lo. Seus olhos são suaves, e é nítida a bondade neles. É engraçado ele pensar que pode lidar com isso, que pode conhecer minha história triste e criar um romance a partir dela. Mas tudo o que ele sabe é que perdi minha família. Ele não entende como.

E essa é a parte mais ardilosa de tudo.

21

Terminamos em um drive-thru do Taco Bell, pois o restaurante tailandês estava fechado. Senti um súbito anseio por chalupas mexicanas. Uma tempestade está chegando. O ar está elétrico com antecipação, e o céu escuro o suficiente para o anoitecer. Voltamos para casa, correndo da chuva. Seu pé pisa mais fundo no acelerador e eu observo as nuvens. Ele estende a mão em direção à embalagem para viagem.

— Me passe um taco.

Aperto mais a sacola.

— No carro não. — Se eu tivesse um livro de regras à mão, proibiria beber, comer e conversar no carro. Insistiria que apenas a música dos anos 80 fosse tocada, nada de purificadores de ar e exigiria controle absoluto sobre o clima dentro dele.

— Sou um homem adulto. Se *eu* quero comer um taco que *acabei* de pagar, na *minha* caminhonete, eu posso. — Ele estende a mão. Contorço o rosto, remexo na sacola e desembrulho um dos seis tacos que ele pediu. Seis. Quem precisa de *seis* tacos?

— Aqui. — Coloco na sua mão e desvio o olhar, fechando os olhos brevemente com o som da mastigação quando sua boca se fecha ao redor da casca dura. Haverá pedaços de queijo por toda parte, pedaços de alface caindo no assoalho, e sua mão suja vai tocar o volante, o câmbio e a porta. Tenho lenços umedecidos para as mãos na bolsa, e, se ele acha que vai entrar na minha casa sem usá-los, está muito enganado.

Ele aciona a seta e faz a curva sem que eu diga. Seu senso de direção é melhor que o meu. Eu costumava me perder constantemente. Certa vez dirigi para uma reunião em Nova York e acabei em Princeton. Foi questão de falta de foco, já que minha cabeça estava vagando pelas partes do meu último trabalho em andamento, e quilômetros e curvas importantes passaram despercebidos. Agora, provavelmente existem aplicativos que mantêm você na estrada, lembretes constantes das próximas ações, uma maneira de ver facilmente onde você está em seu trajeto. Mas, antigamente, tudo o que eu tinha eram mapas, aqueles com instruções rabiscadas nas margens, o que reduzia minhas chances de chegar a qualquer lugar a tempo.

Simon sempre dirigia. Sua mão às vezes deixava o volante para alcançar e tocar meu joelho. O peso de sua palma era reconfortante e seu sorriso era tímido, como se eu pudesse afastar seu toque.

— Você é casado? — A pergunta é uma tentativa vazia de afastar as lembranças, os olhos de Simon e o toque dos dedos em volta do meu joelho.

— Não.

Reconheço isso imediatamente. — A resposta brusca e o enrijecimento dos ombros. Não quero pensar no passado, ele não quer falar sobre seu presente. É muito ruim para ele, que não tem permissão para cortar minha cabeça e depois proteger a sua.

— Por que não?

— Eu era casado. Ela morreu.

De repente, entendo o que vi em seus olhos, o assombro de dor que abraçava as bordas do seu sorriso. Não é à toa que sinto uma familiaridade com ele. Nós dois perdemos alguém. Sua dor ainda é tão crua quanto a minha.

Olho para longe.

— Como ela morreu?

— Câncer.

Era de imaginar. Eu suspiro.

— Que encorajador.

— Sinto muito. É uma doença popular.

— Você poderia ter sido mais criativo. — Arrisco um olhar para ele. — Ter me contado que ela foi atropelada por elefantes enquanto estava no safári.

— Bom. Era um bando de canibais. Eles invadiram e fizeram a festa com ela. Quase não escapei com vida.

— Ah, meu Deus... — murmuro e disfarço um sorriso. — Por favor, me diga que ela se foi há séculos, para que isso não seja terrivelmente doloroso e rude.

— Faz três anos. Mas a conversa com você sempre parece seguir por um caminho doloroso e rude, de qualquer maneira. — Ele termina o taco, e eu o observo enquanto amassa o embrulho em uma bola e o joga no chão. Eu não teria pensado que não jogar lixo em um veículo precisaria de uma regra, mas é óbvio que precisa.

— Sinto muito pela sua esposa.

— Obrigado.

O carro fica em silêncio. A primeira gota de chuva atinge o para-brisa. Fico olhando e, depois de um segundo, há centenas de pontos borrados na superfície lisa. Ele estende a mão para ligar os limpadores.

— Você já rascunhou alguma coisa? — Ele tem que falar alto por causa da chuva, e eu me viro para ele.

— Não. Vou fazer isso hoje à tarde.

— Não vou precisar de muito, só uma ideia do que vem a seguir.

— Você já fez um esboço antes?

— Não. — Ele sorri para mim com timidez, como se fosse uma confissão. Eu podia dizer isso pelos cinco primeiros capítulos de qualquer um dos seus livros. Sua escrita necessita da estrutura organizada que vem de um esboço. Ela divaga em lugares onde precisa ser conciso. Ele tem tópicos de enredo que às vezes oscilam, como se tivesse planejado seguir uma rota e depois mudado de curso inesperadamente.

Eu disse isso a ele, é claro. Critiquei sua execução desleixada em muitos e-mails — dezenas deles. Não fizeram nenhuma diferença no seu trabalho. Minhas críticas foram ignoradas e cada começo dos seus livros continuou igual, de maneira consistente e teimosa, livro após livro, como um disco quebrado tocado por um DJ surdo.

— Você precisa aprender a elaborar um esboço. — Ele pode dispensar todas as regras que eu definir, mas isso não é negociável. Se ele não conseguir seguir o caminho que eu der, não vai funcionar.

— Vai dar tudo certo. — Agora estamos na minha rua, passando pelas casas de pessoas que eu conhecia, de crianças com quem Bethany brincava. Ele entra na garagem e estaciona.

22

Eu não sabia que estava solitária até conhecê-lo, até que ele se fundiu com minha vida tão completamente que não havia mais Helena e Simon, apenas NÓS.

E, depois que me acostumei com o NÓS, *eu não queria mais ficar sozinha.*

A chuva preenche nosso silêncio, batendo contra a janela da cozinha. Levamos vinte minutos para comer. Mais dez para nos organizar e criar um sistema. Agora, duas horas depois, nem a chuva nem nossas mãos fazem pausa para respirar. Esboço um capítulo, escrevo o primeiro parágrafo e passo a página. Ele pega, lê várias vezes e começa a escrever. Eu estava certa. Ele *é* rápido. Não só a escrita, mas a execução. Eu tinha imaginado alguém que digitava catando milho — mas ele me surpreende. Sua velocidade é de cerca de cem palavras por minuto. Eu o ouço digitar e meus dedos doem só de escutar o som.

Ainda estamos no campo romântico, e ele começa onde meus quatro primeiros capítulos terminaram, concluindo a história do meu primeiro ano com Simon — a garota feliz e sorridente que me tornei em sua presença — e o jeito como minha virtude se desintegrou com algo tão simples como flores. Eu era muito jovem naquela época, muito inexperiente em amor e namoro. Simon me levou ao cinema e eu comprei minha própria pipoca. Ele interrompia minhas frases e eu comia suas palavras. Quando a mão dele entrou por baixo da minha blusa, eu deixei. Quando ele empurrou a palma da minha mão para o seu zíper, eu obedeci.

Eu me apaixonei impossivelmente cedo, em poucos meses de relacionamento. Achei que era engraçado o jeito de Simon beber demais e pairar sobre mim. Eu me sentia sexy quando ele me empurrava contra uma árvore na escuridão do parque. Contava a ele sobre meus livros e ele ouvia. Fazia o jantar para ele e sorria quando ele comia.

Ele não era tão ruim e eu não era tão ingênua. No meio da idiotice, houve alguns momentos de doce amor jovem. Entre as mentiras e os segredos — especialmente no começo —, nós nos amávamos. Pelo menos eu o amava. Ferozmente. Cegamente. De um jeito estúpido.

— Você acha que ele não te amava? — Mark pergunta, e eu olho para ele. Quase esqueci que ele está aqui, e permiti que minha cabeça e minha boca divagassem, estimuladas pelo vinho... a garrafa agora está meio vazia diante de mim. Não bebo álcool há anos. Esqueci o quanto isso deixa minha garganta fraca. O quanto isso abre meu coração. Parei de beber porque me fazia sentir muito. Eu ficava preocupada, depois de me servir uma taça, com o que eu poderia dizer, o que poderia escapar. Um medo estúpido para uma mulher sem amigos, sem colegas de bebida e sem redes sociais para corromper.

Você acha que ele não te amava? Eu não tinha dito exatamente isso, mas entendo onde Mark percebeu. Na metade do tempo, me convenci de que Simon não me amava — que ele era casado com a nossa casa grande e com a garota solitária que adorava suas palavras e ignorava seus defeitos. Mas acho que ele amava. No começo, acho que ele se apaixonou tanto por mim quanto eu por ele. Digo isso a Mark, que assente, como se não estivesse surpreso, como se houvesse algo agradável em meu corpo muito magro e em palavras amargas.

— Preciso de uma cena — ele fala, levanta a garrafa e enche minha taça. — Uma boa entre vocês dois. Uma lembrança feliz. Alguma coisa para colocar antes disso. Um pré-compromisso.

Eu me sento na cadeira e levo os joelhos ao peito, segurando a taça de vinho com as duas mãos, com o conteúdo da cor do sol pálido. Fecho os olhos e tento encontrar uma cena — um momento feliz em que estávamos amando, imprudentes e apaixonados, tendo perdido completamente o juízo.

Não me lembro de uma. Penso em centenas.

Meia-noite. Vejo o brilho acima de nós. Sua mão segura os degraus da escada, uma escada estreita que foi apoiada na torre do tanque de água. Ele estava com uma lata de spray enfiada no cós da calça; levantou um pé e hesitou, olhando para mim, e pude ver o terror em seu rosto iluminado por cima. Ele subiu quinze degraus e parou. Nossas iniciais foram rapidamente esboçadas na base do tanque, em tinta laranja brilhante, com um coração trêmulo em volta. Quando retornou, estava ofegante, com as axilas ensopadas de suor, o rosto decepcionado ao ver a curta distância que percorrera. Eu disse a ele que estava lindo. Simon me beijou e seus lábios estremeceram.

Termino a taça e pisco, com os olhos molhados.

Nossa primeira vez. Seus lençóis cheiravam a hambúrguer e suor. Ligamos o ventilador e o zumbido quase abafou a TV do seu colega de apartamento. Eu estava nervosa, e nós dois estávamos bêbados, pois tínhamos passado a noite em um bar, comemorando meu contrato de publicação. Minha cabeça girava com muitos appletinis. Ele não tinha camisinha, e nós discutimos sobre isso. A conversa foi arrastada, cheia de lógica imatura e tentativas. O ato começou e terminou antes que qualquer conclusão fosse alcançada. Ele me puxou para o peito e disse que me amava. Fechei os olhos e calculei minha janela de ovulação, considerando a data da última menstruação.

Mark empurra um guardanapo sobre a mesa e eu o pego, olhando para o desenho — maçãs cor-de-rosa estampadas no papel fino. As repetições alegres são ocasionalmente interrompidas por uma folha verde. Kate deve ter comprado isso.

— Me deixe levar você para a cama.

Ele está de pé agora, me ajudando. A cozinha está escura, e vejo que a luz da tarde se foi. Que horas são? Olho para o forno, mas os números nele estão embaçados, de lágrimas ou embriaguez.

— Eu consigo fazer isso. — Me afasto dele e penso melhor. — Deixa pra lá. — Estendo a mão e ele pega meu braço. Ele é mais cheio onde Simon era magro, seu cabelo é bagunçado onde o de Simon era arrumado, e é mais alto, pelo menos dez centímetros. — Meu quarto fica no topo da escada. — Vou ter que me deitar no nosso antigo quarto, naquela cama de dossel rígida onde Bethany foi concebida e em que não durmo desde aquele dia. Vou mudar de lugar assim que ele sair. Só tenho que ficar lá por alguns minutos, por questão de aparência.

Me despeço dele na entrada do quarto e entro no espaço que raramente ocupo. Puxo as cobertas e meio que rastejo, caindo na cama. Os lençóis ainda cheiram à colônia de Simon. Ainda sinto seus lábios na minha clavícula quando os puxo até o queixo. Não é só a cama. As lembranças dele, por mais que eu lute contra, ainda existem. No chuveiro, às vezes penso em seu beijo. No carro, lembro de como ele me alcançaria, segurando minha mão na sua, acariciando-a com o polegar e a apertando imperceptivelmente em momentos calmos — como um abraço. Lembro do quanto ríamos. Das nossas piadas internas. Como ele sorria para mim quando eu dizia algo espirituoso. Quando cheguei à primeira lista de mais vendidos, abrimos um vinho barato, sentamos no chão daquele apartamento e fizemos uma fogueira de miojo. Naquela noite, na cama, com o laptop aberto e seu braço ao meu redor, nós procuramos casas.

— O céu é o limite — ele disse, e nós ficamos loucos, percorrendo casas que nunca imaginávamos poder pagar, imaginando vidas inacreditáveis. Nós sabíamos. Sabíamos que essa era nossa nova vida e que haveria mais listas de mais vendidos. Pensamos que tudo, a partir de então, seria perfeito.

Fecho os olhos e, apesar de toda a intenção, não sinto vontade de dormir. Odeio Simon com toda a minha alma, e o amo com todas as outras partes do meu corpo, mas nada disso realmente importa, porque ele está morto, e eu o matei.

23

Meu novo pior amigo, de alguma forma, vai comigo à consulta.
— Helena Ross? Você é *a* Helena Ross? — A enfermeira levanta os olhos da pulseira de identificação em meu braço e ergue a sobrancelha com um piercing, preocupada com essa ideia. Não é possível que ela leia meus livros. A mulher tem um ímã de arco-íris grudado sobre uma foto sua com uma "amiga". Se essa garota lê meus romances héteros, com direito à união íntima obrigatória entre homens e mulheres, ela precisa expandir sua biblioteca imediatamente.

— Não, não sou. Mas sempre me perguntam isso. — Tento puxar a mão, mas ela a segura com firmeza, dois dedos pressionados contra a parte de baixo do meu pulso.

— Espere, querida. Preciso verificar sua pulsação.

Meu pulso provavelmente está perfeito, acalmado pela mentira. Sempre fui mentirosa. Talvez seja por isso que escrever tenha sido tão natural. Mil mentiras, disfarçadas na voz de um personagem, pedaços da minha vida espalhados pelas páginas, a camuflagem perfeita para o que quer que eu sentisse vontade de dizer.

— Consegui uma ótima vaga para estacionar. — Mark vem de algum lugar, com um sorriso no rosto como se tivesse conseguido algo diferente para me irritar. Ainda não sei por que ele está aqui. Escrevemos por todo o sábado e a maior parte do domingo, terminando o fim de semana com um pouco de tempo livre bem necessário. Então, esta manhã ele apareceu — na minha varanda — praticamente insistindo para me levar à consulta, mesmo que eu só tivesse que chamar um táxi.

— Oba. — Observo a mulher soltar meu pulso e pegar o aparelho de pressão arterial.

— Este lugar é legal. A área de quimioterapia tem cubículos individuais. Muito melhor do que o lugar onde Ellen ficou.

Ellen. Sua voz suaviza quando ele fala. Sinto uma pontada de inveja e a coloco para fora.

— Por favor, não faça disso um tributo.

Suas narinas se alargam um pouco, e eu o observo com interesse. Ele tem reações mais minuciosas do que Simon tinha. Como narinas dilatadas. Sempre pensei que isso fosse coisa de livro, uma daquelas reações literárias que nunca acontecem na vida real, como as mocinhas desmaiarem ou os mocinhos extravasarem a raiva com socos. Espero um pedido de desculpa, mas ele não diz nada e eu gosto ainda mais dele.

— Parece bom! — A mulher diz com alegria, e não sei como *isso* é possível, mas não posso reclamar de uma mulher usando bata roxa de gatinhos. — Vamos levar você para ver o doutor.

O médico é diferente do outro, o que entregou minha sentença de morte. Ele é oncologista e vai cuidar do meu corpo em ruínas pelo que ainda resta da minha vida. Olho para o diploma de Harvard na parede enquanto ele explica, sem introdução ou amortecimento, o que vai acontecer nos próximos meses e como meu corpo pode reagir. Ele é um entusiasmado escritor de receitas e preenche cinco diferentes, me passando a pilha que vai me permitir comprar medicamentos suficientes para resistir a um ferimento a bala. Digo a ele que estou indo muito bem com meus remédios atuais, mas ele não parece se importar. Ele é pura desgraça, envolto em pele pálida e muito cabelo na orelha, a voz clínica e monótona, do tipo que me deixa pronta para cochilar em minutos. O homem não me olha nos olhos, não sorri e, se houve alguma aula de empatia em Harvard, ele foi reprovado.

Vamos nos dar muito bem.

Duas horas depois, entro pela porta da frente da minha casa e passo por uma estranha. É uma mulher baixa e atarracada, usando avental, que evita o contato visual e não perde tempo — a cozinheira que Kate arranjou. Mordo a língua, ouço Mark fazer várias perguntas a ela e vou para o solário. Me instalo na poltrona reclinável e me inclino para trás. Eu me viro quando Mark entra. Seus deveres de cão de guarda estão concluídos. Eu o vejo colocar sua mochila de couro no chão.

— Você não precisa ficar aqui. — Esta é a terceira vez que falo isso. *Não quero você aqui*. A declaração corrigida está na ponta da língua, quase saindo. Ele vai para a cozinha, e a fome interrompe minha declaração. Observo com interesse enquanto abre a geladeira e pega uma vasilha.

— Debbie, que é a chef, disse que colocou a comida aqui.

Olho para ele, para a porta aberta da geladeira. Meu perfeito alinhamento de garrafas de água e Coca-Cola foi empurrado para o lado e substituído por Tupperwares suficientes para uma "Octomãe" e seus filhos fazerem três jantares de Ação de Graças. Olho para o recipiente na mão de Mark, observando enquanto ele abre o micro-ondas e o coloca lá dentro.

— O que é isso?

— Lasanha. — Ele aperta um botão e o zumbido eletrônico da radiação enche o ar. — Acho que você precisa de um provador oficial de veneno. Para o caso de a Debbie ter lido um dos seus romances e querer se vingar. Eu me ofereço como voluntário

— Há — falo séria, mas sorrio mesmo assim. — Como você é cavalheiro.

— É coisa de caubói. — Ele inspira o ar, e eu estou quase brava com o quanto o cheiro é bom. Talvez eu já devesse ter contratado um chef. Se isso for gostoso... se eu tiver perdido quatro anos de prazer alimentar... vou ficar chateada com Kate por me alertar sobre esse erro.

Mark olha para mim.

— Está com fome?

Inclino a cabeça, distraída com uma batida na porta da frente. É o que acontece quando se começa a conversar com as pessoas. Vou de uma vida de solidão a um Terminal Grand Central. Mark avança, com as costas retas, e minha boca se contorce com o jeito protetor dos seus passos largos. Ouço o estalo da porta, vozes murmuradas, um pedido de desculpas feminino e o som de pés desajeitados tropeçando em minha direção. Ouvir girafas seria mais silencioso, e eu sei, mesmo antes de ver os tamancos rosados e as meias com bolinhas, quem está lá. Eu gemo.

— Helena! — Kate parece surpresa, como se estivéssemos nos esbarrando no supermercado, e não dentro da minha casa, que fica a três horas de Manhattan. — Oi!

— Você *realmente* não precisava voltar. — Eu disse isso a ela. Em todos os e-mails e na ligação desta manhã, eu *disse* a ela para não vir. — Não *deveria* ter vindo.

Ela dá um passo adiante no solário e me ignora completamente.

— Eu sei. Você não queria que eu viesse e eu *não* estou aqui para ficar, juro. — Ela se vira para Mark com um sorriso. — Eu sou a Kate. A agente da Helena.

— Prazer em conhecê-la, senhora. Mark Fortune. — Vejo o rosto de Kate ficar vermelho quando ele estende a mão. Perfeito. Estou muito feliz por estarmos harmonizando minha casa. Se o câncer não me deixar enjoada, toda essa união o fará. Limpo a garganta, e os dois se voltam para mim. — Se não veio para ficar, por que *está* aqui?

— Bom... quando deixei a cidade hoje de manhã, antes de você me ligar... eu não sabia que o sr. Fortune estaria aqui... — Ela lança um sorriso rápido para ele. — E pensei que você poderia querer companhia.

Ah, sim. Essa sou eu. Uma viciada em companhia. Não digo nada e o silêncio cresce.

— Bom. — Kate solta a palavra e o constrangimento paira no ar. O micro-ondas apita, e o rosto dela se ilumina. — Isso está com jeito de ser comigo. Deixa que eu vou buscar.

Mark a segue até a cozinha, e eu relaxo a cabeça contra a poltrona, o único item nesta sala. A grande poltrona estofada era um item especial da loja Lazyboy, que eu geralmente usava para escrever e na qual, com a mesma frequência, adormecia. Há algo reconfortante no ato de escrever, como uma droga que te atrai para outro mundo, mas depois esquece de parar, e às vezes te leva até o sono. Liberto meus pés dos cobertores e olho para o quintal. As janelas desta sala ficaram sujas — o lado de fora está coberto de anos de pólen e sujeira, e as telas inferiores, cobertas de insetos mortos e folhas ocasionais. Eu as lavava todo verão. Pegava um balde gigante de água com sabão e uma esponja, vestia um maiô e, enquanto tocava uma playlist dos anos 70, fazia uma faxina completa. Bethany tentava ajudar. Suas mãozinhas seguravam a esponja gigante, alcançando apenas os painéis inferiores, e sua atenção se desviava à primeira visão de um lagarto, aranha ou o chamado de Simon.

Lembro do cheiro de hambúrguer, do boné de beisebol que Simon usava, do gosto do seu beijo quando ele me puxava contra si e tirava mechas de cabelo caído dos meus olhos. Certa vez, dançamos no pátio, com a churrasqueira chiando atrás de nós, e Bethany cantando ao nosso lado. Seus olhos estavam suaves quando ele olhou para mim.

Naquele momento, durante a música de Rod Stewart... não houve discussões nem competição. Não havia minha mãe nem nenhuma regra. Só havia uma canção de amor, o balanço dos quadris e o cheiro de carvão no ar.

Naquele momento, eu jurava que ficaríamos bem.

Três meses depois ele estava morto.

24

MARK

Helena vai para o sofá, onde adormece com um pote de sorvete pela metade no chão ao seu lado e a televisão ligada em um canal no qual donas de casa discutem em mansões à beira-mar. Ele abaixa o volume e puxa o cobertor sobre ela, que está com o rosto relaxado. Ela parece tão jovem, não mais que alguns anos mais velha que Maggie, embora deva ter pelo menos uma década a mais. Ele para em frente ao sorvete, mas o deixa no lugar ao se lembrar de que sua tentativa anterior de removê-lo encontrou uma oposição violenta.

Ele entra na cozinha, passando um copo vazio para Kate, que o mergulha na água e sabão.

— Ela está dormindo? — ela pergunta.

— Sim. O remédio para náusea que deram é bastante potente. Eu não ficaria surpreso se ela apagasse pelo resto da noite. — Ele dá um passo ao lado dela e abre uma gaveta vazia, depois outra. — Sabe onde ficam os panos de prato?

— Aqui. — Ela lhe entrega um. — Ela parece ter só um de tudo. A maioria dessas gavetas está vazia.

— Esse parece ser um tema recorrente nesta casa. — Ele olha em volta, para a cozinha gigante. — As vendas dela estão ruins? — É uma piada, e ele fica satisfeito quando ela sorri.

— Ha. — Ela passa um prato para ele secar. — Acho que ela é exatamente o oposto de acumuladora.

Ela acha. Mark fica cada vez mais intrigado a respeito de Helena.

— Então você não a conhece bem. — A triste constatação de que as únicas duas pessoas que se importam o suficiente para estar aqui... são estranhas.

— Não. Ela gosta de ter o próprio espaço. — Ela puxa o ralo da pia e lança um olhar irônico para ele. — É por isso que estou um pouco surpresa em ver você aqui.

— Eu meio que forcei a minha presença. Ela parecia precisar de um pouco de ajuda.

— Hum. — Uma única sílaba demonstrava desconfiança. Ela se vira para ele e cruza os braços. — Ela não é a pessoa mais fácil de trabalhar.

— Eu sei. Estou fazendo o máximo para agradar. — E ele realmente tentou. Colocou mais esforço em seus capítulos do que em qualquer outra coisa que já havia feito. Parte disso é porque ele entende o quanto ela está levando esse projeto a sério. A segunda motivação é um desejo inseguro de agradar uma lenda. Uma lenda que agora está roncando, com um braço caído do sofá. Uma lenda que leu tudo o que ele escreveu até agora e ainda não deu uma linha de feedback. Ele deve estar se saindo bem, pegando o sentimento. Caso contrário ela atacaria e daria a ele um pouco do famoso inferno de Helena Ross.

— Ela vai arrancar o seu coração, mas não de propósito. — Ela faz uma pausa e ele percebe a avaliação em seu olhar. — Acho que ela precisa de você. Mais do que das suas palavras. Ela precisa de *alguém* para ajudá-la com essa situação.

— Minha mulher. — Ele para e respira fundo. — Já passei por isso antes, eu consigo...

— Não. — Kate balança a cabeça. — Não foi o que eu quis dizer. *Esse livro*, é para ele que ela precisa de ajuda, é onde está o foco dela. A morte? — Ela encontra os olhos dele. — Ela está tratando como um efeito colateral.

25

Quando era criança, eu só amava a mim mesma, e mesmo esse amor era mergulhado em confusão e autocrítica. Depois de adulta, aprendi a amar de um jeito pomposo. Meu relacionamento com Simon era semelhante à minha primeira aula de esqui. Lento a princípio, segurando a corda de segurança, a respiração presa na garganta, esperando a eventual queda. Depois que comecei a confiar nele, foi quando o perigo realmente começou. Foi quando as colinas ficaram mais altas, mais como montanhas. E meu risco passou de um joelho esfolado para algo muito mais mortal.

Acordo no sofá, com as palavras ecoando na minha cabeça. Pego uma pilha do escrito mais recente de Mark e escrevo o parágrafo nas margens. A sala está escura, exceto pela televisão. Ali. O começo do próximo capítulo, pronto. Coloco as páginas de lado, sentindo meu corpo todo doer quando me levanto e vou até a cozinha. Lá, a luz está acesa sobre o micro-ondas, e frascos de comprimidos estão dispostos em uma linha perfeita ao longo do balcão, com um bilhete na frente deles.

Me acorde.

Não reconheço a letra, mas não pode ser de Kate. É bagunçada, masculina e falta um *por favor*. Estou virando para a escada quando vejo seus pés. Estão descalços, aparecendo da ponta da poltrona, e ouço o som baixo de um ronco. Entro no solário e olho para ele. Sua boca está aberta e o corpo relaxado. Os homens são tão feios quando dormem, e Mark é típico, o segundo ronco fica mais alto que o primeiro, com o rosto se contorcendo enquanto luta para inspirar.

Ele não precisava ficar aqui. Sou perfeitamente capaz de dormir sozinha. Provavelmente, durante a visita de Kate, toda a louça foi lavada, o lixo retirado e os banheiros limpos. Ele deveria estar dormindo no hotel, e aquela mochila tinha que estar em outro lugar que não no meu piso.

Falando nisso... observo a bolsa, que está ao lado da poltrona. Me acomodando no ladrilho frio, eu a puxo em minha direção e levanto os olhos para ele por um momento antes de abrir o zíper.

O conteúdo da mochila é bem sem graça: uma sacola de roupas íntimas velhas e camisas limpas. Não há calça, e olho a perna da calça jeans que ele usa, pendurada na beirada da poltrona. Relaxo um pouco quando encontro seu nécessaire com escova de dentes e navalha dentro; sua invasão à minha casa não chegou ao banheiro. Me sinto levemente desapontada por não ver uma revista pornô, um frasco ou estoque de comprimidos — nenhuma fotografia bem dobrada ou carta de amor escondida dentro de um livro ou passaporte. Encontro uma carteira e a abro com cuidado. Tem muito dinheiro, mais de mil dólares. Uma carteira de motorista em nome de Mark Fortune, sua data de nascimento indica que ele mal entrou nos cinquenta anos, sua altura generosa é de um metro e noventa e ele pesa noventa e dois quilos. Ele é doador de órgãos, um ponto a seu favor, e é habilitado. Retiro os demais cartões enquanto os analiso. Um cartão de uma associação automobilística, um...

— O que está fazendo?

Olho para cima, do meu lugar no chão, observando enquanto ele lentamente coloca a poltrona na vertical.

— Olhando a sua carteira. — Seguro um cartão preto American Express. — Achei que precisava gastar um milhão de dólares por ano ou algo assim para conseguir um desses.

— Preocupada com as minhas finanças?

— Você ainda tem o cartão da Blockbuster? — Não espero por uma resposta. — Deus, você é velho. — Pego o cartão da Associação Americana de Aposentados. — Vale a pena esse descontinho para destruir seu apelo sexual?

— Esse é o fator determinante para a minha incapacidade de transar? Um cartão da Associação de Aposentados? — Ele se levanta da cadeira e eu ouço o rangido real dos membros enquanto ele se levanta.

— Não ajuda em nada. — Viro para o outro lado da carteira, passando por um cartão da Discover (quem ainda tem?), uma permissão para porte de armas escondida (é bom saber) e o cartão de jogador de um cassino de New Orleans. — Falando nisso, você tem namorada?

— Não. — Ele vai para a cozinha e eu o vejo passar, me perguntando se a parte de baixo de seus pés está limpa. — Quer comer alguma coisa?

Largo a carteira e considero a pergunta, a fome brigando com meu medo do enjoo e a cabeça um pouco louca pelas drogas.

— Talvez uma torrada. — Ele se move na cozinha e ouço um armário ser aberto. — Obrigada — grito, me virando para olhar por cima do ombro. Seus movimentos são lentos e cuidadosos, os de alguém ainda meio adormecido.

— Disponha. — Ele encontra a torradeira e eu volto para sua carteira, examinando um cartão de seguro antes de passar para o último item, a foto impressa de uma garota com treze ou catorze anos.

— Esta é a sua filha? — pergunto, virando a foto na mão. Na parte de trás há uma letra firme, rosa e cursiva.

Eu te amo. Maggie

Garota original. Aposto que ela pensou nessa mensagem por anos.

— Sim. É ela. É uma foto antiga. Você gosta de geleia?

— Não.

— Que bom. — Ele fecha a geladeira. — Não tem.

— Você se dá bem com ela? — Empurro a foto de volta para o lugar. Fecho o zíper, coloco a carteira na mochila e fico em pé. A sala se inclina. Me seguro na poltrona e espero por um momento enquanto minha visão volta ao normal.

— Sim. — Ele passa manteiga nas torradas e olha para mim. — Fique sentada. Vou pegar um pouco de água. Você deve beber o máximo que puder, isso ajuda a dar vigor ao seu organismo e a melhorar o efeito dos remédios.

— E ela está na Ole Miss — digo, lembrando da nossa conversa anterior. Tento imaginar a filha desse homem, como ela é, como age. — Parece o nome de uma vaca.

Ele balança a cabeça, e um sorriso aparece no canto da boca. A camisa dele está amassada, sua barba está por fazer, mas ainda posso ver que, há décadas, ele era atraente.

— É o apelido da Universidade do Mississippi. — Ele se vira, caminhando para a geladeira, e eu observo enquanto ele enche um copo com água gelada. — Por que essa falta de móveis?

Dou de ombros e pego o copo.

— Sou minimalista.

— Percebi.

O sarcasmo me atinge, e não consigo impedir o arrepio que se move ao longo da minha espinha.

— Me livrei da maioria dos móveis quando fiquei sozinha. — Mordo um pedaço de torrada e mastigo.

— Você poderia ter vendido a casa. Mudado para um lugar menor.

— Sim. — Tomo um gole de água e sinto a primeira pontada de náusea. Vender a casa era uma sugestão comum. Logo após o funeral, recebi folhetos e relatórios de mercado de corretores de imóveis, todos ostentando as estatísticas da casa, nenhum mencionando o estigma que poderia segui-la. Uma vez pesquisei o efeito no valor de uma casa que hospedou a morte. Não é um fato que precisa ser divulgado. Essas paredes poderiam esconder respingos de sangue e uma masmorra caseira, o forno usado para cozinhar órgãos, e nunca teríamos que dizer a uma alma. Mas, nesta cidadezinha, todo mundo sabe. Todo mundo sabe sobre a viúva estranha na grande casa vazia, e o dia em que tudo se desfez.

Mark parece não saber. As matérias de jornal e o obituário usaram meu nome de casada: Helena Parks. Pesquisei no Google meu nome de solteira e o de Bethany, meu nome de solteira e o de Simon, meu nome de solteira e *morte*, e nada aparece. Estou protegida, embora não possa dizer o mesmo por ele. Ontem à noite pesquisei Mark Fortune, e um tesouro de tragédia surgiu. Ele me contou sobre a esposa falecida. O resto, ter sido pego dirigindo alcoolizado, a falência, a reabilitação... ele não mencionou. Tudo bem. Tenho meus segredos, e ele tem os dele. O livro é o que importa.

— Você comprou esta casa com seu marido?

Sinto a ação uma fração de segundo antes que ela chegue e vou para a pia. Quase não consigo chegar a tempo antes de vomitar, a torrada sai áspera e dolorosa, o gosto atinge meu reflexo de vômito e eu vomito novamente, sujando a superfície impecável.

Mark empurra uma garrafa de água em minha direção, e eu a pego, lavando a boca e cuspindo na pia, enquanto uma mão segura a torneira e a abre. Sinto a necessidade de lavar, mas afasto a disposição, sentindo o balcão vibrar sob meus antebraços. Não tenho forças para olhar quando Mark toca gentilmente no meu braço.

— Eu limpo isso. Vamos deitar você.

Não posso passar uma segunda noite na minha antiga cama. Vou acabar mostrando a ele o quarto de Bethany, com os restos esfarrapados do meu coração. Por ora, me afasto da pia.

— Vou dormir no sofá. Você devia ir para o seu hotel.

— Estou bem na poltrona. Estou cansado demais para dirigir, se você não se importar que eu fique.

Eu me importo. Quero ficar sozinha. Não preciso da água gelada, da aparência preocupada, de ele bancando a mãe constante. Quero minha casa e minha privacidade de volta. Quero meu lugar feliz, que está no quarto de Bethany, no meu saco de dormir, cercado pelas coisas dela.

— Tanto faz — murmuro, passando lentamente por ele, e vou em direção à sala de estar.

O sofá brilha com a cor, ainda iluminado pela televisão, e eu puxo o cobertor e me deito de bruços. Puxo o travesseiro contra a bochecha, e meus olhos se fecham. A última coisa de que me lembro antes de adormecer é ele me dando mais comprimidos.

26

O telefone me acorda. É como uma sirene, alta e incessante, e eu me viro no sofá, puxando o travesseiro sobre a cabeça e esperando que pare. Então, me lembro de Mark, ouço o clique de uma porta enquanto ele se move pela casa. Seu peso range as tábuas do piso e seus passos ecoam pela casa vazia. Jogo o travesseiro e levanto a cabeça.

— Não atenda! — Caio do sofá. As pontas dos meus dedos raspam o chão e eu fico de pé. Meus passos parecem drogados e confusos. A sala está inclinada enquanto me movo pela escuridão em direção à cozinha. — Não atenda. — Vou de encontro ao seu peito. Meus dedos se curvam contra a flanela da sua camisa, e olho para o seu rosto, surpresa.

— Não vou atender. — Ele me apoia e olha em volta, procurando uma cadeira, mas não há nada por perto, e sinto suas mãos apertarem meus braços. — Vamos levar você de volta ao sofá.

— Não. — Me endireito, reencontro meu equilíbrio e empurro contra seu peito. — Estou bem. — O telefone para, e nós dois ficamos quietos enquanto a máquina emite um sinal sonoro em seu lugar no corredor, a uma sala de distância. Solto um suspiro de alívio quando a voz automática de um operador de telemarketing surge. Sonhei com Charlotte Blanton, sua visita, seu e-mail... uma ligação deve ser a próxima forma de contato.

— Está com fome? — A voz de Mark é suave, como se me ver correndo feito uma bêbada para o telefone fosse normal.

— Acho que sim. — Vou até o fogão e vejo os ovos mexidos na frigideira. — Você que fez?

— Sim. Estão comíveis.

Os ovos parecem mais do que comíveis. Estão com uma cara ótima. Pego um prato de papel do armário e coloco um pouco nele.

— Pode pegar mais. Eu já comi.

— Isto é suficiente. — Olho para a torrada, que está ao lado do fogão. Sigo até lá.

— Café?

— Sim, por favor. — Eu me sento e vejo uma pilha de papéis, novos e com espaço duplo. — Esse texto é novo? — Eu estava muito hesitante, no começo, em ler o trabalho dele. Eu o observei digitar, respondi suas perguntas e esperei. Minha hesitação foi uma mistura de medo e preocupação. Eu tinha medo de ele não estar à altura. Estava preocupada que suas palavras fossem monótonas.

Meus medos eram infundados. Quando comecei o primeiro parágrafo, soube que ele iria bem. Ele capturou minha voz com facilidade, acompanhou bem meu esboço e manteve o tom que eu queria.

— Sim. Passei no hotel e imprimi. — Ele me serve uma xícara de café.

— Como prefere o seu café?

— Puro está bom. — Olho para as páginas, e os ovos ficam esquecidos.

— Escrevi mais hoje de manhã, mas não tive acesso à impressora.

Assinto, puxando as páginas para mais perto.

— Pode me pegar uma caneta? Tem algumas na gaveta à esquerda da geladeira.

Eu me sento, colocando um pé na cadeira oposta, e meu garfo espeta distraidamente os ovos enquanto leio. Termino o prato e mal noto quando ele o substitui. Morangos cortados são servidos, e, no momento em que termino a leitura, a comida havia acabado. Meu estômago está cheio e meus dedos batem na borda da página final, ansiosos para escrever algumas palavras minhas.

— Pode me mandar o resto? Posso imprimir aqui.

— Já mandei. — Ele sacode um frasco de remédio. — Quer tomar?

— Aquele para náusea, por favor. O que quer que esteja me nocauteando...

— É esse mesmo.

Faço uma careta, mas ainda estendo a mão para o comprimido.

— Não sou muito divertida.

— Discordo. — Nossos olhos se encontram quando tomo o remédio.

Reviro os olhos e me viro, olhando para o relógio. Dez e catorze. No último dia, dormi mais de dezesseis horas. Eu devia estar bem acordada, mas tudo que quero é me deitar. Meu cansaço é ainda pior que o de ontem.

— Vamos para o meu escritório.

— Você manda. — Ele pega as páginas, olhando para minhas anotações, antes de se endireitar. Ele não se mexe, e percebo que não sabe onde fica meu escritório. Vivi em um mundo da minha própria criação por muito tempo, em que a única personagem é um indivíduo neurótico e intrometido que não pode receber a correspondência de um estranho sem abri-la. Se tivessem me colocado sozinha na casa dele, eu já saberia seu número do seguro social e as condições dos filtros de ar. Esse homem perdeu seu tempo fazendo comida para mim e digitando. Agora, com minhas pernas em condições de andar e a cabeça um pouco clara, ele perdeu a chance de invadir minha privacidade.

Os degraus ficaram mais altos nos últimos dois dias, e eu literalmente ofego no topo, parando um momento para recuperar o fôlego. Mark é paciente, se inclinando contra o corrimão.

— É uma subida íngreme — comenta, como se minha luta fosse normal, e eu o encaro.

— Cai fora. — Ele deveria ser melhor nisso. Não deveria me mimar ou ser gentil. Deveria saber que, dentro deste corpo patético, sou forte e independente.

Aponto para o corredor e para a porta do meu escritório.

— Ali.

O último convidado para entrar aqui foi Simon. Durante o inverno, quando o calor aumenta e não há ar fresco, sinto o cheiro dele. Ele invade esse espaço, minha mão agarra meu pescoço e o ventilador é inútil. Nesses dias, abro a janela e deixo entrar a explosão congelante de ar fresco. Me encolho em um cobertor, ligo o aquecedor e trabalho.

O frio é a melhor forma de apagá-lo, e, quando chega o verão, é como se ele nunca tivesse existido.

Mark se acomoda no sofá e eu me sento a minha mesa, ligo o laptop, e vejo que seu e-mail é um dos vários. Minha primeira tentativa de impressão não deu certo, e gemo enquanto me inclino sobre a impressora, desconectando a parte traseira e depois a religando. Deveria haver uma regra no universo segundo a qual os problemas mortais desaparecerão com um diagnóstico terminal. Estou morrendo. Não deveria ter que lidar com merdas mesquinhas no meu caminho.

Depois que as páginas são impressas, eu me sento ao lado dele no sofá. Nós dois lemos, ele examinando minhas anotações e eu marcando seu novo conteúdo. Sua escrita está ficando cada vez mais forte — entrando no ritmo da história, permanecendo vulnerável enquanto visualmente estimulante —, e está um nível gigante acima dos seus romances normais. Quando ergo os olhos, ele está sentado contra a almofada, e com os olhos fechados.

— Posso te perguntar uma coisa?

— Deve ser interessante — ele responde, sem abrir os olhos.

— Se você consegue escrever desse jeito... — levanto as páginas —, por que não faz? Por que escrever aquelas... *coisas* que você publica?

Ele abre um olho e me encara.

— Deus, você ofende até quando elogia. — Ele respira fundo, se senta e gira o pescoço. — E aquilo a que você se refere é a única *coisa* que consigo vender. Escrevi outras coisas, coisas boas. — Ele acena para as páginas na minha mão. — Melhor que isso. E me autopubliquei. Mas ninguém comprou.

— Então você baixou sua qualidade por causa das vendas? — É um conceito estúpido, mesmo para meu cérebro confuso.

— Sem vender, *isso tudo* é um hobby. — Ele gesticula para o meu escritório. — Quando publiquei pela primeira vez, eu não tinha como pagar um hobby. O romance voava das prateleiras, e ninguém se importava com a ficção contemporânea que tem coração. — O tom é irritado, e eu tento compreender o motivo. Ele odeia obscenidades? Não consigo imaginar odiar os romances que escrevo, passar meses em uma história que não respeito.

— Então você vendeu sua alma e invadiu meu mundo — penso, olhando de volta para os papéis.

— Os leitores parecem gostar das minhas coisas.

Torço a boca, engolindo o que quero dizer. Marka conquistou grande parte do mercado de nível inferior — cuja preferência não é exatamente literária, nem exigente.

— Suas anotações... — Ele levanta os papéis. — São gentis. — Ele parece tão surpreso que sorrio. — Eu estava esperando muito mais correções.

— Eu também. — Me mexo no assento e sinto a primeira onda de sonolência, a pílula de náusea fazendo sua mágica. — Mas seus personagens estão bons, e o tom está certo.

— Não é difícil imaginar uma versão mais feliz de você.

Sorrio, mas é forçado. Sinto as bochechas apertadas com o movimento. Eu mal me lembro dos meus dias mais felizes. Às vezes penso que minha memória os está inventando, preenchendo espaços em branco com trailers de filmes da Hallmark.

— Não tenho certeza de que essa minha versão já existiu. — Me sento na cadeira em frente à mesa e pego uma caneta, desesperada por uma tarefa. — Vamos escrever mais algumas cenas.

27

Nunca fui uma garota que pensava em casamento. A instituição me entediava, e o romance me intimidava. Esse era o destino reservado para as meninas mais bonitas, aquelas que beijavam mais e se curvavam menos. Quando Simon menciona a ideia pela primeira vez, eu rio. Quando vejo o movimento de suas mãos enquanto ele abre com cuidado a caixa de alianças, quando vejo a intensa mistura de vulnerabilidade e esperança com que ele faz a pergunta... quase choro.

No começo foi maravilhoso. Simon parecia alheio às falhas que a sociedade adorava apontar em mim. Ele não se importava com minha falta de amigos, de curvas ou de habilidades sexuais. Me deu espaço, mas correu atrás de mim. Trouxe flores e impressionou minha mãe. E seu pedido, dez meses depois de nos conhecermos, não pareceu muito rápido, mas foi correto.

— Como?

Olho para Mark, irritada com a interrupção.

— O quê?

— Me conte a história. O pedido. — Ele passa as páginas. — Você não descreveu isso aqui.

— Ah. — Me inclino na cadeira e cruzo os braços sobre a cabeça, me esticando. — Foi em um restaurante. Você sabe. Vinho. Velas. Ajoelhado. O anel era pequeno, mas o problema não foi esse.

— Você recusou? — Ele parece estar adivinhando. Meu tom deve ter revelado algo.

— Eu não estava pronta. Não estava preparada. — Fiz uma lista naquela noite, embora nunca a tivesse entregado a Simon. Cinco regras para um pedido adequado. Não coloque a mulher em situação difícil. Não faça com plateia. Não coma alho antes. Não olhe para a bunda da garçonete no meio do pedido. Não peça a menos que tenha certeza de que a resposta vai ser sim.

Solto as mãos e me sento.

— Fui para casa e pensei no assunto. Escrevi alguns prós e contras. — Ainda tenho essa lista. Se eu me inclinar para a direita e abrir a gaveta inferior, ela estará lá, arquivada sob o nome dele, na guia HISTÓRICO. Minha lista de prós e contras de Simon Parks.

Prós: Ele tem dentes bonitos.

Contras: Às vezes não confio nele.

Devia ter ouvido esse primeiro contra. Havia mais sete, mas aquele... era a única coisa de que eu precisava. E eu ignorei, como a garota estúpida e apaixonada que eu tinha sido.

Engoli em seco.

— Ele tinha várias boas qualidades, que eu listei. Essas, juntamente com a probabilidade de alguém mais querer se unir a mim... seguida de uma análise sobre se eu queria ser solteira ou casada... — Dou de ombros. — Decidi ir em frente.

— Essa é a história mais *não romântica* que já ouvi. — Ele parece consternado, tanto que eu rio.

— Decepcionado com a rainha do romance? — provoco. A *rainha do romance*. Que piada. O título foi criado pela minha editora, uma potência de Nova York que não tem a menor ideia dos meus pensamentos mais íntimos.

— Com o coração partido. — Ele suspira e se inclina sobre a página. — Você quer contar sobre o pedido assim mesmo? É um pouco estranho.

— Imagino que você tenha feito melhor.

Ele esfrega um dedo grosso na testa, e posso jurar que o homem está corando.

— Foi comum.

— Me conte. — Coço a ponta do nariz.

— Não foi nada importante. Estávamos na casa dos pais dela, uma casinha no meio do Mississippi. Pedi primeiro ao pai, depois a chamei para dar uma volta. Fiz o pedido lá. — Ele pisca, e percebo o olhar vago com a lembrança em seus olhos e os lábios se curvando. — Estava escurecendo e havia tanto mosquito que mal se podia parar sem balançar a mão. Ela não queria sair para andar, e estava reclamando de uma tempestade... sobre o calor, sobre os insetos. Finalmente eu a parei embaixo de uma grande árvore velha e a mandei calar a boca por tempo suficiente para eu fazer o pedido.

Ele olha para mim e sua boca se curva em um sorriso.

— Ela não ouviu o pedido. Não parava de bater nos insetos e olhava para a árvore como se pudesse escalá-la. Tive que segurar seus braços e fazê-la olhar nos meus olhos. Então, pedi de novo. — Ele dá de ombros. — E ela disse sim.

— Isso foi fofo. — E foi, de uma maneira caipira. — Que tipo de garota ela era?

Ele me surpreende, rindo.

— Imprudente. Você já conheceu uma mulher cajun?

— Não.

— São terríveis. Eu achava que as mulheres do Texas fossem duronas. Durante metade do nosso relacionamento, eu tive pavor dela. Passei a outra metade tentando ao máximo protegê-la de si mesma.

— O que isso quer dizer?

— Ela era selvagem. Não tinha medo de nada. Subia no nosso garanhão mais bravo e tentava domá-lo. Entrava no pior bar de Memphis e fazia amigos. — Ele olha para a página e seu sorriso se torna um pouco mais melancólico.

Imaginei a esposa dele como uma bola gordinha de hospitalidade do sul, usando avental e ouvindo música cristã. Em vez disso, ela parecia fascinante, o tipo de mulher que quero colocar no papel imediatamente, antes que sua visão desapareça, antes que ele diga outra palavra e a arruíne.

— Sua filha é parecida com ela?

— Na verdade, não. Acho que Deus olhou para nós dois e escolheu as melhores partes. Maggie é mais quieta. Ela pensa nas coisas antes de agir. E não bebe nem fuma. Também não tem interesse. — Olho para o refrigerante à sua frente, sabendo da resposta, mas ainda querendo expressar a pergunta.

— Quem era o alcoólatra?

— Nós dois. Ela com vinho, eu com uísque. Felizmente, nós dois éramos bêbados amigáveis. — Ele passa a mão sobre o joelho da calça jeans. — Pronta para voltar ao trabalho?

É uma mudança abrupta, e percebo que ele se levanta e se estica.

— Certo. — Pego a caneta e olho para a página limpa diante de mim. Parte de mim quer voltar ao trabalho. A outra parte quer abandonar o romance completamente, fugir de Simon e seu sorriso torto e de todas as maneiras que ele costumava me fazer sentir.

Todos nós temos um felizes para sempre, cada história só precisa escolher o momento certo para reivindicá-lo. E, nessa fase da história de Simon e Helena, isso é o melhor possível: o pedido dele, minha aceitação cuidadosamente considerada. Depois disso? Depois que nos casamos?

Começou a descer a ladeira.

Enquanto Mark escreve, saio do escritório e caminho pelo corredor. Paro na porta de Bethany, respirando fundo. Não sei se estou sem fôlego devido ao esforço do movimento ou do que estou prestes a fazer. Quando finalmente dou um passo à frente e minhas mãos tremem, puxo cuidadosamente as bordas da fita, arrancando o pedaço de papel manuscrito — uma das suas primeiras listas — da porta.

— *Minhas regras!* — *Quando ela gritou, pude sentir nos ossos, as partes frágeis se quebrando por dentro.* — *Você disse que eu poderia exigir coisas razoáveis e que meus sentimentos seriam respeitados!*

— *Não conseguimos lembrar de todas as suas regras, Bethany.* — *Eu me virei para Simon, impotente. Era por isso que eu não queria filhos. Eu tinha mil e quinhentas palavras para escrever, e ela estava fazendo birra ao passar por mim, e apagou a luz do quarto.*

— *Por que você não escreve?* — *Simon sugeriu, se agachando diante dela, segurando suas mãos com gentileza.* — *Anote os seus pedidos e nós vamos votá-los em família. Se todos forem razoáveis, você pode mantê-los e nós vamos seguir.*

— *Promete?* — *Não era um pedido, mas uma ameaça. Seus olhos me encararam repletos de acusação.* — *Você segue as regras, mamãe?*

— *Sim* — *respondi, irritada.* — *Vou seguir.*

Minhas regras sempre foram um conjunto desorganizado, listas que eu mantinha na cabeça, embora eu certamente as tenha vocalizado o suficiente durante a vida. Só quando Bethany criou suas próprias, seu hábil roteiro postado naquela porta vazia, percebi o quanto era mais simples quando as regras eram adequadamente declaradas e comunicadas. Menos de uma semana depois de termos votado as regras de Bethany, comecei a registrar as minhas. Algumas, como as de Kate Rodant, compartilhei com as partes aplicáveis. Outras, como minhas dez regras para lidar com minha mãe ou minhas cinco regras de sexo, guardei em um caderno, editando-as com frequência, dependendo do meu humor. Não escrevi uma lista para Simon. Se tivesse, teria acabado com minhas canetas. Ele era bagunceiro e desorganizado, um homem que gostava de ficar de ressaca com nachos encharcados, sexo improvisado e falta de planejamento de aposentadoria.

Posso não ter sido uma boa mãe. Eu poderia ter sido, como meu advogado e minha mãe acreditavam, inapta, mas segui as regras de Bethany. Quando a música tocava, eu dançava com ela. Nossos braços balançavam no ar e nossos quadris se agitavam no ritmo da batida. Eu não tocava na sua arte. Trazia biscoitos Fudge Stripes, embrulhados em papel-toalha, e os entregava formalmente, como se fosse o pagamento pela passagem.

Abro a porta e, com reverência, levo o papel até a mesa, pousando-o suavemente e percebendo o ridículo das minhas precauções assim que ele cai na superfície. Estou tratando-o como antes, quando precisava preservar as coisas dela pelo resto da vida.

Agora, com essa linha do tempo cortada, não preciso desse cuidado. Só tem que durar mais dois meses e meio.

Quando fecho a porta e giro a chave na fechadura, consigo ver o contorno fraco de onde estava a lista, os resíduos pegajosos ainda presentes nos cantos. Antes do meu diagnóstico, eu teria limpado aquilo imediatamente, incapaz de me afastar da porta até que ela brilhasse. Hoje, mal consigo enfiar a chave no bolso. Sinto os pulmões apertados e o coração dolorido enquanto me afasto do quarto dela em direção à escada.

Tenho que trancá-la. Não estou pronta para que ele veja ou ouça sobre ela. Ainda não.

28

Seguro as laterais do balcão de granito branco, com a respiração ofegante e a vista turva. Fecho os olhos e me concentro em respirar. O exercício faz pouco para acalmar meu coração acelerado. Eu me afasto, me encosto no balcão e pressiono os dedos nas pálpebras, na tentativa de impedir que as lágrimas caiam.

Ouço uma batida suave e não sou rápida o suficiente para segurar a maçaneta e girar a fechadura. A porta se abre e Simon aparece. Seus belos traços estão tensos de preocupação. Ele olha para o balcão e para o bastão branco ali. A palavra GRÁVIDA é gritante, e há uma pausa em sua expressão, um momento de alegria clara e incontida. Ele me puxa contra seu peito, e eu soluço. Sua felicidade provoca uma nova injeção de pânico. Ele sussurra meu nome, aperta seus braços com mais força e dá um beijo suave na minha testa e em minhas lágrimas.

— Vai ficar tudo bem — ele jura. — Minha linda e doce garota. Prometo que vai ser a melhor coisa que já aconteceu conosco.

Ele estava certo, é claro. ~~Ela foi a melhor coisa que já me aconteceu. A melhor, mas também a pior.~~

O novo remédio está me transformando em um zumbi. Na quinta-feira, ouço o correio chegar, o barulho dos freios do veículo, e ergo a cabeça da poltrona, considerando o esforço para levantar, andar pela casa, descer as escadas e ir até a porta. O médico prometeu que a próxima semana será melhor, que meu corpo vai se ajustar ao coquetel medicinal e que vou me sentir quase normal. Enquanto isso, ele enfatizou, preciso fazer o máximo de atividade possível e beber muito líquido.

Atividade é uma piada, a menos que mover a caneta pela página seja relevante. Beber líquidos tem sido fácil. O chão está cheio de garrafas vazias, pois meu nível de energia está muito baixo para pegá-las, e eu sinto meu ambiente impecável desaparecendo com cada comprimido que tomo.

A casa limpa e vazia era o que costumava me acalmar. Foi por isso que me livrei de todos os móveis e lembranças. Era muito doloroso olhar para os móveis, fotos e partes da nossa antiga vida. Eu não queria me sentar no sofá onde Bethany perdeu o primeiro dente ou na mesa em que Simon e eu fizemos amor. Não queria a fotografia Peter Lik que comprei com meu segundo best-seller, nem a panela elétrica que ganhamos de presente de casamento. Eu queria que tudo acabasse. Cada item estava preso a uma lembrança, e todos os dias eram um golpe contra o que costumava ser. Eu queria um novo começo, e funcionou. A ardósia branca aparente faz parecer uma casa diferente, uma casa sem segredos e morte, uma casa onde eu não tinha sido tola. Um lar onde eu amava Bethany corretamente e fazia tudo certo.

Agora, com a presença de Mark e da chef Debbie em casa, parece estranho. Ele sugeriu que eu usasse uma bolsa de água quente, o que não tenho. Pediu um balde quando eu estava enjoada e precisou de uma chave para consertar a pia, mas joguei fora as duas coisas há quatro anos. Debbie ficou com os pratos limitados que tenho. Minha cozinha estava muito vazia para fazer qualquer coisa, e ela finalmente começou a cozinhar em outro lugar e a trazer a comida para cá. Kate está comprando itens suficientes para nos levar à falência. Suas aparições são frustrantes, juntamente com as sacolas cheias de itens úteis, e eu *odeio* que ela continue aparecendo e que sua presença esteja me ajudando. Estou inútil, vazia e carente em todos os sentidos, exceto pela criação da trama.

Ouço o zumbido de um motor, e o carteiro vai embora. Eu deveria ir lá fora. Isso me proporcionaria a chance de me exercitar. Além disso, faz uma semana que não verifico o correio. A caixa provavelmente está cheia — um convite para qualquer um que planeje roubar minha casa. Há dois meses eu os receberia com um sorriso, na esperança de lutar até a morte. Agora, com esse livro em andamento e dando certo, minha vida é valiosa demais, o combate não vale o risco.

Abaixo o apoio para os pés da poltrona e me levanto. Me inclino e pego algumas garrafas vazias, depois me endireito, indo à lata de lixo. Atravesso a cozinha e a porta da frente. Lá, eu descanso. Mark se foi. Voltou para o hotel, onde planeja tomar banho, trocar de roupa e caçar comida tailandesa para o jantar. Ele escreveu oito mil palavras em dois dias, um feito impressionante. Durante esse mesmo período, dormi e reclamei o suficiente para três crianças. Ocasionalmente, entre o ronco e a reclamação, revisei o trabalho dele.

Não precisou de muitas mudanças. Ele tem talento, mais do que eu esperava. Planejei moldá-lo, regar seu talento e vê-lo crescer, reescrever suas palavras fracas e criar alguma coisa a partir da sua estrutura. Mas já existe grandeza nela. Meus ajustes são pequenos, quase não mexo na maior parte do seu trabalho e minha falta de esforço é quase decepcionante. Quase.

Esses últimos dois dias foram um inferno. Giro a maçaneta e a puxo, a porta se abre e a brisa da tarde entra. Está lindo lá fora, um daqueles dias alegres de outono, quando uma sugestão de calor ainda está no ar. Isso me lembra os dias de verão, passados nessa varanda. Tínhamos uma lona que Simon montava na grama, colocava uma mangueira em uma das extremidades, e a colina gradual do nosso gramado proporcionava o escorregador perfeito para Bethany. Adicionávamos sabão para deixá-lo liso, e ela gritava de emoção ao escorregar. Tornou-se um evento. Simon prendeu balões à nossa caixa de correio e convidou as outras crianças da rua. Em alguns fins de semana, tínhamos até vinte crianças andando pelo gramado. Bethany ficava exausta quando chegava o pôr do sol e nós limpávamos tudo.

Subo os degraus da frente com cuidado, me movendo entre as lembranças. Cada uma delas é dolorosa e doce, como chocolate envenenado, o sabor pegajoso persistindo muito depois que se engole o pedaço. Na caixa de correio, há uma pilha grossa de envelopes, e eu os folheio lentamente. Uma conta de serviço público se afasta e expõe um fino envelope branco, e eu semicerro os olhos com o nome do remetente.

Charlotte Blanton. Paro com um pé no primeiro degrau da varanda e olho para o papel. O que poderia conter? O que essa mulher quer? O comportamento dela está ultrapassando os limites da minha paciência. Primeiro a visita, depois o e-mail, e agora isso. Afasto o envelope da pilha, considerando-o.

Sinto medo, exatamente como senti logo após o funeral. O coquetel de luto/culpa/paranoia contribuindo para minha dependência a curto prazo de pílulas, álcool e depois trabalho.

Escrever foi o que me tirou disso. Meus personagens me afastaram do zolpidem e do vinho, e um prazo iminente foi o empurrão final de que eu precisava para esquecer *tudo* que não fosse minha contagem de palavras.

Agora, só de ver seu nome no endereço do remetente, sinto a garganta fechar. *Posso fazer algumas perguntas?* A mentira, minha amiga esquecida, me salvaria. Se fosse necessário, eu poderia lidar com perguntas, como sempre. *Por favor. É sobre o seu marido.*

Dentro da casa, coloco o envelope no triturador de lixo, observando o papel branco girar até a morte sem nenhum desejo de ver o que há dentro.

Só tenho nove semanas para enfrentar. Me esquivar de Charlotte Blanton durante esse tempo com certeza é possível.

29

Deito no sofá, com os pés em uma almofada e a cabeça de Simon na minha barriga inchada. Ele vira a cabeça, puxa minha camisa e dá um beijo na pele.

— O que acha de Jacklyn? — ele pergunta.

Solto um gemido, passando a mão pelo seu cabelo, e observo, com carinho, a maneira como ele está mudando.

— Não. Que tal Bella?

— Não. — Ele balança a cabeça. — Conheci uma Bella uma vez.

— Você parece ter conhecido muitas garotas. — Faço beicinho, puxando um tufo de cabelo. — Ainda bem que não sou ciumenta.

Ele sorri, e eu amo o suspiro suave de sua respiração contra minha pele e o peso quente de seu corpo enquanto ele o abaixa contra mim.

— Você é a única para mim. — Ele me beija, e eu sorrio contra sua boca, amando a curva suave de seus dedos sobre minha barriga.

O celular de Mark toca, um tom abafado dentro do bolso da camisa. Levanto os olhos do meu lugar no chão. Minhas costas estão contra o sofá, e as páginas de seu trabalho espalhadas diante de mim. Ele não reage. Seu traseiro está empoleirado na beira da cadeira e os dedos ocupados contra o laptop. Toca de novo, e eu me pergunto se ele ouviu.

— Seu celular...

— *Shh.* — Ele não me olha. Continua com os olhos grudados na tela quando o barulho aumenta. Ele aperta uma tecla com firmeza e se recosta, leva uma mão ao bolso na frente da camisa e abaixa o queixo enquanto encara a tela.

Quando ele atende, abaixo meu caderno, interessada.

Sua voz é amigável, depois muda. A preocupação se esvai nos tons e o diálogo unilateral é confuso. Quando ele encerra a ligação, estou perdida.

— Está tudo bem? — Eu o observo se levantar e percebo a distração em seu rosto, enquanto ele gira o celular na mão. Penso em sua filha e me preocupo.

— É a Mater. Ela... — Ele vê o olhar no meu rosto e se apressa a explicar. — É uma das minhas vacas. Ela vai parir antes do tempo.

Marka Vantly tem vacas. Todas as vezes que imaginei minha arqui-inimiga, ela estava em uma cobertura elegante, que cheirava a perfume e flores frescas, e seus dias eram ocupados com compromissos e massagens. *Marka Vantly tem vacas.* Minha imaginação não poderia estar mais errada.

— E... — Tento entender a preocupação em seu rosto. Não sei nada sobre vacas, mas o parto parece ser uma fase normal do ciclo de vida delas.

— Preciso ir para casa. Só por um ou dois dias. — Ele puxa a orelha direita e olha para o laptop, ainda aberto sobre minha mesa. — Desculpe. Ela é uma das mais velhas. Preciso estar lá. — Ele baixa a mão e me olha, com um novo brilho nos olhos.

Reconheço o olhar — o momento *aha* de uma ideia idiota. Simon tinha isso o tempo todo. *Sabe de uma coisa...* ele começava, um olhar pensativo cruzando seu rosto. Em seguida ele propunha um "projeto", como derrubar a parede do quarto de hóspedes e transformá-lo em uma sala de jogos, com mesas de sinuca, pista de boliche e bar molhado. Ou a ideia de fazer uma caçada aos ovos de Páscoa por todo o bairro, com um zoológico de coelhinhos e fantasias peludas gigantes para mim e para ele.

— *Todas as crianças podem vir* — ele disse, como se isso fosse uma coisa *boa*, como se eu quisesse centenas de pés minúsculos por todo o quintal. Essa ideia ele chegou a colocar em prática, usando Bethany como seu peão e me deixando desamparada contra os dois e suas ideias *divertidas*. Que papo-furado tudo isso. Todas as mentiras, todo o egoísmo, e eu era muito estúpida por permitir aquilo, ficar ali e pagar a conta pelo que ele queria.

— Por que você não vem comigo? — Ele assente, como se essa ideia fizesse sentido. — Vou no meu avião. Nós podemos estar em Memphis em duas horas. Tenho muito espaço no rancho, e podemos continuar trabalhando, sem perder o ritmo.

— Não.

— Seria melhor eu estar por perto para o caso de você precisar de alguma coisa ou não se sentir bem.

— Você não é meu enfermeiro, Mark. Já sou crescidinha. Eu estava indo muito bem antes de você chegar.

— Quando foi a última vez que você viajou? — Ele dá um passo para trás e se inclina contra a mesa, e eu olho para as pernas dele, imaginando sua força. Bethany costumava se sentar naquela mesa, com as pernas balançando, os braços girando, normalmente quando eu estava tentando trabalhar. Os quarenta quilos dela não se comparam ao corpo dele, com seus ombros grandes e as coxas relaxando contra a borda da mesa. É fácil imaginá-lo perto de vacas. Simon, em comparação, era pequeno como eu. Suas camisetas me caíam bem, e seu queixo batia acima da minha cabeça. Lembro de comprar jeans tamanho trinta e oito para ele. Lembro de pensar, enquanto procurava por esse tamanho ridículo, que estava *acima* disso. Eu tinha coisas mais importantes a fazer, palavras a escrever, prazos a cumprir. Eu era a porra da Helena Ross, e lá estava eu, empurrando um carrinho de compras, com um bebê babando diante de mim e uma chupeta horrível amarrada no cinto.

Esfrego a testa. A ansiedade cresce à medida que as lembranças colidem com o presente. Olho para Mark e percebo que ele está esperando. Ah, sim. Sua pergunta. Quando foi a última vez que fiz uma viagem?

É a pergunta mais fácil e a mais difícil. Minha viagem noturna para Vermont, há quatro semanas, conta? Decido que não, e empurro esses dois dias na caixa de *Nunca vou falar sobre isso*. Aquela viagem à parte, minha última viagem, foi com os dois. Bethany estava presa no banco de trás, havia um isopor com gelo na mala, repleto de caixas de suco e palitos de iogurte. Era lanche suficiente até chegarmos à fronteira do Canadá. A viagem de sete horas acabou levando dez, e estávamos todos de péssimo humor quando chegamos à estação de esqui em Tremblant. Foi um começo difícil para um ótimo final de semana. Torci o tornozelo uma hora depois de amarrar os esquis e passei os três dias seguintes sob um fogo crepitante, tendo horas ininterruptas de escrita enquanto eles exploravam o resort. Fizemos jantares gourmet na pequena vila, que parecia de um conto de fadas. Bethany brincou na banheira de hidromassagem, seu maiô rosa cheio de neve, e, enquanto o vapor subia, contei a ela a história de uma bruxa que cozinhava crianças pequenas em seu grande caldeirão, que borbulhava sobre o fogo. Acendemos as luzes da banheira de hidromassagem, fiz caretas e fingi mexer o caldeirão, mergulhando-a na água de vez em quando para garantir que estivesse cozida uniformemente. Foi uma viagem incrível, mesmo que Simon e eu tivéssemos brigado na volta para casa. Mesmo que ele tivesse a deixado pedir frango empanado e refrigerante no cardápio do restaurante francês, roubando dela uma rara oportunidade de cultura. Em vez disso, ela comeu palitos de frango esquentados em um micro-ondas, com batata frita. Nem era *poutine*, o prato típico do Canadá feito com batatas. Eram as batatas fritas mesmo, mergulhadas em ketchup.

— Helena? — Mark fala gentilmente e eu pisco, a sala entrando em foco.

— Não faz tanto tempo — falo. *Cinco anos*.

— Vai ser divertido, prometo. E isso vai ajudar a clarear sua cabeça. Vamos enquanto você está se sentindo bem.

Vai ser divertido. Definitivamente, não vai ser divertido. Não sei qual é a versão divertida de Mark Fortune, mas provavelmente envolve suor e insetos.

Vamos enquanto você está se sentindo bem. Eu me sinto bem? Faço uma autoavaliação. Esta semana com certeza foi de vento em popa, em comparação com a anterior. Minhas reações — náuseas — aos remédios desapareceram, a tontura foi reduzida a ataques raros e minha energia está quase voltando. Me sentir bem não é realmente a frase para descrever, mas certamente me sinto mais capaz, menos instável e um pouco como meu antigo eu.

De acordo com o médico, o efeito a curto prazo dos remédios vai ajudar, mas minha energia vai começar a diminuir, minhas dores de cabeça vão piorar, meu apetite vai diminuir e vou estar praticamente de cama em mais um mês. Mark está certo. Se vou viajar, esta semana é a hora certa.

Ele só está errado na avaliação de que tenho algum interesse na jornada, embora dar uma espiada no mundo de Marka Vantly seja tentador.

— Obrigada pelo convite — balanço a cabeça —, mas vou passar.

— Já viu um bezerro nascer?

— Nunca vi muitas coisas, e isso não significa que esteja interessada em nenhuma delas.

— Pare de ser teimosa. — Ele sorri gentilmente, e eu odeio o conforto que encontro no gesto. — É setembro em Memphis. É a época mais bonita do ano. E Mater é como você... velha e louca. Vocês vão se dar bem. — Ele estende a mão para mim e eu a pego sem pensar, seu puxão me faz levantar facilmente.

Nos meus trinta e dois anos de vida, estive em apenas alguns lugares. Nova York. New London. Tremblant. Maine. Washington. Vermont. Todos eram iguais. Frios, tanto no povo como no clima. Eu gosto dos habitantes do Norte. Li histórias baseadas no Sul, em cidades como Memphis, e fiquei chocada com as pessoas descritas. O tipo que abraça alguém ao encontrar. Os que confiam com muita facilidade, fazem muitas perguntas e depois fofocam essas informações por toda a cidade. Em Nova York, se você convidar estranhos para tomar chá, vai ser estuprada e morta dentro de uma semana. Acho que é quase assim que deve ser; todos devemos ter um medo saudável um do outro.

Percebo que Mark arrumou suas coisas. O cabo do laptop está enfiado na mochila de couro, os papéis que eu havia espalhado no chão agora estão empilhados com um clipe prendendo seus cantos. Ele coloca o computador na mochila e olha para minha calça de pijama.

— Vou lá embaixo — ele anuncia — pegar alguns lanches. Não se preocupe em fazer malas. As roupas da Maggie vão servir se você precisar de alguma coisa.

— Eu não vou. — As palavras o retêm na porta e ele faz uma pausa, e um instante se passa antes que ele se vire.

— Helena.

Não é um simples nome. Nas três sílabas, ele consegue juntar tudo o que está fazendo por mim, nesse livro. Ele está salvando os últimos dias da minha vida. Está me permitindo minha confissão. Um dia, em breve, ele vai guardar meus segredos até eu morrer. E ele quer que eu vá para Memphis. Parece, neste bom dia de saúde, uma pequena concessão.

— Tudo bem — resmungo. — Mas só por uns dias.
— Eu te trago de volta no minuto em que você pedir.

Eu aceno, um movimento irritante que quase range pela falta de uso, e seu rosto se abre em um sorriso. Ele está correndo quando desce a escada, a forte vibração das botas contra a madeira ecoa pela casa.

Ah, com que rapidez a vida pode mudar.

30

Não estou mentalmente preparada para o voo. O caminho até aqui foi muito curto e dominado por Mark. Ele não parou de falar desde o momento em que subimos na caminhonete. Eu esperava filas de seguranças, máquina de raios x e restrições de líquidos, mas nenhum dos incômodos de viagem, as coisas que li a respeito, ocorrem. Saímos da caminhonete, atravessamos um pequeno ambiente e de repente estamos no avião. O processo é rápido e faltam poucos minutos para a decolagem.

Sinto um nó no estômago e uma onda de pânico, forte o suficiente para cortar o efeito do medicamento para ansiedade que tomei antes de sairmos. O avião parece pequeno, muito frágil para decolar e atravessar o céu. Examino o jato: uma aeronave de duas portas com um ventilador gigante preso no nariz. Não conheço aviões, mas parece que duas hélices seriam melhor que uma e que, quanto maior o avião, mais seguro será. O vento sopra ao nosso redor, e eu seguro meu casaco fechado. O peso da minha mochila é tranquilizador. Meu laptop duro está colado às minhas costas. Se morrermos, vou ter o manuscrito comigo. Vou morrer sabendo que digitei o máximo de palavras que pude, mesmo que ainda não tenha entrado na raiz da questão.

— Você parece preocupada. — Ele empurra algo para dentro da asa e segura uma pequena garrafa contra a luz do sol, examinando o nível de líquido dentro dela.

— Eu nunca voei. — A confissão escapa, e as palavras quase são levadas pelo vento.

— Nunca voou em um avião particular? Ou nunca voou?

— Nunca voei. — É ridículo, eu sei. Tenho trinta e dois, pelo amor de Deus. Isso devia ter sido resolvido nos meus vinte anos, quando minha conta bancária começou a encher e devia ter me levado a Paris, ao Alasca ou a algum outro local glamouroso. Em vez disso, fiquei na região da Nova Inglaterra, e qualquer viagem para fora era feita de carro ou trem. Não é que eu tenha medo de voar, é que sempre estudei demais a respeito do seu potencial de perigo. Eu li *Os sobreviventes*. Se batermos em uma cordilheira, vou ser a primeira a sucumbir. Vou morrer, sabendo que ele vai virar canibal e comer meus antebraços magros. Disfarço um sorriso horrível com o pensamento e aceno para a armadilha da morte. — Parece perigoso.

— É o avião mais seguro em que você pode pisar — ele fala, avançando e espiando a roda dianteira. — Tem paraquedas. Se alguma coisa der errado... caramba, se eu tombar e morrer enquanto estiver voando, você pode apertar um botão e ele vai te levar a uma altitude segura, vai abrir e você vai flutuar até o chão. — Ele se endireita e faz um movimento oscilante com a mão, como o de uma pena caindo. — O impacto pode doer um pouco, mas nada que algumas visitas a um quiroprata não resolvam.

Um paraquedas me faz sentir muito melhor. Eu o vejo circundar a ponta da aeronave, passando a mão no metal do mesmo jeito que alguém faria em um cavalo.

— O que você está fazendo?

— Checklist antes do voo. Por que você não sobe? Isso vai levar mais alguns minutos.

— Estou bem. — Verdade seja dita, não tenho ideia de como subir. Não há escadas ou estrutura de metal, e não consigo ver a maçaneta. Enfio as mãos nos bolsos e espero.

— Como quiser. — Ele me olha e faz uma pausa. — Sou um bom piloto, Helena. Vou te levar com segurança.

O vento uiva, e eu olho para o céu — sem nuvens à vista. Pelo menos o clima está bom.

Olho para a tela, para as faixas vermelhas e amarelas que passam por ela e sinto uma onda de pânico. O avião inclina e eu agarro a porta, xingando Mark Fortune com cada palavra do meu dicionário. Tudo o que consigo imaginar, enquanto a chuva aperta contra o para-brisa, é aquele maldito paraquedas. Não vai flutuar, não nesta tempestade. Rajadas de vento vão se agarrar na lona e nos balançar de um lado para o outro — como um daqueles brinquedos kamikaze de que só os adolescentes estúpidos desfrutam. Fecho os olhos e respiro pelo nariz, sentindo as mãos suarem contra as tiras do cinto de segurança.

— Relaxe — ele pronuncia a palavra, e eu viro a cabeça. Minha visão periférica captura a folga de suas mãos no manche. — Estamos contornando a tempestade. Não estamos em perigo.

Como se quisesse desafiá-lo, o avião balança e eu gemo, apesar de minhas melhores tentativas de controlar a histeria.

— É só uma turbulência. — Ele se vira para mim. — Estou nos levando mais alto. Vai se acalmar em um instante.

— Quanto tempo falta? — Gostaria de poder alcançar minha água. Está na bolsa lateral da mochila, que joguei no banco de trás sem pensar. Minha boca está seca, meu rosto melado e, quando o avião estremece, sinto náuseas.

— Mais duas horas. Essa poltrona reclina, se quiser tirar uma soneca.

O homem é louco. *Qualquer um* que durma em um momento como esse é louco.

Quando o aviãozinho chega a Memphis, meus batimentos cardíacos já diminuíram. Ele estava certo. A turbulência se acalma quanto mais subimos. Contornamos a tempestade, e a vista era quase mágica do nosso lugar no céu. Quando descemos, estou quase calma, comprovada a competência de Mark. O pequeno cockpit se tornou espaçoso e confortável. Mark estica a mão e bate no meu cinto.

— Pode soltar agora. — Ele abre uma janela e o ar fresco entra, enquanto o avião continua indo em frente, percorrendo uma longa pista e em direção a um conjunto de edifícios. Uma placa escrita WILSON AIR CENTER é grande o suficiente para ver do céu. Solto o cinto e estico as pernas, empurrando os dedos contra o chão. Ao olhar pela janela, um avião maior passa, e o sol brilha contra ele.

Passamos por um trecho de edifícios e paramos na frente de um hangar. Saio pela porta e pulo pela asa com a mochila na mão. Mark aponta para o lado, e eu solto a mochila, abro a tampa da garrafa e bebo a água morna.

É interessante ver a preparação, o abastecimento do avião, a entrada no hangar, e quinze minutos se passam antes que Mark esteja diante de mim, com as chaves na mão.

— Pronta? — ele pergunta, e eu aceno, pegando a mochila.

Seu veículo, um Ford Bronco antigo, está estacionado no hangar, com a capota abaixada. Abro a porta com cuidado, observando os detalhes de madeira polida e os assentos de couro imaculados. São dois tons, verde-escuro e branco, e eu entro, admirando o acabamento pronto para um salão de exposições. Penso nele comendo taco, nos pedaços de alface flutuando no chão da caminhonete alugada. O piso desta caminhonete são tiras de madeira incrustadas de borracha, e posso garantir que ele nunca comeu aqui.

— De que ano é? — pergunto.

— Setenta e seis — Ele entra na caminhonete, e a estrutura se desloca. Seu cotovelo bate em mim enquanto ele se vira para pegar o cinto. — Eu tenho faz seis anos. Eu mesmo restaurei. — Sua voz se flexiona com orgulho, de uma maneira que ainda não ouvi. — Gostou?

— É linda. — Reconheço o jeito amoroso como ele passa a mão sobre o painel antes de virar a ignição. Simon amava carros da mesma maneira que uma mulher rica adora sapatos. Ele adorava a compra, sendo o primeiro a conduzi-lo, como um breve caso com um brinquedo novo e brilhante, do qual ele sempre se cansava. Me casei com um homem conservador, alguém que se estressava com o preço de uma xícara de café chique. Mas me tornei a viúva de um homem mimado, que gastava quase todo o dinheiro que eu ganhava. Nossa casa e garagem rapidamente se encheram do melhor de tudo. É outra razão pela qual joguei tudo fora depois que ele morreu. Toda vez que via os jet skis na garagem, a fila de relógios caros ou as recordações esportivas emolduradas, eu o odiava um pouco mais. Eu tinha coisas suficientes para odiar Simon. Não precisava da negatividade extra do consumismo dele.

Mark olha para o relógio, pressionando o pedal com mais força enquanto pega o celular. Observo quando atravessamos os portões do aeroporto. As mãos dos funcionários se erguem em despedida, e sorrisos familiares se abrem quando passamos pelo estacionamento. Ouço uma voz baixa e Mark fala ao celular.

— Estou a caminho. Estarei aí em vinte minutos. Como ela está?

Olho pela janela, vendo um grande avião comercial decolar e a poeira rodopiando atrás dele. Pela conversa unilateral, percebo que a vaca ainda está em trabalho de parto e que há motivo para preocupação. Mark desliga e eu olho para ele.

— Ela vai ficar bem?

— Não tenho certeza. — Ele buzina e a caminhonete balança um pouco quando passamos por uma minivan, com um rosto sorridente desenhado no pó da janela traseira. Eu tinha uma minivan. No inverno, Simon a dirigia, colocando um nariz de rena na frente. Seu lado festivo era muito mais entusiasmado que o meu. — Ela tem treze anos. É um pouco velha para uma vaca. Este será o último bebê dela.

— Quantos ela já teve? — Me afasto da janela.

Ele torce a boca e usa uma mão para esfregar a parte de trás da cabeça.

— Ah... sete, acho. Um morreu durante o nascimento, faz alguns anos.

— O que você faz com os bebês?

— Fico com as novilhas, vendo os machos. Não preciso de mais de um touro; um só nos mantém ocupados o suficiente.

— O que há de errado com ela agora? O bebê vai nascer?

— Não há nada de errado. Ela só está desconfortável. Demorando um pouco mais que o normal.

Espero que a vaca não morra na minha presença. Minha história de vida já está cheia de tristeza. Não preciso viajar mil e seiscentos quilômetros para conseguir mais. Se eu quiser luto, só preciso abrir um álbum de fotos ou visitar o cemitério.

— Estava pensando em chamar a Maggie para vir na sexta à noite, para o jantar.

Maggie? Levo um minuto para me lembrar. Sua filha. A caloura. Imagino seu sorriso ensolarado saindo daquela foto amassada. Não digo nada.

— Ela está curiosa... acho. Por eu ter ficado em Connecticut...

— Não pedi para você ficar. — Um pensamento medonho me ocorre, e me viro para olhá-lo. — Ela não acha que somos... — Não posso expressar as palavras, e ele sorri ao entender.

— Não. Ela só está fazendo muitas perguntas. Ela é um pouco protetora comigo, desde que a mãe morreu. — Ele limpa a garganta. — Eu não contei a ela que você está doente. Prefiro que ela não saiba.

Faço uma careta.

— Ela é adulta. Pode lidar com...

— Não acho que possa. E não quero que ela pense sobre isso. Eu prefiro, se você não se importar, que ela não saiba.

Simon queria proteger Bethany constantemente. Era nossa briga mais frequente. Mas como uma pessoa pode confiar em alguém que mente para ela? E como uma pessoa pode saber com o que pode lidar se não for desafiada pela vida? Um dia, provavelmente em breve, Maggie vai descobrir meu diagnóstico. Ela vai saber que foi enganada. E tudo o mais que Mark disser a ela será recebido com uma semente de dúvida. Expresso minha opinião e sou recebida com um trecho de silêncio.

Quando Mark finalmente fala, suas palavras cortam o ar.

— Bem. Vou dizer a ela para não vir.

Dou de ombros, olhando pela janela, observando as árvores passarem, suas folhas uma tela brilhante de amarelo e laranja, a vala entre nós cheia de água. Estamos em uma estrada de duas faixas. A caminhonete estremece quando um caminhão semirreboque passa. Vejo uma pequena casa ao longe, com duas cadeiras de balanço na varanda e uma bandeira laranja do Tennessee pendurada em um poste normalmente reservado para a dos Estados Unidos. Quando chegamos a Tremblant, passamos por um lugar como este, casas como estas, tudo coberto por uma espessa camada de neve. Lembro de pensar em como deve ser pacífico viver em um lugar assim, sem vizinhos intrometidos e comitês de arquitetura, onde você pode se sentar na varanda e não ser perturbado por dias. Eu estava mergulhada na fantasia, com um sorrisinho cruzando meu rosto, quando Simon suspirou.

— Não sei como as pessoas moram aqui — ele disse, se virando para olhar um homem andando pela estrada. — Acho que você *morreria* de tédio.

— Foi um choque tão claro entre nossos pensamentos que eu ri.

Quando eu disse a ele o que estava pensando, ele me olhou com um sorriso irônico e se inclinou, beijando minha bochecha.

— Helena louca — ele sussurrou, sua respiração quente em meu queixo.

Helena louca.

Pela primeira vez, ele realmente estava certo.

31

Não sei o que esperar, mas, depois de ver o avião de Mark e o Bronco impecável, construí uma imagem na minha cabeça de sua casa em Memphis, uma construção de grandeza sulista impecável. Quando saímos da estrada e descemos por um caminho de cascalho, encosto no cinto de segurança e espero a entrada.

Fico desapontada. As árvores diminuem, revelando um campo aberto, com grama alta e flores silvestres de ambos os lados. Não há nenhum animal à vista, embora haja uma cerca ao longe, atrás da casa da fazenda que fica no topo de uma colina. É longa e plana, com uma varanda grande e uma chaminé saindo de uma extremidade. Parece tão... normal. Eu franzo a testa.

À medida que nos aproximamos, noto os pequenos detalhes. As roseiras que crescem selvagens antes da varanda, suas hastes espinhosas balançando na brisa. As almofadas nas cadeiras de balanço da frente são azuis desbotadas, e provavelmente combinam com as persianas. A bicicleta encostada na lateral da casa está quase enterrada, com a cesta enferrujada e o guidão pontilhado de excrementos de pássaros. Parece uma casa que o tempo esqueceu, uma casa em que alguém vivia, mas que foi abandonada, como se um dia — talvez há três anos — alguém tivesse parado de se importar.

Estacionamos diante de uma garagem individual e ele abre a porta.

— Pode deixar sua bolsa. Vamos para casa mais tarde.

Eu me solto e ignoro a instrução, puxo rapidamente a mochila e saio.

— Se você vai lidar com a vaca, posso esperar na varanda. Estou com o computador, posso trabalhar.

— Você vem comigo. — Ele dá um passo para a garagem e abre a porta lateral, entrando no interior escuro. A porta se abre um momento depois. Eu o sigo, torcendo as alças da mochila com as duas mãos, e minhas sapatilhas grudam no chão de concreto quando vejo no que ele está subindo.

— Você quer que eu monte *nisso*? — É um quadriciclo, com grandes pneus lamacentos, o guidão bem distante, os faróis grandes. A coisa toda é ameaçadora, como se o piloto fosse subir naquilo e escalar uma montanha rochosa.

— Eu tenho dois. Você pode pular atrás de mim ou montar no de Maggie. — Ele acena com a cabeça para o outro, que tem um capacete rosa brilhante, idêntico ao seu.

— Eu espero aqui. — Dou um passo para trás e meu cotovelo colide com a beirada da porta. Eu o seguro e estremeço, sentindo a dor irradiar.

— Helena. — Ele estica a mão e pega o capacete, segurando-o na minha direção. — Coloque isso. Vou dirigir devagar. O celeiro fica a um quilômetro daqui. É muito longe para andar, e nós estamos com pouco tempo.

Eu hesito, e ele sacode o capacete para mim.

— Carpe diem, Helena.

Nunca imaginei *aproveitar o dia* a bordo de uma máquina imunda da morte. Ainda assim, o desafio me impulsiona, e eu pego o capacete, colocando com cuidado e prendendo a alça no queixo, sem necessidade de ajustes. Nem considero o segundo veículo, subo na parte de trás. Não preciso tocá-lo se eu me afastar e segurar o conjunto traseiro de trilhos. Me sinto segura quando saímos da garagem. Meus pés batem contra suas panturrilhas e ele acelera, o salto me fazendo balançar para a frente. Desisto dos trilhos e agarro sua camisa, subindo no banco até abraçá-lo.

— Desculpe — falo, sobre o rugido do motor.

— Segure firme — ele grita de volta. — E bata no meu ombro se precisar que eu pare. — Ele passa pela casa, e eu viro a cabeça para ver um enorme quintal cercado por uma cerca de arame, e um grande cachorro amarelo dentro dela, com a cauda abanando, o corpo saltando para a frente, ao nosso lado. Mark levanta a mão em saudação, aumentando nossa velocidade, e eu sorrio enquanto o cachorro corre mais rápido, com a língua para fora. Juro que ele está sorrindo para mim, mesmo quando para, chegando ao fim do quintal, com o rabo em movimento constante. — Esse é o Midas — ele grita. Então continuamos, e eu enterro o rosto nas suas costas, enquanto meus braços alcançam e seguram seu estômago.

Aqui é um mundo diferente. O ar tem cheiro de girassóis e sujeira, e as abelhas zumbem quando meu cabelo balança ao vento, as mechas se soltando do meu rabo de cavalo. É um mundo livre de lembranças de Bethany, e sinto uma pequena folga do aperto constante em meu coração. Saímos do caminho batido e subimos por uma vala. Meu medo aumenta enquanto eu o agarro com força. Os pneus sobem a colina e nossa jornada segue por bosques espessos, o crepitar das folhas caídas soando enquanto passamos por entre as árvores.

Há um momento em que me sinto fora de mim, quando examino a flanela macia de sua camisa em minhas mãos, o sorriso no meu rosto e o prazer silencioso no meu peito. Isso é felicidade? Não sinto há tanto tempo que quase não reconheço.

Um caminho aparece e Mark entra nele, percorrendo um curto espaço. Depois ele vira em uma fresta na cerca. O veículo balança sobre uma fileira de tubos, e Mark aponta para eles.

— Portão do gado — ele grita, e eu aceno, como se ele pudesse me ver, como se eu entendesse. Quando olho para fora, eu as vejo. Vacas. Seus corpos pontilhando o campo, um grupo marrom e vermelho, com cabeças enormes se erguendo e mandíbulas em movimento, enquanto nos observam nos mover. Nunca pensei que teria medo de uma vaca, mas, neste campo aberto, nosso caminho nos leva a uma curta distância... prendo a respiração, ainda apertando Mark e, de repente, sou grata pela velocidade impressionante das quatro rodas.

— Elas vão nos atacar? — pergunto, e ele vira a cabeça.

— Não. Mas não mexa com o touro. — Ele aponta, e eu sigo seu dedo, vendo o enorme animal sob a sombra de uma árvore, nos observando. Seus chifres são assustadores, mesmo a quarenta hectares de distância.

— Não fazia parte do meu plano — falo. Ele diminui a marcha, e nós seguimos para um celeiro baixo, com outro veículo de quatro rodas estacionado na frente. Paramos ao lado e ele desliga o motor, esperando que eu desça antes que ele faça o mesmo. Dou um passo para o lado e observo enquanto ele caminha até o celeiro, abrindo as grandes portas. As rodas rangem enquanto se separam, e ele se move de lado pela abertura. Hesito por um momento, depois o sigo.

O celeiro tem um amplo corredor central aberto na extremidade. O teto é alto o suficiente para acomodar os tratores gigantescos estacionados à nossa direita. Do lado esquerdo há uma fileira de baias abertas. Olho para as vazias quando passamos. Meus dedos dos pés estão ásperos nas sapatilhas e uma espécie de pedregulho entrou no couro, fazendo cada passo empurrar mais a pedra contra a sola. Um homem se inclina contra uma tenda no final e se endireita quando nos aproximamos.

Eles apertam as mãos e então se voltam para mim.

— Esta é Helena, uma amiga de Connecticut.

— Eu sou Royce. — O homem assente, e eu enfio as mãos no bolso da frente da calça jeans, antes que ele tenha a chance de estender a mão.

Aceno.

— Prazer.

— Já viu uma vaca dar à luz? — ele pergunta, e eu olho para o boné de beisebol sujo em sua cabeça, a aba quase preta de terra. Atrás dele, Mark abre o portão e pisa na palha. Sua voz soa baixa enquanto ele diz alguma coisa.

— Não. — Dou um passo à frente e seguro o topo da parede do box, ficando na ponta dos pés, e olho por cima. Tem uma vaca lá, com a barriga enorme. Seu pelo vermelho está perto o suficiente para eu alcançar e tocar. Ela está de pé e eu recuo um pouco quando seu corpo se vira. Sua cabeça se aproxima de Mark, que passa a mão na lateral do focinho. No voo para cá, ele me contou sobre as vacas — que elas têm contrações antes do nascimento, assim como as humanas. Eles podem parir de pé ou deitadas. Ele me disse que os cascos da frente saem primeiro, depois a cabeça. Me aproximo, afugentando uma mosca, e meus olhos são atraídos para uma pilha de estrume contra a parede traseira da baia.

Quando tive Bethany, o quarto cheirava a água sanitária e esterilidade. Simon usava uma cobertura de plástico sobre os sapatos, jaleco e rede no cabelo. Estava com uma máscara no rosto e a mão do médico, quando tocou a parte interna da minha coxa, estava coberta com uma luva de látex.

Ninguém aqui está de luvas. Não há um kit médico à vista, nem uma área de desinfecção — nem mesmo um pano limpo. A ideia de que — a qualquer momento — um bezerro pode nascer... faz minha cabeça girar com as terríveis possibilidades. Me sinto despreparada, sem instrução. Pelo menos com Bethany eu *sabia*. Eu sabia que cinco em cada dez mil nascimentos exigiam cirurgia cardíaca na mãe. Sabia também que as complicações pós-parto haviam aumentado cento e catorze por cento na última década. Sabia o que comer, beber e como me exercitar apenas o suficiente, mas não muito. Eu tinha conhecimento de tudo. E agora, olhando para o animal gigantesco diante de mim, não sei nada, não pesquisei nada, e *odeio* a sensação de estupidez, de não conhecer a situação em que me meti. Os joelhos dianteiros da vaca se inclinam, e eu seguro a madeira suja, observando-a se abaixar.

32

MARK

Mater afunda na terra, e um chiado pesado sai dela. Mark dá um passo para trás, lhe dando espaço e observando todos os detalhes. Seus olhos arregalados, o branco deles aparecendo. As narinas se abrem, o movimento das patas enquanto ela abaixa a cabeça no chão, os cascos balançando no ar por um momento. Ele se lembrou de quando ela nasceu. Ela ficou deitada, assim, coberta de sangue e muco por tanto tempo que achou que ela estivesse morta. Ellen chorou, levando a mão sobre a boca, enquanto as pernas longas se moviam de um lado para o outro como se estivesse ansiosa e com medo de dar um passo à frente. Ele a puxou contra si, pressionando um beijo no topo da cabeça dela, e os dois rezaram juntos, pedindo que o bezerro conseguisse sobreviver. Quando Mater estremeceu e ergueu a cabeça, Ellen aplaudiu, com o ombro balançando contra o dele, e um sorriso grande o suficiente para iluminar o celeiro inteiro.

— O que há de errado? — As palavras de Helena são tensas e firmes, e seu rosto está repleto de preocupação.

— Nada. — Ele relaxa contra o parapeito de madeira. — Ela só está tentando se sentir confortável. As contrações estão ficando mais fortes. Não vai demorar muito agora.

— *Você* está preocupado? — Ela se apega à pergunta, os olhos correndo dele para Mater, como se sua sanidade dependesse da resposta.

— Não voei até aqui por nada. — Ele se move, encontrando uma base melhor na terra. — Mas vai ficar tudo bem. Não importa o que aconteça. Mater teve uma boa vida.

— Preciso de uma probabilidade estatística. — Suas unhas não estão pintadas, e ele as observa cravar na madeira. O aperto deixa suas juntas brancas. — Qual a chance de ela ter complicações?

Atrás dele, Royce ri, e o sol lança sua sombra quando ele sai da baia e lhes dá um pouco de privacidade.

— Que diferença isso faz? — ele pergunta a Helena, encontrando seu olhar sombrio e solene.

— Eu gostaria de saber. Não quero estar aqui se... — Ela gesticula para Mater, que escolhe um momento terrível para gemer de desconforto.

— Está tudo bem. — Ele sorri. — Ela não consegue te entender. Se ela morrer? — ele pergunta, prestativo. — Ou o bezerro?

— Sim.

Ele esfrega a mão sobre o queixo, sentindo o crescimento da barba por fazer, já que passou uma semana sem se barbear.

— Quinze por cento. — Ele usa o polegar para coçar a lateral da bochecha. — Quinze por cento de chance de complicações.

— Você nos trouxe aqui por uma chance de quinze por cento? — Ela está irritada e desconfiada. Se afasta do parapeito e cruza os braços. — Há uma chance de oitenta e cinco por cento de que ela dê à luz esse bezerro e nós viemos até aqui *por nada*?

Ele levanta uma sobrancelha para ela, tentando entender a fonte da sua agitação.

— Você quer que haja uma complicação?

— Eu quero a verdade. — Ela aponta o dedo indicador para Mater, que, como se fosse um sinal, grita, sua cabeça balançando no chão pelo desconforto óbvio. — Quinze por cento?! — ela pronuncia o número como se fosse ridículo.

— Mater era da minha esposa. — Ele se aproxima de Helena e abaixa a voz. — Ellen montava nas costas dela. Ela a alimentava com tomates toda colheita. Eu estaria aqui se tivesse chance de um por cento de algo dar errado.

Há um longo momento em que Helena não responde. Seus olhos observam os dele, como se estivesse lendo a verdade neles. Finalmente, ela assente.

— Certo. Vir até aqui não é algo que necessariamente me deixe confortável. Foi uma grande coisa para mim. — Ela termina a declaração com um olhar cauteloso, como se ele tivesse mentido ou a enganado de alguma forma. E ele se pergunta, um momento antes de ela voltar para a cerca, com os antebraços sobre a madeira e o queixo apoiado no topo das mãos, o que aconteceu em sua vida para deixá-la tão desconfiada. Talvez ela tenha nascido assim. Maggie era esse tipo de criança, alguém que o enchia de perguntas, nunca satisfeita com sua primeira resposta. Helena, mesmo agora, com o peso relaxado no parapeito, está com os músculos tensos e um ar alerta. Se ele a assustar, se gritar BUU, ela vai correr pelo celeiro e nunca mais vai olhar para trás.

33

HELENA

Estico as pernas e examino a ponta das sapatilhas. A superfície estampada está suja nas bordas. Vou ter que jogar fora. Este jeans também. Me movo na terra, encontrando um lugar para me sentar, e olho na direção de Mark. Entre nós, Mater se move pela milionésima vez. Ela é uma parideira muito escandalosa. Sibila e suspira muito, faz muito barulho no chão e depois se agacha com esforço. Nas primeiras quatro ou cinco vezes, fiquei preocupada, com as mãos fechadas, o corpo enrijecido, como se eu pudesse deixá-la confortável. Depois de um tempo, segui a liderança de Mark e relaxei. Mater, que é o nome mais idiota que já ouvi para uma vaca, parece estar demorando. No momento, ela está de pé, com a cabeça baixa e os olhos fechados.

— E se não virmos quando a bolsa dela estourar?

— Você vai perceber. — Ele está com os cotovelos apoiados nos joelhos e a bunda em um balde de cabeça para baixo que já está rachado ao longo de uma das bordas. Vi, quando ele se sentou, o plástico se curvar um pouco com o peso, mas a rachadura não cresceu.

O lugar volta a ficar em silêncio, e agora é confortável. Só nós dois estamos aqui. Royce saiu há quinze minutos. Mater chia, e o som se junta ao zumbido dos grilos, à noite que cai, entremeada por faixas de vaga-lumes.

— Tem muito mais vaga-lumes aqui — digo, observando um deles desaparecer nas sombras. — Não temos tantos no Norte.

— Temos muitas criaturas voadoras — ele fala. — Fique por aqui no verão e vou te apresentar a um milhão e meio de mosquitos.

— Não, obrigada. — Não vou estar viva no verão. Nunca mais vou receber o calor do sol no ombro, ouvir o som do oceano ou sentir o arranhar da areia contra as solas dos pés.

— Maggie sempre amou vaga-lumes. — Ele vira a cabeça para a porta aberta e espera. Um grupo deles aparece, como se estivesse no palco.

— Bethany também. — Sorrio com tristeza, lembrando das noites de verão na varanda, seus pés correndo pelo gramado, as mãos estendidas, balançando um pote de vidro no ar na tentativa de pegar um como prêmio.

— *Peguei um.* — *Ela sorriu para nós, empurrando a língua no espaço entre os dentes superior e inferior.* — *Ele era muito lento e eu peguei.* — *Ela estendeu o vidro e eu cuidadosamente o segurei. Simon e eu nos afastamos, e ela se acomodou no degrau entre nós.* — *Como vamos chamá-lo?*

— *Hummm.* — *Franzi o cenho e considerei com sobriedade o pequeno inseto que se assentava no fundo do jarro.* — *O que acha de Doug?* — *Era um nome terrível escolhido de propósito. Bethany levava a nomeação de itens muito a sério e concedia atenção extra a qualquer coisa que terminasse com "inha".*

— *Doooouuuuug?* — *Ela estendeu o nome como se fosse ridículo, unindo as sobrancelhas enquanto nos dava um olhar alarmado.* — *Esse nome é muito ruim!*

— *Certo* — *concedi.* — *Então você escolhe.*

— *O que acha de Luzinha?* — *Simon interrompeu, e eu apertei minhas mãos no vidro, lutando contra o desejo de estender a mão e bater nele.*

— *Luzinha!* — *Bethany aplaudiu e puxou o vidro das minhas mãos, levantando-o no ar.* — *Ótimo nome, papai!*

Não era um nome ótimo. Era terrível, tão ruim quanto Doug, mas não de uma maneira intencional e engraçada. Era o nome mais sem imaginação, oferecido no momento em que eu estava tentando aumentar a criatividade de Bethany e dar a ela sua própria voz. "Luzinha" não proporcionava nada em relação a esse objetivo. "Luzinha" era a personificação de uma normalidade branda, média e sem inspiração.

Tentei sorrir, com os lábios pressionados um no outro, na tentativa de me impedir de fazer uma careta.

— *Sabe por que os vaga-lumes acendem, Bethany?*

— *Sim!* — *Sua resposta tinha tanta confiança que parei e olhei para Simon antes de voltar para ela. Ela não sabia, a menos que Simon tivesse contado.*

— *Me fale.* — *O pedido saiu errado, duro e acusatório, como se Bethany fosse uma ré na bancada, não uma criança de quatro anos com um curativo da Dora Aventureira no cotovelo.*

— São as minilanternas — ela falou, com seriedade. — É como eles enxergam no escuro.

Havia imaginação e havia estupidez. Eu acreditava mesmo no primeiro e desaprovava o segundo. Era um ponto de discórdia entre Simon e eu, e percebi o enrijecimento de sua coluna quando balancei a cabeça.

— Não, Bethany.

— É, sim — ela insistiu, batendo um dos sapatos no degrau. — O papai falou!

— Os insetos enxergam no escuro. Eles não precisam de lanternas.

— Então por que eles têm? — ela perguntou em um tom queixoso, como se eu fosse velha e estúpida e ela tivesse que me agradar. Eu odiava aquele tom, o discurso exagerado de uma criança insolente.

— É como eles se comunicam. Principalmente, é como eles atraem seus parceiros. — Eu a puxei para o meu colo e baixei a voz, fazendo o sussurro que ela gostava. — Os machos voam, piscando sua luz e se exibindo. As fêmeas se acomodam em galhos ou gramas e observam os machos se apresentarem. Se elas virem um macho de que gostem, elas piscam sua luz. — Apontei para a árvore no fim da rua, cujos galhos estavam em silhueta contra a luz da rua. — Olhe para os galhos daquela árvore. Veja se consegue ver alguma das fêmeas piscar sua luz.

Ela não olhou. Em vez disso, examinou o pote, com os olhos perto do vidro.

— Então... Luzinha é um menino?

Ela disse a palavra como se fosse ofensiva.

— Eu queria uma vaga-lume menina.

— O que há de errado com os vaga-lumes meninos? — Simon interrompeu, correndo para o lugar que Bethany deixou, sua perna roçando a minha da maneira mais irritante.

Apertei a mão sobre a de Bethany e me inclinei para a frente, abraçando-a.

— Sabia que algumas espécies de vaga-lumes são canibais?

— O que isso significa? — Ela se virou e a pele macia de sua bochecha roçou no meu pescoço.

— Significa que eles comem...

— Sorvete! — Simon interrompeu, na voz alegre de um idiota da cidade, saltando do degrau da varanda e aterrissando graciosamente em uma das pedras.

— Os vaga-lumes tomam sorvete? — Bethany perguntou, desconfiada.

— *Não tenho certeza* — *ele falou de maneira grandiosa, como se ser ignorante fosse divertido e emocionante, e a fúria explodiu em mim ao mesmo tempo que Bethany puxou meus braços.* — *Mas eu tomo! E acho que vou tomar um pouco agora!* — *Ele estendeu a mão e a agarrou, o pote balançando no ar enquanto a pegava e girava, dando ao pobre vaga-lume um passeio no carrossel do inferno.*

Fechei os olhos. Minha pele formigou com o ar fresco da noite e contei até cinco, cada número liberando a tensão de uma parte diferente do meu núcleo. Ele vai arruiná-la. Vai encher a cabeça dela com informações fofas e falsas. Vai apodrecer seus dentes com fast-food e estragar sua gramática. Abri os olhos e, do outro lado do gramado escuro, um vaga-lume brilhava para mim no meio da árvore.

Fechei os olhos e contei novamente.

— Sabia que algumas espécies de vaga-lumes são canibais? — pergunto rápido antes que Mark mude de assunto, antes que passe a oportunidade final de compartilhar essas informações, provavelmente a última da minha vida. — Eles são muito sorrateiros sobre isso. Eles reproduzem os flashes de acasalamento de espécies diferentes de vaga-lume e, quando os machos se aproximam para investigar, tentam matar.

— Muito interessante — Mark comenta.

Hesito, observando-o, sem saber se ele está sendo sarcástico. Ele parece bastante genuíno, e eu continuo.

— Além disso, algumas espécies são aquáticas... elas têm brânquias pequenas, como um peixe. Mas a maioria é assim. — Aceno a mão em direção aos raios de luz. — Quando são atacados, eles derramam pequenas gotas de sangue que são muito amargas e venenosas para alguns animais. — Relaxo meus ombros contra a parte de trás do pilar. — É o seu mecanismo de defesa. Por causa disso, a maioria dos animais ou insetos opostos aprende a ficar longe deles. Eles têm bem poucos predadores naturais — concluo.

— Você sabe muito sobre vaga-lumes — Mark fala, escolhendo as palavras com cuidado, da mesma forma que alguém pode educadamente abordar um assunto terrível, como mau hálito ou um rasgo na calça de outra pessoa.

— Eu leio — digo categoricamente. — Você deveria tentar um dia.

— Naquele verão, eu tinha lido um livro inteiro sobre insetos noturnos, com o único objetivo de ensinar Bethany sobre as lagartas que poderíamos encontrar ou as moscas-das-frutas que sempre apareciam não importava quantas vezes eu esvaziasse o depósito de lixo ou examinasse nossa fruteira. Tive a oportunidade educacional perfeita naquela noite na varanda. Simon a arruinou, como costumava fazer, agitando os braços e distraindo-a com palavras como *sorvete*. Não sei como as crianças da sua turma aprendiam *alguma coisa*, por mais fanático que ele parecesse pela educação disruptiva.

Provavelmente ele só era assim conosco.

— Por falar em leitura — Mark suspira, se recosta e o balde range sob o peso. — Você já leu meu romance *A ordenhadora*? — Ele ri antes que eu possa responder. — Deixa pra lá. Você leu. Acho que você se referiu a ele como "pornografia caipira".

Olho para ele.

— Espero que você não esteja sugerindo que nós passemos esse tempo...

— Não estou — ele interrompe, quase severamente, com um olhar que me adverte para não terminar o pensamento. No romance, um fazendeiro e uma socialite perdida ficam presos em um celeiro durante uma tempestade de neve. Eles passam as cinco horas seguintes em uma variedade de posições sexuais, a maioria das quais me fez largar o livro (as cenas eram desconfortavelmente descritivas). — Eu ia dizer... — ele me dá um olhar de desprezo leve, como se *eu* fosse a mente pervertida e ele a imagem da inocência — que escrevi o livro aqui neste celeiro. Em uma noite como esta. Esperando uma vaca nascer.

— História comovente — falo, embora a informação me interesse. Minhas ideias sempre vêm dos lugares mais estranhos, das situações mais aleatórias. Bethany certa vez cortou a mão na borda da casa de bonecas e eu, enquanto limpava o machucado, tive a ideia de uma colônia de habitantes de sangue: pessoas minúsculas que vivem em nossas correntes sanguíneas, suas vidas em agitação contínua, dependendo de pequenas coisas que ocorrem em nossos corpos, a gripe, por exemplo, ou de um corte como o dela. A ideia tinha sido tão forte, tão *visual*, que parei no meio dos primeiros socorros, correndo pelo corredor para meu escritório, para esboçar uma cena no papel, naquele momento, antes que me escapasse da cabeça. Simon havia chegado em casa e encontrou Bethany ainda de pé no banquinho junto à pia, com a manga encharcada de sangue, a água escorrendo, e foi atrás de mim. Ele interrompeu minha cena, todo o meu processo de pensamento, com seus gritos, o rosto vermelho e furioso, como se ela estivesse *morrendo* ou algo assim. Ele sempre fazia isso. Exagerava demais em coisas sem importância e subestimava as que importavam. Ele contou à minha mãe sobre o caso, e uma simples pausa para anotar uma cena se tornou outro componente que mais tarde foi usado contra mim. Tanto drama por um livro que acabei nunca escrevendo.

É engraçado como as ideias de livros geralmente parecem tão brilhantes quando aparecem pela primeira vez. Leva semanas de trabalho para realmente descobrir o potencial de uma história, se houver. Olhando ao redor deste celeiro, a privacidade dele, o cheiro de poeira no ar... não é preciso um grande esforço para ver o que ele imaginou. A porta se abrindo, uma cabeça loira espreitando, a preocupação no rosto da mulher, os saltos de grife trêmulos na sujeira solta. E então, no canto, aparece um homem musculoso de um metro e oitenta, jeans sujo, camiseta esticada sobre os ombros largos, um sorriso tímido surgindo naquele rosto lindo. Porque, você sabe, todos os trabalhadores rurais são modelos masculinos não descobertos. E todas as loiras supergostosas dirigem sozinhas, através dos campos, durante tempestades de neve.

— Então você escreveu tudo aqui? — pergunto, olhando para ele. — A coisa toda? Enquanto esperava uma vaca nascer?

— Não tudo. Mas os primeiros seis ou sete capítulos. — Ele estica o pescoço para um lado e boceja, e o pomo-de-adão balança entre os pelos da barba por fazer no pescoço. — Eu sempre deixo alguns cadernos no depósito. Só para o caso de surgir a inspiração. Posso pegar um agora, se você quiser trabalhar um pouco.

Considero isso.

— Não, não precisa. — No momento, o pensamento de mergulhar no passado e discuti-lo é exaustivo. Talvez mais tarde, se eu não ficar com sono, possamos trabalhar. Já pensei muito no passado hoje.

De repente, Mater levanta a cabeça e vejo sua cauda para cima, um movimento que aconteceu uma dúzia de vezes na última hora. Afasto os pés depressa quando suas patas traseiras flexionam, e uma saraivada de líquido sai pela sua parte de trás. Me levanto ao mesmo tempo que Mark se endireita. Ele sorri para mim e ergue as sobrancelhas.

— Parece que a emoção está começando.

Puxo a ponta da camisa e examino a nova piscina de líquido, rapidamente absorvida pela sujeira. Me movo ao longo da parede da baia. Meu traseiro bate contra a madeira enquanto me inclino para ficar ao lado dele, mantendo os olhos fixos, mas com nervosismo, em Mater, que está cheirando a água que havia saído de dentro dela como se estivesse surpresa com aquilo.

— Está vindo? — pergunto.

— Em breve. Ela provavelmente vai se deitar para parir.

Outra mudança de posição. Meu coração vai para a grande garota, que parece tão diligente em seus movimentos, as articulações rangendo sempre que ela se esforça no lugar. Roubo o balde dele e me sento.

— Sempre leva tanto tempo?

— Imagino que você tenha sido mais rápida — ele fala em tom de pergunta, mas não gosto do rumo da conversa. Não fui mais rápida. Fui péssima. Me preparei para todas as possibilidades e ainda me tornei insuficiente, todos os meus bufos e sopros perfeitamente sincronizados... todos inadequados. Era como se meu corpo concordasse com meu coração e colocasse um obstáculo contra a criança que se aproximava. Afinal, eu nunca quisera ter um filho. Foi Simon quem pressionou. Suplicou. Implorou. Ameaçou. Depois de dois anos discutindo, simplesmente cedi. *Um bebê*, eu o fiz prometer. Apenas um. E, depois daquele dia no hospital, depois daquela cirurgia de emergência... aquela promessa realmente não importava. Um bebê era a única possibilidade que restava.

— Helena?

— Não fui mais rápida. — As palavras escapam dos meus lábios, e qualquer pessoa com algum senso deixaria isso em paz.

— Me conte a história.

— Não.

— Você vai precisar me contar em algum momento. Pode muito bem ser agora.

Ele tem razão. Há alguns dias, ele escreveu a cena do casamento — a pequena igreja cheia de estranhos, todos os convidados, amigos e familiares de Simon. Minha mãe era o rosto solitário na multidão que eu reconhecia, o rosto radiante, com um lenço na mão, como se houvesse uma chance de lágrimas. Há dois dias encerramos nosso primeiro ano de casamento e cobrimos grande parte da gravidez. Estamos a um ou dois capítulos do nascimento de Bethany. Puxo a ponta do meu rabo de cavalo e alguns fios se soltam.

— Helena?

Mater para de cheirar a água e eu a observo endurecer e flexionar os músculos em esforço. Dou um suspiro.

— Estávamos em casa quando as contrações começaram. Eu estava escrevendo... trabalhando em *Muito amada*. Começamos a cronometrar as contrações, com um plano de ir ao hospital quando elas estivessem com quatro minutos de diferença.

Ele acena.

— Foi a caminho do hospital que percebi que havia alguma coisa errada. Pedi a Simon para parar, encostar. Estava com cólica e queria ir para o banco de trás, onde poderia me deitar. Mas ele não quis me ouvir. — Engulo em seco. — Ele estava muito decidido a chegar ao hospital. Gritou comigo para que eu calasse a boca e respirasse. Foi isso o que ele disse. *Cale a boca, Helena*. Pela primeira vez, *cale a boca*. — E esse foi um dos raros momentos em que o ouvi. — A dor... lembro de fechar os olhos e me perguntar se eu ia desmaiar. — Não desmaiei. Estava consciente quando ele parou em frente às portas da sala de emergência. Bati a cabeça na janela e xinguei Simon. *O bebê*, ele disse. *Não xingue na frente do bebê*. Sua voz, quando ele disse essas palavras... ainda consigo ouvir. A emoção, a felicidade que havia estado nessas sílabas. Elas provocaram alguma coisa em mim, uma inundação de raiva. Eu estava lá, *sofrendo*, e ele estava feliz. Feliz por aquilo que ele fez, pelo que *desejou*, pelo que causou. Só que não era ele quem sentia dor nas costas. Nem quem estava com a calcinha toda molhada de xixi. Não era ele quem queria morrer, a mulher gorda que tinha enfiado os pés inchados em um tênis, sendo puxada para fora do carro por estranhos. Mesmo agora, a lembrança daquela voz me enfurece. Não deveria, mas enfurece.

Mater geme, e eu gostaria de poder fazer algo para ajudá-la.

34

Dois cascos saem primeiro, presos com tanta força que pensei que estivessem fundidos. Eles descem devagar, como o mel grosso de uma garrafa, e depois param, bem nos joelhos. Os cascos se estendem para fora quando a vaca parece desistir, sua cabeça pende e as contrações cessam.

— O que está acontecendo? — Olho para Mark, pensando no filhote e em seus pequenos pulmões lutando para respirar, esmagados dentro do corpo dela.

— Relaxe. Dê um momento a ela.

O momento se estende dolorosamente. Fico tonta quando seus músculos se contraem, e há outro empurrão lento de onde surgem as narinas, depois o focinho, e me inclino para a frente quando ele sai.

Ah, meu Deus. É incrível ver o resto do bezerro sair, escorregadio e repentino, e meu coração se aperta quando seu corpo cai na terra. Ele está encharcado de líquidos, com os olhos fechados e pedaços do saco embrionário ainda a seu redor. Ele não se mexe, não faz qualquer movimento, e uma dor repentina explode no meu peito. Não posso estar aqui. Não posso estar vendo isso. E se ele estiver morto? De repente me arrependo de tudo — de ter entrado naquele avião, o vento no meu rosto enquanto atravessávamos aquele campo. Isso não é emocionante e diferente, é perigoso para a minha psique, para o meu corpo. Eu poderia ter uma infecção respiratória com esse ar imundo, poderia ter pneumonia se o frio aumentasse ainda mais. Não tenho jaqueta extra, esgotei o álcool em gel da bolsa e não tenho nada para proteger meu coração da possibilidade de que esse bezerro, essa bela criatura do tamanho de Bethany, esteja morto.

Mater fica de pé, seu rabo passando pela panturrilha do animal no processo, e ele não vacila, não reage, não se move. Olho para o lado dele e *desejo* que ele se expanda. Ele deveria estar respirando, eu deveria poder ver o subir e descer da caixa torácica, *tinha que ver alguma coisa*. Dou um passo para trás. O corpo de Mater gira quando sua cabeça se aproxima do corpo imóvel, com as narinas dilatadas enquanto ela bufa ao longo dele. Sua língua, escura e roxa, sai, e eu pisco as lágrimas quando ela o lambe, com movimentos firmes e intencionais. Ela não percebe que ele está morto e é comovente vê-la limpá-lo. Seu corpo se aproxima, e minha visão da panturrilha é bloqueada enquanto ela balança o corpo dele com o focinho, sujando a pele molhada e ensanguentada.

— Helena — a voz de Mark é suave, e ele acena com a mão. — Venha aqui. Veja. — Ele aponta para o bezerro, e eu me movo rapidamente para o seu lado.

Os olhos do filhote estão abertos, e, enquanto assisto, sua cabeça se move em um rápido e repentino estremecimento. Um suspiro me escapa e eu levo a mão à boca, me virando para Mark por um breve momento.

— Ele está vivo! — sussurro. Não consigo evitar o sorriso bobo que surge em meus lábios e coloco os dedos contra a boca, sorrindo feito uma idiota enquanto o filhote levanta a cabeça. Demorou muito tempo para que eu fizesse contato visual com Bethany, para que ela pudesse se concentrar no meu rosto e entender o que estava vendo. Por outro lado, esse bezerro parece compreender imediatamente a situação, e examina sua posição no chão, com a maior parte do seu pelo molhada e coberta de sujeira, a mãe já se afastando, com a cabeça levantada enquanto ela se acomoda em uma postura mais confortável e fechando os olhos como se dissesse *Pronto. Meu trabalho está feito*. Mark dá um passo para o lado, vira o balde e abre uma torneira, enchendo-a de água. Os olhos dela se abrem, e uma orelha está inclinada na direção dele.

— Mark — grito, vendo o bezerro apoiar uma das patas traseiras, depois uma segunda. Ele está fazendo tudo errado, com os joelhos da frente ainda no chão, e vai tombar a qualquer momento.

— Dê tempo a ele — Mark fala, com a mão na testa de Mater. Ele diz algo baixinho para ela, e o balde bate contra sua coxa enquanto ele a segura.

— Alguma coisa está errada. — O bezerro está agora mancando de joelhos, sua jornada o levando para perto de Mater, que poderia facilmente se virar à esquerda e esmagá-lo. — Algo está errado com as patas da frente. — Uma vaca não pode viver assim. Os joelhos dele não são fortes o suficiente para a vida cotidiana. Ele vai ser banido pelas outras vacas. Talvez Mater se recuse a deixá-lo mamar.

Talvez por isso, menos de dez minutos após o nascimento, ela o esteja ignorando, com a cabeça baixa e os olhos fechados.

— Ele vai aprender. — Mark pendura o balde na parede e fica ao meu lado, com os braços cruzados e o cotovelo batendo suavemente no meu ombro. — Apenas assista.

Não há nada para assistir, a não ser uma vaca bebê aleijada, rastejando de joelhos diante da barriga da mãe, lamentavelmente baixa sem o apoio total das patas da frente. Então...

Prendo a respiração quando ele levanta um casco, erguendo a cabeça enquanto levanta seu peso. Seu movimento é quase triunfante quando o segundo casco se junta ao primeiro. Seu suporte inicial é uma das pernas abertas, que parecem descoordenadas.

Inclino a cabeça no ombro de Mark sem pensar, cheia de uma repentina explosão de felicidade, que floresce quando o bezerro vira a cabeça e olha para nós, como se dissesse: *Viram o que eu fiz? Sozinho?*

— Ele é lindo — sussurro.

— Ela. — Mark chega à frente e aponta. — Viu? Uma menina.

Ele está certo. Com Bethany, perdi tudo isso. Fui submetida a uma cirurgia e acordei com um bebê gritando na UTI, um que me disseram que era meu. Não a vi assim, coberta de sangue e muco, saída diretamente do meu ventre. Não pude ver o momento em que ela abriu os olhos ou o milagre do seu nascimento.

Talvez eu tivesse me sentido diferente sobre ela.

Talvez eu a tivesse amado mais desde o início.

Olho nos olhos da vaca e juro, por mais estúpido que pareça, que vejo o brilho do espírito de Bethany nessas gigantescas profundezas escuras. Sinto o espírito dela no primeiro passo triunfante. E a sinto no amor imediato que tenho por esse pacote gigante de carne bovina.

Não faz sentido, mas, ainda assim, a felicidade está lá.

35

— Não são férias. Estamos *trabalhando*. Mark teve que voltar para casa, e vim com ele. — Mudo meu peso, encostada no batente da porta da cozinha, e falo baixo no celular. Minha explicação parece errada, como se *fosse* algo diferente, como se Mark e eu fôssemos *amigos* e não apenas parceiros de trabalho. — Para que nós pudéssemos *trabalhar* — repito.

— Está se divertindo...? — Kate faz a pergunta com dúvida, e essa conversa já está se estendendo por muito tempo.

Mark bate uma colher na borda da panela e eu olho para ele, depois me viro. Ignoro a pergunta de Kate.

— Você ligou para dizer alguma coisa?

— Só queria saber como vão as coisas. Quero falar com você sobre o seu livro... o que você está escrevendo com Mark... sempre que você tiver uma chance.

— Então fale. — *Sempre que eu tiver uma chance*? Que coisa idiota de se dizer.

— Ah. Bom. Quero dizer, não precisamos conversar sobre isso agora.

Fico irritada.

— Você acabou de tocar no assunto. Então fale.

Uma longa pausa.

— Tudo bem. — Ela suspira, como se estivesse prestes a entrar em guerra. — Preciso de mais informações para poder preparar a oferta.

— Não. — A negativa sai instintivamente dos meus lábios. Em algum momento, alguém vai ler essas palavras. Milhões vão ler. Mas agora não. Não com Kate.

— Não? — A palavra soa como um grunhido, e ela limpa a garganta. — Então quando?

Não é uma pergunta ridícula. A esta altura eu deveria ter enviado um esboço. Kate revisaria, enviaria algumas perguntas — e, depois de finalizar, o enviaria para Jackie, a editora dos meus últimos oito livros, a editora que sempre ama tudo e sempre paga o que exigimos. Mas esse livro é diferente. Jackie vai odiar. Por isso escolhi Tricia Pridgen, uma editora que gosta de livros distorcidos, repletos de verdade e sem final feliz. Mas Pridgen não compra um manuscrito que não conhece. Sei disso, mas não consigo fazer um esboço ou mesmo uma sinopse. Não posso lidar com essa emoção e ainda não posso compartilhar essa história com Kate.

— Em breve — minto. — Nós precisamos avançar mais primeiro. — Observo Mark desligar o fogão — Tenho que ir.

— Tudo bem. Se cuide.

Se cuide. As últimas palavras que falei a Bethany. *Se cuide.* Eu disse a ela que a amava? Tentei, por quatro anos, me lembrar. Não sei o que fiz. Receio ter estado distraída demais para fazer algo além de dar um beijo de despedida nela.

— Helena?

Aperto os olhos com força.

— Falo com você mais tarde. — Encerro a ligação e enfio o celular no bolso de trás, lutando com a tarefa simples, sentindo minhas mãos desajeitadas.

— Tudo certo?

— Sim. — Entro na cozinha. A casa dele é muito diferente da minha. Muito couro marrom rico, cortinas de juta, paredes revestidas de madeira e fotos de família. Na minha casa, removi todos os lembretes de Bethany e Simon. Aqui, mesmo na cozinha, Mark está cercado por imagens da esposa, do corpo largo pressionado ao seu, dos braços ao redor do seu pescoço, dela montada em um cavalo, em uma cachoeira e ao lado de um cachorrinho. Talvez ele tenha medo de esquecê-la. Talvez ele pense que, se tiver lembretes suficientes, é como se ela ainda estivesse viva.

Mas não é. Passei mais de mil noites cercada por Bethany. Me envolvi nos seus lençóis, cheirei as roupas da gaveta e folheei os álbuns de fotos até meus dedos sangrarem devido aos cortes do papel.

Nada substituiu tê-la em minha vida, seus pés batendo no corredor, sua risada alta no ar. E nada facilita a perda. Distrações são as melhores coisas que podemos esperar. Janelas curtas de tempo quando a tristeza se quebra.

Me inclino contra a beira do balcão, observando enquanto ele abre a torneira e lava as mãos.

— Não tenho fotos da Bethany em casa. — Tenho que falar alto para ser ouvida sobre a água. Devo me aproximar, ele vai me ouvir com mais clareza se eu o fizer, mas acho que não dou conta do meu próprio peso agora.

Ele fecha a torneira e se vira para mim, com movimentos lentos, enquanto seca as mãos.

— Não é porque não a amo — digo desesperadamente. Ele precisa saber disso. Ele precisa mostrar isso nos seus escritos, nas páginas desse livro.

— Eu sei — ele fala baixinho, com a bondade estampada no rosto. Mas ele não sabe. Ele ainda não sabe de nada. Ele sabe que me apaixonei por um garoto. Que eu tive um bebê. Tudo o que ele sabe são as primeiras linhas de uma música. Ele ainda nem ouviu a melodia.

— Você não sabe — digo. — Mas vai saber.

36

Minha mãe me disse uma vez que eu era egoísta demais para amar. Eu tinha treze anos na época, e nossa discussão aconteceu sobre a toalha pegajosa na mesa de um dos restaurantes Red Lobster. Ela havia planejado uma viagem para a casa da minha avó, para comemorar seu septuagésimo primeiro aniversário. A viagem teria causado uma interrupção completa no meu cronograma de escrita, que eu havia revisto com ela e colado na porta da geladeira, cinco semanas antes. Essa viagem não havia sido mencionada naquela época, e eu estava convencida de que era uma ideia de momento, inventada apenas por causa de um folheto promocional da companhia ferroviária recebido pelo correio. Até aquele dia, segui perfeitamente meu cronograma de escrita. Eu estava dentro do esperado para terminar o que se tornaria meu primeiro romance, e uma semana de interrupção significaria a incapacidade de terminá-lo antes da volta às aulas. Então, fiz o que qualquer jovem aspirante a Steinbeck faria. Entrei no quarto da minha mãe, peguei minha passagem de trem na sua bolsa e a destruí.

Ela não lidou bem com aquilo. Me chamou de insolente. Mimada. Pirralha. Tentou me fazer sentir culpada por não querer ver minha avó, por não querer passar tempo com minha família. Eu não entendia a obrigação que tinha com uma mulher que só havia visto algumas vezes. Não entendi a expectativa ridícula de amá-la simplesmente porque ela deu à luz minha mãe. Eu nem tinha certeza, naquela mentalidade de treze anos, que amava minha própria mãe.

Mas eu amava Bethany. Mesmo quando gritei, me afastei e a ignorei, eu a amava. Eu olhava para ela, e meu coração *doía*. Ele inchava no peito, e eu sentia uma repentina explosão de pânico — uma pontada aguda de vulnerabilidade. Naquele momento, eu tinha medo de perdê-la. Talvez fosse um medo normal, que todos os pais têm. Ou talvez tenha sido o aviso de Deus para mim, o prenúncio do que ele estava escrevendo na minha história.

Eu deveria ter ouvido. Não deveria ter engolido esse medo. Deveria ter sido o tipo certo de mãe, suprimido meus instintos e egoísmo e a colocado em primeiro lugar. Eu deveria tê-la mantido a milhões de quilômetros da minha mãe, a abraçado e nunca tê-la deixado ir a lugar algum, fazer qualquer coisa.

Mantê-la prisioneira seria melhor que perdê-la.

Na varanda, a cadeira de balanço em que me sento se move, e a cada vez range sobre as tábuas esburacadas. O cobertor em volta dos meus ombros é macio e eu relaxo contra ele, com uma caneca de chocolate quente esfriando nas mãos. Diante de nós, há um trecho de escuridão, sem vaga-lumes neste espaço. A lua está atrás de uma nuvem e de vez em quando o som de unhas arranhando revela a localização do cachorro.

— Está cansada? — Mark se senta no degrau, ignorando a outra cadeira. Seus ombros se curvam enquanto ele acende um charuto. — Foi um dia longo. Deve ser mais de meia-noite.

Estou cansada. Cansada demais para puxar a manga da camisa e verificar as horas. Não importa. Aqui, com o coro de grilos zumbindo, parecemos estar a cento e sessenta quilômetros da civilização, em um lugar onde os relógios não existem, os prazos não importam e as necessidades básicas são as únicas preocupações. Não consigo imaginar me sentar nessa varanda e me preocupar com as listas dos mais vendidos e as posições finais. Estou chocada que Mark saiba quem sou ou que tenha lido meus livros. Tinha sido fácil imaginar Marka em um arranha-céu caro, digitando e-mails desagradáveis com suas unhas falsas. Mas não consigo encaixar Mark nesse molde. Não vejo essas palavras terríveis vindo desse homem.

— Seus e-mails para mim. — Olho para ele, observando os músculos de suas costas enquanto ele se endireita, coloca o isqueiro para o lado e gira o charuto entre os dedos. Ele vira a cabeça e filetes de fumaça emolduram seu perfil. — Por que você começou a me escrever?

Ele olha para baixo e vejo seu queixo enquanto ele olha para o charuto. Ao levar a boca, ele dá um longo trago antes de se virar. Seu rosto é uma mistura silenciosa de emoções.

— *A noiva de Memphis* — ele finalmente diz, cruzando uma perna sobre a outra.

— O quê? — Minha medicação me deixa louca, mas tenho certeza de que uma pessoa totalmente racional não seria capaz de acompanhar essa resposta.

— O nome é familiar? — Ele levanta as sobrancelhas. — Não? — Há uma pitada de acusação em seu tom, e uma poça de pavor se forma no meu estômago. *Eu deveria saber.* Por alguma razão, estou falhando nesse teste.

— Não.

— Foi o meu primeiro livro. Meu primeiro livro *de verdade*. — Ele acena com a mão em direção à casa. — Não é como toda a *porcaria* que pagou por esta casa ou pelos tratamentos de quimioterapia da minha esposa. Era um livro bom, que me custou três anos para escrever e dezoito cartas de rejeição antes de conseguir um acordo de publicação. Meu primeiro contrato. É uma grande coisa, sabia? — Ele dá de ombros. — Não. Você não saberia. Você teve um ótimo começo, certo? Eu li esse artigo. Você teve agentes e editores disputando o seu primeiro romance. Não foi o meu caso. Não é fácil convencer os editores a ler um romance escrito por um homem.

Já me arrependo de ter feito a pergunta. Posso ver o acidente de trem e o lugar para onde isso caminha.

Um texto de orelha. Será que ele pediu um?

— Consegui um adiantamento de vinte mil dólares naquele livro. Metade na assinatura, igual ao acordo que nós fizemos. — Ele sorri para mim, mas não há calor no gesto. — Pedi demissão do meu emprego naquele dia. Levei Ellen e Maggie para sair, e nós fomos jantar em uma churrascaria. A vida era boa. — Ele solta uma corrente de fumaça e o cheiro do charuto se aproxima, a sugestão dele mais forte no ar. — Como você comemorou seu primeiro adiantamento?

Não respondo. Só espero pelo que certamente está por vir. Ele me olha, e não me mexo, não desvio o olhar, nossa dança finalmente interrompida por um movimento da sua cabeça. Seus olhos passam por mim e se viram para a escuridão.

— A editora queria críticas de autores. Eles procuraram escritores com livros semelhantes, e você tinha publicado recentemente *A sala do jardim*. Foi um tiro no escuro, mas você aceitou.

— Acho que não gostei do livro.

Ele tosse com uma risada dura.

— Ah, não, Helena. Grande novidade dizer que você *não gostou* do livro. Estou surpreso que tenha esquecido, na verdade. — Ele olha para baixo, passando a mão na calça de moletom antes de olhar para trás. — Você escreveu uma carta de quatro páginas para a minha editora e teve a gentileza de me mandar uma cópia. Descreveu todas as falhas do romance. A base da sua opinião era que minha escrita era simplória e sem talento. *Infantil,* essa foi uma das palavras que você usou. — Ele inclina a cabeça em direção à casa. — Você pode ler a carta se quiser. Está emoldurada no meu escritório, ao lado de uma lista do *The New York Times*, a primeira em que eu superei você.

— Não foi de má-fé. — Eu me endireito no meu lugar. — Eu provavelmente estava tentando ajudar.

— Ajudar? — Ele bufa. — Você assustou tanto a minha editora que ela desistiu do romance. Nunca foi publicado e eu nunca recebi o restante daquele adiantamento. Minha carreira de escritor terminou. Bem desse jeito. — Ele estala os dedos e olha para mim. — Fácil assim. Tudo porque Helena Ross não gostou do meu livro. Você estava no auge, e eu era dispensável.

Eu devia me desculpar. O caminho é claro e óbvio. Mas aperto os lábios. Se reservei um tempo para escrever uma carta, deve ter sido ruim.

— Não consegui meu emprego de volta. Ellen... ela trabalhava em uma fazenda na estrada. Nós estávamos enfrentando dificuldades e eu escrevia tudo e qualquer coisa. Os editores não estavam interessados em nada daquilo. Então ela ficou doente e eu me vi desesperado. Comecei a fazer publicações independentes em um monte de gêneros. O erótico foi o que decolou. — Ele se inclina para a frente e cospe na escuridão. — E Marka Vantly nasceu.

Li a biografia de Marka Vantly cinquenta vezes. Eram tudo flores e champanhe, uma garota baladeira da Califórnia que se tornou uma escritora de sucesso depois de relatar suas façanhas sexuais em Beverly Hills. Não diz nada sobre uma esposa doente ou um caubói grisalho, alguém que sabe fazer um chili incrível, mas não limpa os rodapés.

Tentei fazer as contas de cabeça.

— Quanto tempo sua esposa... quando ela...?

— Começou com um câncer de ovário. Ela lutou quatro anos antes de partir. Ela nos deixou há três anos. Três anos e dois meses. — Ele provavelmente sabe mais. Provavelmente sabe os dias e as horas, o período de tempo piscando na sua cabeça. De certa forma, reconheço muito da sua dor. De outras maneiras, somos completamente diferentes

Eu me levanto.

— Quero ir para a cama.

Estou abrindo a porta da tela quando ele fala.

— Você perguntou por que eu comecei a enviar e-mails para você.

Faço uma pausa, sem ter certeza de que ainda quero a resposta para essa pergunta.

— Durante muito tempo eu te odiei. Te mandei um e-mail com esse ódio. Eu queria que você soubesse quem eu era. Mas nos últimos sete anos... — O cachorro se aproxima e ele estende a mão, acariciando o animal. — Você fez de mim um escritor melhor. Saber que você estava lendo meus romances... isso me levou a avançar. — Ele olha para mim. — Então, obrigado. Por responder. Tenho certeza que você recebe muitas mensagens.

Eu me movo e seu perdão só me faz sentir pior.

— Tudo bem.

Aceno para ele, uma tentativa de um gesto de despedida e, então, abrindo a porta, escapo para dentro.

37

Um bebê. Com o rosto impossivelmente gordinho, olhos que são apenas fendas e que evitam os meus, mas observam tudo. Ela chora o tempo todo, como um disco arranhado se repetindo. Em alguns aspectos, ela é delicada. Em outros, é uma máquina de guerra.

Me sinto destruída sempre que a seguro. Me sinto errada, sem instintos, perdida no que fazer com ela.

A insegurança cresce toda vez que olho nos olhos de Simon e vejo sua decepção.

Só faz uma semana, mas acho que a odeio.

Acordo no pequeno quarto de hóspedes. Está quente. Empurro os cobertores. Minha boca parece estar cheia de algodão, e sinto um gosto metálico. A dor de cabeça é muito forte. Me levanto da cama de solteiro, vou até minha bolsa, sentindo os membros lentos enquanto visto a calça jeans e uma camisa nova, sem me preocupar com roupas íntimas limpas ou sutiã. A casa está silenciosa. Escovo os dentes, depois desço a escada.

A casa dele é uma mistura estranha de limpa e suja. Os banheiros brilham, tem cheiro de alvejante no ar, os espelhos não têm manchas e o rejunte está recém-lavado. Mas nas salas principais há pilhas e pilhas de correspondência e itens estranhos, uma lâmpada queimada no balcão, marcas de dedos oleosas ao longo da borda de uma mesa, botas imundas deixadas perto de uma cadeira. Desço a escada. Meus olhos se movem sobre as fotos emolduradas e paro em uma maior, uma única página cercada por uma moldura grossa, com a cópia de um cheque abaixo. É uma carta de aceitação, com o timbre da editora no alto da folha e uma assinatura floreada abaixo de dois parágrafos de comunicação de congratulações. O nome do livro está lá.

A NOIVA DE MEMPHIS. Ele o enquadrou, ou a esposa, como um pai orgulhoso, um certificado de conquista. Milhares de livros eram comprados a cada ano. Milhares de cheques emitidos, milhares de sonhos iniciados. Provavelmente milhares de documentos eram emoldurados como esse. *Foi culpa minha ele ter perdido a chance? Sem minha carta à editora, ele estaria escrevendo ficção contemporânea? Escrevendo livros que ele realmente respeita?*

Dou outro passo e me afasto. Em nossa indústria, o trabalho fala por nós. Não é tudo culpa minha. Escrevo críticas contundentes o tempo todo para livros que ainda acabam sendo publicados. Se tivesse sido um romance suficientemente forte, minha opinião não teria importância.

Continuo descendo a escada, seguindo a curva até o saguão. Há um bilhete preso na porta da frente.

Estou no celeiro. Tem comida na cozinha. Royce pode te levar se você quiser ver o bebê.

Deixo o bilhete e vou para a cozinha. Pego uma banana de uma tigela em cima do balcão e a descasco enquanto dou uma volta pelo primeiro andar. É espaçoso, tudo feito para um gigante. O amplo sofá de couro saiu direto de um catálogo da *Architectural Digest*. A grossa mesa de centro foi feita de um tronco de árvore. É livre de bugigangas, tudo uma mistura de couro, madeira e fotos. Alguém da família é fotógrafo. Há uma foto enorme de um pasto — a cor vívida de um sol poente aquece toda a sala. Ando para outra sala e vejo uma série de fotos em preto e branco, uma delas focada nas mãos de Mark, um cavalo de balanço e um sorriso da filha dele. Desvio o olhar e percebo que estou no seu escritório. Há uma impressora em um canto e uma mesa diante de mim, cheia de pilhas de páginas. Ao longo da parede oposta, abaixo de uma janela comprida, há manuscritos encadernados, mais de vinte, e eu vasculho os títulos, procurando e não encontrando a condenada *Noiva de Memphis*. Não olho para as paredes para ver se minha carta emoldurada está lá. Acredito quando ele diz que é brutal. Não preciso de prova disso.

A sala de jantar e o solário me aborrecem, então subo a escada, pulando meu quarto, e dou só uma olhada superficial no quarto da filha dele. A sala seguinte é uma riqueza — uma biblioteca completa, com estantes do chão ao teto, uma escada que se move e iluminação embutida. Há uma poltrona grande e um sofá, do tipo em que você pode afundar e nunca mais sair.

Eu devia ter montado uma sala como essa em nossa casa. Compramos quatrocentos e sessenta e quatro metros quadrados e os desperdiçamos nas brincadeiras de Simon. Sala de ginástica. Sala de mídia. Dois quartos que nunca foram usados. Sala de jantar formal. Por que não peguei um pedaço maior disso? Por que não insisti em algo assim? E mais tarde, depois que eles se foram e eu fiquei sozinha, por que não fiz isso para mim? Mas eu sei a resposta. Não fiz depois porque não merecia. Teria sido impuro e egoísta.

Seus livros são organizados por autor, e todos os grandes nomes estão aqui. Não toco em nada, ainda estou com a banana na mão, e meu respeito pelos livros é maior do que por maçanetas e interruptores de luz. Encontro minha seção e tenho o prazer de ver todos os meus títulos aqui, com as lombadas marcadas pela leitura. Além de mim, há pouco romance, seus gostos tendem aos clássicos e à ficção contemporânea. Sorrio para alguns dos nomes e levanto o queixo. Meu olhar se ergue pelas prateleiras, ansioso pelo desejo de subir a escada e ler atentamente sua coleção. Há uma dor aguda na base do meu pescoço e eu cuidadosamente abaixo a cabeça, dando um passo para trás. Estou atrasada para tomar o comprimido para dor e paro de bisbilhotar, descendo a escada em busca do remédio.

Os medicamentos têm um gosto terrível. O tipo de comprimido que derrete instantaneamente na língua, antes que se tenha a chance de beber água. Pego dois, mais o que é para náusea, e olho pela janela acima da pia. O Bronco de Mark está lá, há um homem magro parado perto dele, com um celular no ouvido e um cigarro na mão. É o homem da noite passada, que trabalha para Mark. Royce.

Algo bate na sala, e eu me viro, relaxando ao ver o cachorro trotando em minha direção. Seu rabo bate em tudo por onde ele passa, um baque que pode destruir uma loja de porcelana. Ele faz uma expressão de prazer para mim, se aproxima e se inclina, sua língua pende do lado da boca enquanto olha para cima. Ele balança o rabo e seu corpo inteiro se flexiona com a ação.

— Ei, amigo. — Não quero acariciá-lo. Ele parece sujo, e seu trote pela casa deixou um caminho de pegadas molhadas. Ele descansa todo o peso contra minha canela e levanta uma pata como se eu entendesse o que isso significa. Uma vez Simon quis um Akita, um tipo de cão gigante de caça a ursos, que solta pelos como um suéter barato e baba um galão por dia. Recusei, ele ficou agressivo e, de alguma forma, duas semanas e uma dúzia de brigas depois, nos ajustamos e ele tinha uma motocicleta nova. Era assim que a maioria das nossas brigas funcionava. Parte de mim suspeita que ele nunca quis um cachorro ou a motocicleta. Seu objetivo final, a coisa toda, era um jogo psicológico que eu perdi.

Ouço um gemido e olho para baixo, vendo seus olhos castanhos se moverem de forma minuciosa enquanto ele procura meu rosto. Apesar de tudo, eu me abaixo e acaricio sua cabeça com cuidado. Quando adulta, sempre considerei os cães da mesma maneira que as crianças: máquinas barulhentas que exigem muito esforço. Eu estava errada sobre crianças. Embora Bethany, especialmente no início, tenha sido uma perda ininterrupta de tempo e energia, ela valeu a pena. Valeu a pena um milhão de vezes.

Esse cachorro não teria valido a pena. Agora ele está deitado em cima dos meus sapatos, com a barriga arqueada em minha direção e a pata ainda esticada, pairando no ar. Sua boca está aberta em uma ridícula expressão de alegria, como se esse ato — de restringir meu movimento — fosse motivo de comemoração. Afasto um pé do seu corpo pesado e dou um passo para o lado. Ele ergue a cabeça para olhar enquanto escapo.

Estou indo para a porta da frente quando vejo as páginas. Elas estão apoiadas na mesa da sala de jantar onde comemos ontem à noite, com um pequeno prato sobre elas, contendo um muffin e uma banana. Faço uma pausa, contornando-o até estar na frente da pilha.

CAPÍTULO CINCO está escrito em negrito no topo da primeira página. Conteúdo novo. Antes de subir a escada e me deitar na cama, esbocei alguns capítulos, escrevi uma ou duas páginas e deixei no balcão. Ele deve ter ficado acordado, leu e mergulhou no trabalho. Afasto o prato e penso nas nossas conversas naquele celeiro, meus acréscimos escritos à mão onde essas haviam parado — era muito terreno para cobrir. Folheio as páginas.

Vinte, se não mais. Eu levaria duas semanas, e ele fez isso em horas. Puxo a cadeira e me sento.

Movendo as páginas na minha direção, mal noto o roçar do corpo do cachorro enquanto ele se acomoda aos meus pés. As primeiras páginas cobrem o nascimento de Bethany, e destaco várias passagens. O muffin desaparece enquanto adiciono comentários e passo pela cena de trazê-la para casa.

A escrita de Mark está melhorando, e quase consigo sentir meu nervosismo quando chegamos em casa, minhas mãos tremendo enquanto segurava a borda do berço e o entusiasmo de Simon, irritante em sua convicção. Por que eu era a única a ter medo? Por que eu era a única a ter arrependimento?

Continuo lendo.

Todas as minhas emoções estão nestas páginas. Elas são cruas e reais, e me arrependo da minha opinião sexista de que, por ser um homem, ele não entenderia. Um nó de ansiedade aumenta enquanto leio. As velhas emoções voltam, assim como todo o conflito com o qual lutei, o terrível despeito que tive por minha filha.

Afasto a embalagem do muffin e me forço a virar a página.

38

Saio de casa como uma mulher mais velha. Reviver os primeiros meses com Bethany foi difícil, mas nada comparado ao que está por vir. Royce me leva até o estábulo, me despeço de um bezerro feliz e saudável e, três horas depois, volto para o avião. Paro com um pé dentro dele e tiro um momento para inspirar o ar quente, sentindo meus músculos agradavelmente cansados dos esforços e meu cabelo ainda carregando o perfume do ar livre. Há uma parte de mim que não quer ir para casa. Posso me imaginar me acomodando neste mundo, vendo as folhas caírem das árvores, escrevendo de manhã e passando a tarde na biblioteca de Mark, lendo toda a sua coleção, uma capa dura de cada vez.

Me sento e fecho a porta do avião, lutando um pouco para trancá-la. Quando ele entra, o avião se move, e o vejo passar por um longo processo de acionar interruptores e marcar coisas em uma prancheta.

— Li as novas páginas — digo assim que ele termina, e o avião avança lentamente, com a hélice zumbindo.

— E?

— E... estão boas. — As palavras parecem pequenas demais. — Muito boas.

O canto da sua boca se ergue um pouco e uma covinha profunda surge em meio à barba por fazer.

— Estou feliz que tenha gostado. Fiquei preocupado que estivessem muito...

— Não. — Olho pela janela, em direção ao hangar. — Estão boas.

Ele me passa um fone de ouvido e coloca outro. Sua voz soa profunda e competente enquanto fala com o controlador de tráfego. Pego a deixa e fecho os olhos, trabalhando com o novo conteúdo em minha mente. Estamos trabalhando de maneira cronológica, de uma maneira que, por si só, provavelmente vai aborrecer o leitor. Mais tarde, Pridgen vai reestruturar, colocar sugestões do futuro e alterar a configuração geral. Por enquanto, o importante é que Mark conte os eventos da maneira que os experimentei. O leitor precisa entender as emoções que senti, os catalisadores e o raciocínio por trás das decisões que tomei e dos erros que cometi.

Eles ainda vão me julgar, apesar da explicação de trezentas páginas. Mas talvez alguns milhões de leitores me entendam.

Quando estamos no ar, as asas se nivelam, e as mãos de Mark relaxam no acelerador. Pego meu laptop e começo a escrever, usando como base o último conteúdo de Mark — o décimo mês de vida de Bethany. E, por uma hora, o silêncio dele e o zumbido do motor são meu pano de fundo... Mergulho mais fundo em vez de fazer uma simples introdução. Revivo um momento e coloco tudo no papel.

39

— *Não sou sua paciente.* — *Cruzo os braços para que ela não veja minhas mãos tremerem. Esse é o problema de ter uma mãe psiquiatra. Você não pode fazer nada sem ser analisado, criticado e classificado.*

— *Você precisa conversar com alguém em quem possa confiar, Helena. Se não falar comigo, Simon vai ligar para outro médico. E não vou poder protegê-la da opinião dos outros.*

Enfio as unhas na palma da mão.

— *Não preciso de proteção contra uma opinião. E Simon não pode me forçar a falar com ninguém. Estou bem, está tudo bem e eu gostaria que você fosse embora. Agora.* — *Ela tem que ir. Preciso que ela vá. Posso sentir o acúmulo, a transição da irritabilidade para a raiva e a ira. A raiva está quase chegando, e luto contra o desejo de empurrá-la fisicamente para fora.*

— *Me explique o que aconteceu.*

Olho para longe. Ela não vai entender. Não essa mulher. Ela sempre está no controle de tudo. A mulher que nunca errou em seus deveres maternos, nunca piscou para lidar com as coisas, sem a ajuda de um homem.

Enquanto isso, desmoronei por causa da fórmula infantil. A fórmula para bebê que empelotava. Mudei para uma tigela, peguei o menor batedor que tínhamos e bati a mistura até minhas palmas doerem. Ainda assim, empelotou. EU NÃO TINHA TEMPO PARA ISSO. *Quando tentei derramar a fórmula na mamadeira, ela se agarrou à borda da tigela e pingou ao redor, se espalhando por todo o balcão, outra perda de tempo. Descarreguei minha frustração no meu celular primeiro, uma batida forte e intencional do iPhone contra o chão da cozinha, o trabalho* terminado pelo salto do meu sapato. Olhei para a tela rachada e não senti alívio. Em seguida, fui para a tigela de vidro — a batida foi muito mais satisfatória, e o barulho soou deliciosamente alto até Bethany reagir, com os olhos fechados, a boca aberta e um grito estridente. Olhei para ela. Seus pés chutavam o ar, havia uma meia faltando e seu corpo estava preso contra a cadeira alta. Segurando a lata de fórmula na mão, tentei respirar fundo sem parar.

Estava claro o que deveria ser feito. Bebês que choram devem ser pegos no colo e acalmados, embalados, alimentados e arrotados. A questão era que eu não era a mulher para fazer esse trabalho. Eu era uma mulher que não escrevia fazia quatro dias, com um prazo final se aproximando, que mal havia dormido nas últimas quarenta e oito horas. E Bethany NUNCA DORME. Ela NÃO PARA NUNCA. PRECISA CONSTANTEMENTE, PRECISA, PRECISA. E não consegui lidar com isso. Não quando eu tinha outra família que precisava de mim. John, Maria e sua filha com necessidades especiais, uma linda garota autista que escondia um segredo deles. A história estava me esperando, precisando de uma conclusão, que seria construída a partir de palavras que NÃO VIRIAM por causa da minha gravidez estúpida e dos hormônios loucos. Por que fiz isso por ele? Por que estraguei tudo por um homem que foge para um emprego que nem cobre os pagamentos do nosso carro? Ele nem pensa no meu trabalho. Nos meus mundos. Na minha sanidade. E aquilo — ela — não parava de chorar, não parava de estragar tudo.

— Bethany estava bem. — Não quero me explicar para minha mãe. Eu deveria ser capaz de administrar minha própria casa sem ser questionada e julgada. — Simon exagerou.

— Ela foi para o hospital, Helena.

Minha frustração aumenta.

— Ele exagerou. Ela não precisava ir para o hospital. — Não precisava. Até o médico disse isso, embora o tenha expressado da maneira mais evasiva possível. Bethany estava desidratada.

Ela jogou a mamadeira de fórmula no chão e chorou até expulsar toda a umidade de seu corpo. Se tivesse segurado a mamadeira ou parado de chorar, tudo estaria bem. Em vez disso, naquelas horas em que a deixei sozinha, ela fez birra.

— Quantas palavras você escreveu? — A pergunta é uma acusação fria, proferida por uma mulher que me conhece bem. Três mil e oito. O máximo em meses. Não consegui parar depois que comecei. Era impossível.

— Não sei — minto, me viro e olho para o relógio. Perdemos uma hora nessa discussão. Uma hora de censura acumulada, agravando minha culpa. Uma perda de tempo precioso que eu poderia ter gastado escrevendo. Esta noite é uma rara oportunidade de produtividade, com Simon carregando Bethany com um olhar furioso e o rosto arrogante, como se estivesse me punindo, como se isso me ensinasse uma lição. HA. *Por favor, não me jogue no mato, Coelho Briar. Por favor.*

— Foram quatro horas, Helena. Quatro. Horas. — Ela pronuncia as palavras finais como se fosse uma ginasta dando um salto, como se essas quatro sílabas provassem alguma coisa. Ela não entende que eu estava fazendo um favor a Bethany ao deixá-la na cozinha enquanto eu subia, mantinha a porta do escritório fechada e a música soando para abafar seus gritos. Eu a deixei para não ter que pegá-la. Para não ter que quebrá-la como fiz com o celular e a tigela. Eu a deixei para protegê-la.

— Helena. — Algo em sua voz me faz virar. — Acho que você precisa de um tempo longe.

Mark ergue os olhos do laptop. Seu corpo está relaxado contra a cadeira da cozinha, e um pouco do frango e arroz de Debbie estão ignorados a seu lado. Seu rosto está calmo, como se não tivesse acabado de ler algo doloroso, algo que carimba PÉSSIMA MÃE em letras gigantes na minha testa.

— *Um tempo longe?* — ele pergunta.

Puxo o cabelo para cima, torcendo-o em um nó, pois a pele na parte de trás do meu pescoço está úmida de suor.

— Ela quis dizer uma instituição para doentes mentais. — Minha mãe não tinha chamado assim, é claro. Propôs isso como um centro de tratamento pós-parto. A elegante brochura divulgava massoterapeutas, aulas em grupo e aconselhamento ininterrupto.

— Você foi? — Mark estende a mão, segura o garfo e casualmente pega um pouco de arroz. Seu rosto parece quase entediado pela serenidade. Se ele não tivesse encontrado sucesso como escritor, poderia ter sido um terapeuta. O tom calmo, a falta de julgamento... ele é melhor do que minha mãe já foi.

— Não discuti com ela. Eu queria ir. A ideia de passar semanas longe de Simon e Bethany, sem distrações, parecia o céu. E eu pensei... — Minhas palavras pausam por um instante, e tento encontrar as certas. — Achei que talvez Simon *entendesse*, já que ele teria que lidar com ela o tempo todo. — Mas ele não entendeu. Simon era perfeito, nunca entenderia. Voltei oito semanas depois para encontrar uma bebê e um marido felizes, os dois ajustados a uma rotina perfeita, sem precisarem de mim. Naqueles dois meses, minha mãe também entrou em minha casa. Suas listas de compras estavam presas na geladeira, suas revistas na mesa de centro, novas vitaminas pós-natal e alimentos orgânicos estocados em nossa despensa.

Nessas oito semanas, terminei meu romance, mas perdi os dois. Os cinco anos seguintes foram uma batalha para recuperar meu equilíbrio, meu casamento e nossa família.

Uma batalha que perdi.

40

MARK

Ela parece bem, um pouco melhor do que há duas semanas, quando abriu a porta e fez uma careta para ele. Parte disso é por causa do sol. Aqueles dois dias em Memphis foram suficientes para deixá-la um pouco bronzeada, com sardas pontilhando a superfície da pele pálida e o nariz levemente rosado. Ele não pensou em lhe dar protetor solar nem na doença e em como isso altera a fragilidade da sua pele. Mas, queimada pelo sol ou não, ela parece melhor. Seus ombros perderam a postura caída, os olhos ardem de atitude e ela até — em raras ocasiões — ri. Com Ellen, ele costumava rir só de olhar para ela. Mas, com Helena, cada risada é como a última linha de um capítulo difícil. Exaustivo para chegar, mas valem a pena as horas de dor de cabeça quando finalmente chega.

Ellen e Helena são muito diferentes. Não apenas em suas personalidades, mas na maneira como lidaram com seu diagnóstico. Ellen lutou de todas as maneiras que pôde. Helena... Helena não parece se importar que vá morrer. Não parece ter medo, receio ou qualquer emoção. O câncer, o remédio — tudo isso é um aborrecimento para ela, algo a percorrer em seu caminho para chegar à próxima página, ao próximo capítulo, à próxima cena. Tudo nela está focado nesse livro.

A cabeça dela cai no sofá do escritório, e ele considera o travesseiro, que mudou de lugar debaixo do seu pescoço. Ela não queria. Disse a ele, no tipo de tom que se usaria com um cachorro desobediente, que não ia dormir.

— Precisamos *trabalhar* — ela o havia repreendido, abrindo o laptop e se acomodado no sofá de forma quase desafiadora. — Temos que recuperar o tempo perdido deste fim de semana. Não vou *dormir*.

Mesmo assim, ele pegou o travesseiro, ignorando seu olhar hostil quando o enfiou embaixo da sua cabeça. Agora, um ronco baixo soa através de sua boca aberta. O som a acorda e ela começa a sentar.

— Não estou dormindo — ela fala alto, embora ele esteja sentado a um metro de distância, curvado sobre a mesa.

— Ah. Tudo bem — ele responde, como se não se importasse, enquanto move a caneta pela página de palavras cruzadas, preenchendo os quadradinhos com letras limpas e cuidadosas. A-S-F-A-L-T-O. Antes que ele termine a próxima pista, ela adormece novamente e outro som suave sai de sua boca aberta.

Ele fecha a revista de palavras cruzadas e fica sentado por um momento, observando-a. Em duas semanas juntos, eles terminaram os sete primeiros capítulos. Ela se recusou a lhe dar uma sinopse completa, por isso é difícil dizer até que ponto a história vai ser publicada. Nesse ritmo, eles devem manter o prazo, terminando o manuscrito e enviando-o para os editores antes que ela fique mal. Ele vai receber e estará de volta a Memphis no Dia de Ação de Graças, para passar o Natal com Maggie enquanto Helena... seu peito fica apertado, como não acontecia há um longo tempo. Bem lá no fundo, ele sente o desejo de beber. Reabre as palavras cruzadas e olha para as fileiras de blocos e espaços em branco, as manchas escuras desfocando enquanto ele tenta se concentrar.

Inseto adulto. Doze na transversal. Cinco letras.

I-M-A-G-O. Ela vai estar sozinha, curvada sobre um balde, vomitando. Vai ter neve lá fora e ela vai lutar para andar, para conseguir algo para comer.

Ele luta contra a imagem. Ela é rica. Pode pagar enfermeiras e assistência vinte e quatro horas. E Kate virá, ela estará aqui. Não vai ser assim.

Uma das mãos dela se encolhe contra o tecido branco da camiseta e ele a observa, os dedos finos, as veias azuis. Mãos minúsculas para criar mundos enormes.

Ele olha de volta para a página, mas sua mente está em branco.

41

Estou pior. Não achei que poderia ficar, mas meu corpo é um idiota. Quando me viro no sofá, sinto o estômago embrulhar. Fecho os olhos, e a sala gira. Tudo dói. Tudo tem um gosto terrível. Estou congelando, mas consigo ver as manchas úmidas sob as axilas de Mark e o suor pontilhando em sua testa quando ele me traz chá quente. Quando cheguei ao banheiro, olhei para o termostato. Está fazendo vinte e oito graus. Meus dentes não deveriam estar batendo. Eu não deveria estar com os braços arrepiados.

— Aqui. — Ele aparece na minha frente, com um cobertor na mão. Cobre meu peito e vejo uma gota de suor escorrer pelo seu pescoço. Não preciso da sua ajuda. Não sou inválida. Sou perfeitamente capaz de pegar meu próprio cobertor e meu chá. Posso combater essa coisa, seja lá o que for, sem a ajuda dele. Ele deveria estar escrevendo. Um de nós dois precisa ser produtivo agora. — Abra. — Mark está com um termômetro na mão e esqueceu de pegar a tampa descartável transparente, que mantém a ponta livre de germes.

— Precisa de uma tampa. — Pareço patética. Minhas palavras soam roucas e fracas.

— Acabou. Compro mais amanhã.

Prendo meus lábios e ele sorri em resposta.

— Abra a porra da boca.

Bethany estava pressionando os lábios em linha tensa, os olhos arregalados para Simon. O fio dental se estendia até os dedos dele.

— *Abra, Bethany. Não vai doer. É só um puxão rápido.*

Naquela noite, eles foram em silêncio para o quarto dela. Glitter foi polvilhado em seu travesseiro. A moeda substituiu o dente minúsculo.

Abro a boca e fecho os olhos, tentando guardar a memória, o som do seu gritinho quando ela descobriu a moeda, a maneira como ela entrou no nosso quarto e se arrastou entre nós, com glitter cintilando em seu cabelo. Ela se recostou e segurou a moeda no ar. Chamou aquilo de mágica, e Simon cortou minha negativa com um olhar de aviso.

— *Sim* — *ele concordou, com a cabeça apoiada no travesseiro ao lado dela.* — *É mágica.*

O termômetro sujo cutuca a parte inferior da minha língua e eu estendo a mão, o pego e fecho a boca ao redor dele. Observo suas mãos enquanto ele as move para seus quadris, apoiando-a lá. Ele precisava estar escrevendo, mas não tem nada para escrever. Tenho que lhe dizer algo, qualquer coisa. Tenho que contar a ele a próxima história, mas parece que só consigo dormir.

O aparelho emite um sinal sonoro e eu relaxo a mandíbula, passando o bastão para Mark, que o leva ao rosto.

— Trinta e sete ponto sete.

— Eu disse que estava bem.

— Seus calafrios dizem o contrário.

— Estou *bem* — digo isso mais alto e ele levanta uma sobrancelha para mim. Aposto que a esposa dele lidou melhor com a morte. Aposto que ela usava maquiagem, fazia brincadeiras e era um daqueles indivíduos irritantemente felizes. Ela provavelmente não o mandou embora de casa, nem gritou com ele. — Volte para o seu hotel.

— Vou daqui a pouco. — Ele está dizendo isso há dois dias. Se eu soubesse onde está meu telefone, ligaria para Kate e reclamaria. Eu a teria chamado, apenas como desculpa para fazê-lo sair. Mas não sei onde está o telefone. Não sei, no momento, muita coisa. — Beba um pouco de água. — Ele estende uma garrafa e eu a pego. Tomo o suficiente para molhar a língua, mas só um pouco. Nada está parando no meu estômago. Meu corpo, assim como minha mente, me odeia.

42

A gripe me dá uma trégua, e dois dias depois sou capaz de comer uma refeição de verdade. Kate chega à cidade e traz um tabuleiro de Scrabble. Jogamos na cozinha e eu venço os dois com folga. Quando eles saem, vão juntos. Observo sua mão nas costas dela e sinto um leve aperto de saudade. Faz tanto tempo que não sou tocada. Acariciada. Cuidada. Houve um beijo entre Simon e eu, na manhã do dia em que ele morreu — um beijo rápido no caminho para a porta. Naquele beijo tinha amor? É difícil lembrar, minhas lembranças estão manchadas por tudo o que aconteceu naquele dia.

Outubro chega, e eu faço um esboço, escrevo uma introdução e conto a Mark sobre o segundo ano de Bethany. Foi melhor. Menos choro. Menos frustração. As palavras dela aumentavam dia após dia, com pronúncias hesitantes, e um sorriso largo brilhava com nossos elogios. Mark e eu nos sentamos na varanda dos fundos e observamos as últimas folhas caírem das árvores, enquanto eu contava a ele sobre nossos passeios, como Simon e eu pegávamos a mão dela e a balançávamos no ar, a ponta dos seus tênis brilhantes reluzindo em nossa direção antes de ela pousar. Mark acende o fogo na sala de estar e eu descrevo os fortes que construímos, por toda a casa, com lençóis esticados nas cadeiras da sala de jantar e enfiados sob os pés do sofá, com lanternas iluminando os interiores e um mar de travesseiros dentro.

Me deito no sofá, observando o giro lento do ventilador, e conto a ele sobre ela cantando, sua vozinha enchendo o banheiro, enquanto eu esfregava seu cabelo com xampu de frutas vermelhas.

— *Canta, mamãe.*

Ela estendeu um microfone imaginário e eu me inclinei para perto, afastando meu cabelo com a mão ensaboada. Emparelhada com sua voz, a minha parecia alta e profunda, nossas melodias ecoando nas paredes de azulejos. Antes de sair, ela desenhou carinhas no vidro embaçado da porta do box.

Acordo e ouço a voz baixa de Mark, que está com o celular no ouvido, de costas para mim, enquanto caminha pelo corredor. Ele diz o nome da filha e ri de algo que ela fala. Fecho os olhos e flutuo de volta para o nada.

Os dias se confundem com uma mistura de comprimidos e exaustão crescente, e, quando acordo, ele escreveu mais dois capítulos, nos levando para os dias felizes de Bethany — seu tempo adorável aos três anos de idade. Leio suas palavras, sorrio e assinto, enquanto minha caneta deixa notas nas margens. Tento me concentrar nessas lembranças felizes, naqueles momentos brilhantes da vida dela, mas não consigo aproveitar nada disso, pois sei o que está por vir.

43

Todos nós vivemos no mesmo estado de inconsciência? Achei que ele me amasse. Que a aliança em seu dedo significasse algo e que o fato de eu ter adotado seu sobrenome nos ligasse de alguma forma. Achei que quando ele sorria para mim, quando estendia a mão e segurava meu rosto, enquanto seus lábios cobriam os meus... pensei que tudo isso fosse como tijolo, sólido e forte, os elementos básicos de uma vida juntos.

A carta, dobrada e enfiada no bolso de trás da calça jeans, resgatada um momento antes de cair na máquina de lavar... muda tudo isso. Naquela carta, quando li as palavras dela... tudo de puro e amoroso entre nós implodiu.

Eu deveria tê-lo deixado naquele momento. Talvez ninguém tivesse morrido.

— Quem era ela? — Mark me passa o chocolate quente e eu o pego com cautela, observando o líquido cremoso quase escorrendo pela borda. Levo aos lábios e tomo o suficiente da parte superior para reduzir o risco de derramamento.

— Não tomo chocolate quente há séculos — observo, levantando a lata gigante de chantili e distribuindo cuidadosamente um monte enorme na bebida.

— Helena. — Ele se encosta no balcão, cruzando os braços. — Quem *era* ela?

— Não sei. — Pego um punhado de minimarshmallows e os jogo na caneca. Com ela nas mãos, passo pela sala de jantar vazia e vou para a sala de estar, me acomodando com cuidado no chão, diante do fogo. — Nunca descobri.

Sempre me perguntei sobre a fidelidade de Simon. Um homem tão atraente, engraçado, gentil... Eu sabia que as mulheres nos olhavam, nos comparavam, conspiravam contra nós. Ele era o marido que todas queriam. Eu era a garota estranha, com orelhas grandes e peito chato, a que incomodava e fazia careta, e nunca deixava Simon se divertir.

— Você tentou? — Ele me segue para dentro da sala, se agacha diante do fogo e pega o atiçador da lareira.

— Não. Acho... — Fecho os olhos e tento lembrar daquele dia. — Acho que tinha muito medo de descobrir. Se ela o amasse, então talvez ele a amasse também. E onde isso nos deixaria?

— Você estava preocupada que ele te deixasse.

— Sim. — Apoio a caneca e abraço os joelhos contra o peito. Ataquei Simon no momento em que ele chegou em casa, gritando acusações com minhas inseguranças em fúria. Jurei deixá-lo, mas ele me pediu para ficar. Eu o xinguei, e ele disse que me amava.

Diante do meu marido, com aquela carta na mão, considerei um cenário em que Simon e eu nos separávamos. Pensei em uma vida sem ele e Bethany. Imaginei outra mulher brincando com minha filha antes do jantar e passando a noite na cama com meu marido. O pensamento me encheu de medo e tanto desespero que, quando ele alegou inocência, acreditei. Cedi e aceitei — e deixei de lado as palavras da carta. *Eu te amo. Quero que você me beije de novo.* Acreditei quando ele jurou que tinha achado o bilhete, que não era dele. *Quero ser sua.*

Decidi acreditar, mas nunca mais confiei nele. E essa diferença, aquele pequeno ajuste no nosso relacionamento... iniciou uma rachadura em nossa carapaça da qual nunca nos recuperamos.

Inclino a caneca para trás e evito os olhos de Mark.

A porta da frente se abre. Viro a cabeça e vejo as botas de Mark caminharem para dentro pelo piso polido. Ele está com lenha na mão e se afasta da vista, indo para o lado esquerdo da casa. Quando chega à sala, ouço o barulho alto de toras contra o piso, o som da madeira enquanto ele a empilha. A porta da frente não está totalmente fechada e eu olho, observando-a balançar lentamente, ficando um pouco mais aberta. Ridículo da parte do homem trazer o frio para dentro enquanto tenta aquecer a casa. Suas botas fazem barulho, e o som se assemelha ao de um elefante. Relaxo um pouco quando ele fecha a porta e tranca. A faxineira vai ter que voltar. Esfregar o chão, limpar a bagunça dele. Outra pessoa. Outra invasão. Dou uma garfada em um pedaço de brócolis reaquecido que Debbie cozinhou e o levo à boca.

Ele tira as botas e entra na cozinha, indo direto para a cafeteira.

— Quer mais?

Balanço a cabeça e viro a página.

— Pensei em acender a lareira de novo hoje à noite. Talvez chegue uma frente fria. As temperaturas estão caindo para menos um.

— Tudo bem. — Ele é obcecado pelo clima. O aplicativo que ele usa com mais frequência mostra pontos de radar e orvalho, como se algum fator externo fosse alterar nosso progresso na escrita. Temos um termostato, o aquecedor funciona, não entendo o interesse obstinado pela aparência do jardim da frente. Risco uma frase desnecessária, e ele se senta na outra cadeira. — Kate vem para a cidade hoje à noite. Ela está perguntando se você gostaria de ir ao cinema.

Paro a caneta no meio de um ponto de exclamação.

— Cinema? — Um arrepio familiar de paranoia se move através de mim. Eles falam de mim. Quando estão sozinhos. Comparando anotações, fazendo suposições, cálculos, avaliações da minha saúde e estado mental. Talvez tenham decidido que sou louca. Devem pensar que esse livro é ridículo, e que estou jogando meu dinheiro fora. Imagino que Mark tenha contado tudo a ela — sobre meu pós-parto, o hospital. Talvez ela ache que eu devo ser interditada. Acho que ela pode estar revendo todos os meus contratos e cancelando aqueles que não a agradam, os que pode rejeitar por razões de incompetência. Sinto calor pela primeira vez em uma semana. Recuo no encosto da cadeira, e a caneta cai dos meus dedos.

— O que há de errado?

— Não fale com ela. — As palavras sibilam, e ele me olha confuso. Uma vez, Simon pareceu confuso. Seu rosto era uma máscara inocente que escondia todas as intrigas que havia feito com minha mãe.

— Com quem? Kate?

— Ela é *minha* agente. — *Ela é minha filha. Ele é meu marido. Esta é a minha família.* Gritei essas palavras mais de uma vez para minha mãe. Ela parecia menos confusa que Mark.

— Não estou tentando roubá-la.

Fecho os olhos e tento me concentrar. Minha mente se solta do coquetel de Vicodin e Klonopin, que deveria me relaxar, mas só parece piorar tudo. Já não lembro por que estou chateada. Algo sobre Kate. Mark e Kate. Solto um suspiro e me lembro de que eles não são Simon e minha mãe, que a amizade deles não é uma tentativa de tirar minha filha de mim.

— Quer falar com ela? — Ele coloca o celular na minha frente. — Tudo bem. Aqui está o meu telefone. *Você* fala com ela.

Travo o maxilar, fazendo a flexão dolorosa de um músculo que não costumava doer.

— Não quero falar com ela. Nenhum de nós precisa falar com ela, ir ao cinema, ou fazer qualquer coisa, exceto escrever. É por isso que você está aqui. — Bato nas páginas diante de mim e deslizo o dedo pela página. — É nisso que nós precisamos nos concentrar.

Ele não diz nada, e eu o encaro rapidamente, bem a tempo de ver o pesar atravessar seu rosto antes que desapareça.

— Não — grunho. — Não me olhe dessa maneira.

Simon teria perguntado do que eu estava falando. Minha mãe teria feito uma lista de perguntas elaboradas para descobrir a raiz dos meus sentimentos. Bethany teria franzido o rosto e começado a chorar. Mark se limita a sorrir. Não é de admirar que ele tenha tantas rugas. Estou surpresa que seus dentes não sejam mais brancos por causa da exposição.

— Relaxe, Helena. — Ele pega sua xícara de café e fica de pé, deixando o celular na minha frente. — Você está tentando matar o mensageiro. Só estou passando o recado.

— Isso está nojento. — Olho para o celular. A tela está pontilhada de impressões digitais e deve ser uma fossa de bactérias. Não o vi limpá-lo uma única vez. Ele só lava as mãos depois que vai ao banheiro. Quando olhei em sua mochila, ele não havia nem guardado o fio dental.

— É uma comédia — ele fala da pia, sua voz soando alto sobre a água corrente. — Pode ser bom para clarear nossa mente.

Ele está falando sobre o filme como se ainda fosse uma possibilidade. Não vou ao cinema. O último filme que vi foi uma animação, com Bethany. Eu a busquei no jardim de infância, nós matamos aula, comemos balas em tira e tomamos geladinho, e Simon disse que eu estava dando um péssimo exemplo.

— Nada de filme. — Uso a ponta da caneta para afastar o telefone. Talvez a estrutura simples das frases chegue até ele. Autor ruim. Nada de filme. Agora, escreva.

— Quer trabalhar no próximo capítulo?

Próximo capítulo? Ainda estou exausta desde o último, que levou três dias e me deixou emocionalmente esgotada. O próximo era sobre o quarto ano de Bethany e minha luta contra eles. Estamos subindo a colina em direção ao clímax, embora Mark ainda não saiba. Ele não tem ideia de que todas essas peças, todas as histórias, são blocos de dinamite, cuidadosamente colocados e posicionados para a explosão final.

— Helena? — Mark me chama. — Quer fazer o próximo capítulo?

— Ainda estou editando este. — Ele deveria saber disso, ver que ainda tenho uma dúzia de páginas pela frente.

— Então eu vou embora. Precisa de alguma coisa antes que eu vá?

Sinto algo pairando no ar, algo que ele está escondendo. Ele quer ir embora daqui, mas nunca sai cedo. Largo a caneta e me viro, realmente olhando para ele pela primeira vez.

44

MARK

Desconfiança não é uma imagem nova para Helena, mas ainda atinge seu coração. Mark se move contra a borda do balcão e encontra o olhar dela. Ela parece estar calculando, olhando peças de quebra-cabeça e as juntando. Ele a ajuda. Suas palavras são lentas e sem emoção, e as frases, o mais claras possível.

— Vou buscar Kate no aeroporto às sete. O filme começa às oito. Gostaria de vir com a gente?

— Nada de filme. — As palavras são rápidas, uma resposta automática enquanto ela continua a pensar.

— Tudo bem. — Ele solta um longo suspiro. — Quer ir ao aeroporto comigo para buscá-la?

— Precisamos trabalhar. — Ela está presa a isso. Sua dedicação é impressionante, se não exaustiva.

— Não posso escrever mais nada até que você me fale o que dizer. — Esse lado dela é novo. Ele quer fazer perguntas, mas não quer começar uma briga. Ela está tomando medicamentos suficientes para matar um animal pequeno, e ele já lidou com alguns deles antes, lidou com os efeitos colaterais do aumento da irritabilidade, que ocasionalmente transformavam Ellen em uma megera furiosa.

— Sinto muito. Eu fico paranoica com... — Ela suspira. — Coisas. Não me importo que você e Kate sejam próximos, mas não quero que você conte a ela nada sobre *isso*. — Ela bate no topo do manuscrito com o dedo, e ele vê a vulnerabilidade nos seus olhos. Uma centelha de entendimento se incendeia.

— Não vou contar. Não falamos sobre nada disso. — Suas conversas com Kate são estritamente focadas em Helena, mas nunca *nisso*. Eles são quase profissionais em seu contato, telefonemas sobre compras, consultas médicas, resultados de exames de sangue e arranjos de viagem. Ele espera, em todas as ligações, uma pergunta sobre o manuscrito, mas nunca houve nenhuma.

— Sou uma pessoa muito reservada.

— Não falo com ninguém sobre as coisas que você me diz. — Ela deve ler a verdade no rosto dele, pois seus ombros relaxam um pouco e a voz diminui de intensidade.

— Desculpe. — Ela olha para baixo. Seus dedos alinham as páginas, tornando-as perfeitamente retas na pilha.

— Não precisa se desculpar.

— A minha mãe e Simon... — A voz dela diminui e ele cruza os braços sobre o peito, esperando-a falar. Ela aperta os lábios, enquanto passa os olhos pela mesa. — Não tenho que assumir que você é igual. — Ela olha para cima, e desaparece a esperança de Mark de que ela faça uma revelação.

Sua expressão é fechada, se tornando cada vez mais familiar. Quando ela fica assim, não há descobertas, confissões do passado, histórias para registro. Quando ela fica assim, ele só pode recuar e esperar.

— Aproveite o filme. — Ela sorri, e não há nem um pouco de sinceridade por trás do gesto.

Ele espera por mais, mas ela pega a caneta de volta e ele a perde para as palavras. Inclina a cabeça, o corpo relaxa e os olhos se movem. Quando ele sai, a casa está quieta e, na metade do caminho até o hotel, ele percebe que não acendeu a lareira para ela.

45

Meus ganhos se tornaram excessivos. Simon não precisa mais trabalhar, mas decidiu continuar. Não preciso mais escrever, mas a escrita nunca teve relação com dinheiro. Então eu escrevo enquanto ele trabalha e gasta.

Primeiro, um novo Jaguar cupê, no qual a cadeirinha de Bethany não se encaixava. O carro ocupava o único lugar disponível em uma garagem que estava ficando lotada. O veículo causou muitas brigas e foi rapidamente substituído por um Range Rover.

Depois, um veleiro, com meu nome estampado na lateral, como se isso tornasse a compra terrível uma coisa boa. Na verdade, o Helena *era uma obrigação cara. Simon queria passar o verão nele, conversava sobre eu escrever em mar aberto, como se fosse emocionante tomar banho com um galão de água, vomitar devido ao mau tempo e estar sempre atento para garantir que Bethany não caísse. Pagamos o aluguel da marina para aquele barco por dois anos antes de ele ser vendido. Todo mês eu sentia ódio quando assinava aquele cheque. Todo mês uma pequena parte sombria de mim desejava que ele saísse navegando, pegasse uma tempestade e nunca mais voltasse.*

Então, esquis. Um refrigerador Sub-Zero. Persianas automatizadas que subiam e desciam com o clique de um controle remoto. Piso aquecido no nosso quarto. Ingressos para a temporada e um camarote para algum time de futebol a três horas de distância.

Ele não para de gastar, e eu só observo, mas não digo nada. Nossa casa se enche de coisas. Fecho a porta do meu escritório e escrevo. Quanto mais eu ganho, mais ele gasta.

Talvez sejamos normais. Talvez todo marido enlouqueça sua esposa. Talvez toda esposa se sinta insuficiente.

Mas não me parece normal. Parece que estamos em guerra. Uma guerra que estou perdendo.

Escrevo, esboço, depois deixo o bloco de notas de lado e acendo o fogo da maneira que aprendi. Um pedaço de jornal, uma tira fina, fica encostado na base de um tronco. É como uma tenda ao redor de gravetos. Acendo o fósforo e olho para a chama. Minha mão o protege enquanto levo para a base da pilha, e os três primeiros queimam antes que qualquer coisa pegue fogo.

Então vejo um brilho de combustão e a chama subir pelo graveto, depois de um segundo. O jornal pega fogo e há um pequeno vush com a ação. O estalo quente traz um sorriso ao meu rosto. Simon odiava lareiras, seu teimoso chauvinismo nunca me permitindo lidar com a tarefa. Suas tentativas eram lamentavelmente inaptas. Todo inverno, nesta casa, ele tentava acender a lareira. Todo inverno havia xingamentos. O fluido de isqueiro era trazido da garagem, e a sala cheirava a fracasso e calor quimicamente criado. O fogo de Mark foi o primeiro fogo autêntico nesta lareira. E agora o meu. Deixo a grade aberta e recuo até chegar ao sofá, me recostando no couro enquanto observo as chamas, sua lambida e faísca, o salto das brasas, a fumaça subindo pela chaminé. O calor aquece minhas pernas e eu fecho os olhos, apreciando o momento.

Quando batem na porta, quase não ouço.

Escrevi meu primeiro romance sobre minha mãe. Dizem que se deve escrever o que se conhece, mas eu não a conhecia. Escrevi sobre ela para entendê-la. Construí um mundo ao redor de uma personagem para poder viver no lugar dela, pensar seus pensamentos, entender suas intenções. Escrevi cem mil palavras e mal entendi nenhuma delas.

Os leitores não se importaram. Eles amavam a mulher que eu não amava. A abraçaram quando o marido foi embora. A apoiaram quando ele reapareceu. Eles nunca leram a verdade. Enterrei aquelas páginas no fim de um dos meus diários — meu conhecimento do mundo do romance avançou o suficiente para entender o valor de um final feliz. Então, dei um para minha mãe.

Quando meu pai voltou, eles se apaixonaram. E, quando a filha fugiu dele, ele a perseguiu, a abraçou e a amou.

Toda a segunda metade foi de mentiras. Quando meu pai voltou, eu tinha oito anos e minha mãe estava amarga. Não houve reencontro alegre. Houve muitos gritos. Quando fugi dele, ele me chamou de nerd. Quando acordei pela manhã, ele tinha ido embora. E nem naquela época, usando uniforme da terceira série, nem como caloura da faculdade me importei com isso.

A última vez que falei com minha mãe, eu estava vestida de preto e encolhida contra o vento, olhando para uma lápide nova. Ela tentou me abraçar. Disse que me amava. Em resposta, eu disse a verdade.

Disse que a odiava por colocar Bethany e Simon contra mim. Por me chamar de inapta. Por ficar do lado dele. Por tirar minha filha de mim. Todos os pecados imperdoáveis, aqueles pelos quais eu só poderia puni-la com um silêncio cruel, telefonemas ignorados e palavras rancorosas grunhidas ao lado de um carro funerário preto.

Jurei, naquele cemitério, nunca mais falar com ela, a menos que ela encontrasse uma maneira de devolver minha filha.

Abro a porta da frente e essa ameaça se espalha pelo vento.

46

Em qualquer outra noite, Mark estaria aqui. Seria ele quem atenderia a porta e lidaria com isso. Mas hoje estou desprotegida e exposta quando encontro seus olhos.

— Mãe. — É apenas uma palavra, mas queima ao sair.

— Helena! — Ela recua a cabeça e arregala os olhos alarmada. — Você está bem? Sua aparência está *terrível*.

Baixo os olhos automaticamente para o espaço a seu lado, para ver se Bethany está ali. É por hábito, e meu estômago se aperta e meu coração fica frustrado com a lembrança.

— Estou bem. — Puxo de forma consciente a gola da blusa, grata pelo tecido volumoso que esconde meu corpo magro. Ela olha para dentro da casa, observando os espaços atrás de mim, e luto contra o desejo de me virar para ver o que ela faz.

— Posso entrar? — Ela está usando um suéter ferrugem. Seu cabelo está mais curto, agora quase completamente branco. Está com um cachecol no pescoço, mas não usa jaqueta, e esfrega os braços como se estivesse com frio. É um momento estranho para ela, já que estar preparada é uma habilidade que ela me ensinou desde cedo. Faça listas. Embale as coisas adequadamente. Se prepare para situações desconhecidas. Eu era a criança na escola que tinha uma muda de roupas de reserva na mochila. Tínhamos rotas de emergência contra incêndio em casa e kits de primeiros socorros no porta-malas. Participávamos de cursos de treinamento em ressuscitação cardiorrespiratória nos fins de semana, e, se algum dia eu for abandonada no deserto, posso produzir uma chama com dois gravetos e determinação. De certa forma, sou exatamente como minha mãe, e talvez esse sempre tenha sido o nosso problema.

Ela tem que ter uma jaqueta. Se essa atitude trêmula e uma tentativa de conseguir entrar, ela deveria me conhecer melhor do que isso.

— Não. — Fecho a porta até que ela fique apenas entreaberta, o suficiente para eu ver tudo e ela não ver nada. — Vá embora.

— Helena. — Ela levanta a mão. — Estou aqui por uma razão.

Ah, que bom. Não consigo pensar em nada que eu queira saber menos do que a razão dela para vir aqui.

— Uma mulher apareceu no consultório hoje. — O consultório. Aquela sala estéril onde relacionamentos são julgados e famílias criticadas. Faz meia década que estive lá, mas aposto minha vida que é exatamente a mesma coisa. O lugar tem um sofá de tuíde preto. Uma tigela de balas em cima da mesa dela. A vista da cidade através das janelas não tem riscos. O clique da caneta contra o caderno. *Você sente amor por Bethany?* Minha mãe engole em seco e há mais rugas do que antes, nos últimos quatro anos cruéis. Ela acha que estou horrível? Idem, querida mãe. — É uma repórter...

— Charlotte Blanton — interrompo, ansiosa para saber.

— Ah. Sim. — Ela fica surpresa e desvia o olhar. — Então você a conhece.

— O que ela queria? — Minha mãe é profissional, alguém que me considera mais uma paciente do que sua filha. Não estou preocupada com o que ela disse a Charlotte Blanton. Seus padrões profissionais não permitiriam fofocas ociosas.

— Ela fez perguntas sobre Simon. Sobre você. — Sua mão treme quando alcança o cachecol, dando um tapinha na seda. — E Bethany. Ela queria saber sobre Bethany.

Qualquer medo que eu tivesse sobre Charlotte Blanton se transforma em algo mais profundo e mais sombrio. Atinge o nível em que assassinatos são tramados e os instintos de mamãe-urso começam a brigar. É um lugar familiar, e luto para manter o rosto calmo, a boca quieta. Não posso me distrair com Charlotte Blanton agora. Tenho de trabalhar. Mark e eu precisamos escrever. E minha mãe... ela precisa *ir embora*.

Os faróis iluminam a varanda escura, e minha mãe se vira, levantando a mão e protegendo o rosto. Uma caminhonete entra na garagem, e é Mark. O pânico me atinge. Ela não pode encontrá-lo. Na cabine, vejo cachos e cores. Abro a porta da frente e passo para a varanda.

— Tenho que ir. Meus amigos estão aqui para me buscar.

— Seus o quê? — Desço correndo os degraus, e ela corre atrás de mim. O som dos seus saltos soa mais devagar enquanto ela tenta descer a escada escura. Estou contornando o capô da caminhonete, acenando com falso entusiasmo para Mark, quando ela me chama. — Helena, precisamos *conversar*!

Abro a porta do passageiro e pulo sobre o corpo de Kate. O tempo é muito curto para ela se soltar e se mover, e vejo os faróis da caminhonete iluminarem minha mãe e sua perseguição.

Fecho e travo a porta, e meu joelho esbarra na barriga de Kate, que sibila em um bufo doloroso.

— Me desculpe — murmuro ao finalmente me sentar. — Vamos! — Dou uma cotovelada em Mark e ele apenas ri, mudando a marcha para ré. Seu cotovelo todo está no meu espaço pessoal.

— Quem é essa louca? — Kate sussurra. Seu corpo está inclinado para longe da janela, e sinto o cheiro do seu perfume esmagadoramente doce. Minha mãe bate no vidro e corre atrás de nós enquanto Mark dá ré e sai da garagem. Ela para na porta, olhando nos meus olhos. A conexão é interrompida pelos cachos de Kate, cujo rosto se volta para mim; vejo uma mancha de batom nos dentes da frente.

— É a minha mãe — digo baixinho, me acomodando, enquanto procuro a fivela do cinto de segurança. — O timing de vocês foi bom. — Me viro no banco e olho pela janela traseira. O corpo dela se encolhe quando nos afastamos, e acho que devo ficar agradecida por ela não nos perseguir de carro.

— Ah. — Kate se recosta no banco de couro. — Sinto muito. Não quis dizer louca de um jeito *ruim*.

— Tudo bem. — Louco simplesmente define uma pessoa que você não entende. — Pode virar à direita mais à frente. Tem uma rotatória grande, você pode retornar.

— Retornar? — Mark olha para o relógio. — O filme começa daqui a meia hora.

— Não vou ao cinema. — Se isso fosse um romance, eu traçaria uma grande linha sobre este trecho, com a palavra REPETITIVO escrita em maiúsculas. Ao lado da descrição do personagem de Mark, eu adicionaria "cabeça de vento", por nenhuma outra razão além de fazer Bethany rir, onde quer que ela esteja.

— Era por isso que nós estávamos chegando — Kate comenta e, se ela tiver deixado alguma gota de perfume no frasco depois de aplicar em si mesma, eu ficaria chocada. — Para te buscar!

— E você já está na caminhonete — Mark diz as palavras com seriedade, como se minha presença física significasse alguma coisa. — Eu realmente não tenho tempo para voltar o caminho *inteiro* até a sua casa. — Ele olha para mim e estremece, um gesto excessivamente dramático que transmite zero remorso.

— Ah, por favor. — Cruzo os braços sobre o peito. — Isso é ridículo. Mal saímos do bairro e eu estou de pijama, pelo amor de Deus. — *Bethany, sentada à sua mesa, usando macacão de pijama, com estampa de dinossauro.*

— E meias — Kate fala, mas não ajuda em nada.

— E meias — Mark repete, em um tom projetado para irritar.

— E meias — concordo. — Pijama e meias. Não posso ir a lugar nenhum, exceto voltar para minha casa. Nada de filme.

— É com o Matthew McConaughey. — Kate se inclina na direção dos seus pés e pega uma bolsa, grande o suficiente para guardar uma bola de boliche, caso essa atividade também esteja na agenda.

— Bom para ele.

— E de ação — Mark assinala. — Ação muito viril.

— Eeeeee... — Kate encontra o que estava procurando e tira um punhado de chocolate da bolsa. — Eu tenho doces!

— Doce ilegal. — Franzo a testa. — Isso é contra as regras.

— Quais regras? — Ela para quando está quase abrindo um pacote de M&M's e posso ver o prenúncio de uma confusão de chocolatinhos derretidos dentro de sua bolsa.

— As regras do cinema. — Posso não ir ao cinema há cinco anos, mas tenho certeza de que o modelo de negócio não mudou. O valor dos ingressos é referente aos filmes. O lucro vem da lanchonete. Inclino a cabeça e vejo a borda de um saquinho Ziploc. — O que é isso?

— Nada. — Ela segura o topo da bolsa, fechando-a com força. — Você é desse jeito mesmo, quer dizer, segue *todas* as regras? Pensei que fossem só as suas.

— Então você acha que eu crio regras, mas ignoro as das outras pessoas? — Há uma palavra para isso. Uma palavra óbvia, que eu deveria ser capaz de pronunciar sem um pingo de esforço. Minha cabeça se esforça inutilmente. Ah, Deus. É este o começo da morte? Vai ficar ainda pior? Se não consigo pensar *nessa* palavra, essa palavra simples e óbvia... Mark vira à direita e Kate está dizendo algo sobre o preço dos ingressos ser um crime. Ele desvia de um carro lento e a bolsa dela bate na minha perna. Está fria o suficiente para que eu sinta através da fina flanela da calça. Estendo a mão e puxo a alça da bolsa dela. — Você está levando gelo aí dentro? — Posso ver agora o saco do tamanho de um galão, cheio de cubos de gelo, dois refrigerantes diet, sendo um dentro de um copo de cinema levemente esmagado. — E um copo usado?

Ela fica vermelha, puxando a bolsa para longe e empurrando-a contra o piso. Em seguida, mastiga o M&M antes de engolir.

— É um copo de plástico, Helena. Eles *podem* ser reutilizados — ela diz, do mesmo jeito que Simon costumava falar. Como se eu fosse louca e suas ações fossem perfeitamente normais.

— Estou sem sapatos. — É a única resposta em que penso e realmente não ajuda minha causa.

— Nós podemos comprar. — Kate sorri, e posso dizer agora que eles vão tentar tornar essa experiência divertida. Não quero diversão. Quero estar de volta na minha sala de estar, na frente do fogo. Eu poderia estar relendo as páginas de Mark. Poderia estar esboçando o próximo capítulo, não que Mark vá escrever esta noite. Ele parece ter descartado completamente o trabalho; o foco dele está nesta bobagem.

— O shopping está aberto. — Mark aponta para o complexo gigante, que cresceu desde minha última visita. O cinema fica ali dentro, em algum lugar nos fundos. — Posso correr e comprar um par de sapatos.

— *Eu* faço isso. — Kate parece ofendida, e me sinto como uma criança presa entre os pais. O fato de eu não *querer* ir ao cinema parece estar esquecido para os dois.

— O Mark pode ir. — Terei mais sorte com Kate no carro sozinha. Posso ordenar que ela cancele essa estúpida viagem de campo e me leve de volta para casa antes que Mark descubra a diferença entre sapatilha e alpargata.

Aponto para a entrada oeste. — Estacione ali. — Ele entra em uma vaga e tento me lembrar do layout do shopping, em busca de uma loja o mais longe possível de nós. — Meu número é trinta e nove. Quero...

— Vou achar um par. — Ele desliga o motor e abre a porta.

— Não vai deixar a caminhonete ligada? — Exagero no tom de preocupação, e ele inclina a cabeça com suspeita. — Está frio — acrescento, afundando no assento, na tentativa de parecer o mais lamentável possível. Ele não pode nos deixar no frio. Ele não vai fazer isso. Vai contra todos os ossos protetores daquele corpo grande.

— Eu sei o que você está pensando, Helena.

Arregalo os olhos. Faço uma expressão inocente que não uso há anos, desde que fui questionada pela polícia pela última vez. Ele balança a cabeça para mim, tira a jaqueta e me entrega.

— Mantenha as portas fechadas e você vai ficar bem pelos próximos dez minutos. — Ele fecha a porta sobre minha resposta. Grunho contra o couro do casaco.

— Vocês me sequestraram, percebe isso? — Volto minha raiva para Kate, que está no meio do processo de desembrulhar uma bala de caramelo.

Ela coloca o quadrado amarelo na boca.

— Você... — ela se atreve, falando com o doce na boca — entrou no carro com a gente e gritou para irmos embora. Acho que não pode chamar isso de sequestro. Além do mais — ela se ilumina —, vai ser divertido! Quando foi a última vez que você foi ao cinema?

47

KATE

Ela não sabe por que, mas é a coisa errada a dizer. Ela *sempre* escolhe as coisas erradas a falar. Na semana passada, cometeu o erro horrível de parabenizar uma mulher grávida que estava, na verdade, um pouco gordinha. E esse era só um exemplo. Havia mais cem, todos acompanhados pela sensação de culpa que atingia seu estômago agora.

Helena expira e sua raiva se transforma em outra coisa. Tristeza? Ela desvia o olhar, em direção ao shopping. Talvez ela deseje que Kate tivesse entrado no lugar. Há uma reviravolta de ciúme no relacionamento fácil que ela parece ter com Mark. Suas interações carecem da rigidez que Kate sempre sentiu com a mulher. Isso não é justo. Ela defende Helena há treze anos. Ajudou a torná-la famosa e a protegeu contra editores, imprensa e leitores.

No entanto, foi Mark quem Helena deixou entrar. Quando discutem, ela nem pisca. Quando ele toca seu ombro, ela não se afasta. E esse livro... seja o que for... ela está compartilhando com ele. Talvez seja por isso que o relacionamento deles tenha progredido tão rapidamente. Deve ser algo entre duas mentes artísticas. O processo de escrita é um vínculo, um tipo de interação pessoal a que seus contratos e prazos não podem ser comparados.

Ela abandona a pergunta sobre filmes. Talvez o último filme a que Helena tenha assistido tenha sido assustador, algum filme horrível de terror que desencadeou um ataque de pânico. Ou pode ter sido uma daquelas biografias dolorosas, do tipo que parece ótimo em trailers e depois acaba entediando por cento e vinte minutos dolorosos. Ela coloca a mão no espaço perto da porta e joga o invólucro da bala no chão.

— Não acredito que ele nos deixou aqui fora no frio — Helena resmunga contra o couro da jaqueta de Mark.

— Nem eu. — Kate se aquece com a ideia de uma imperfeição. — Que idiota. — Se unir a ela por causa de um inimigo comum é uma estratégia que pode funcionar. — Quero dizer — ela continua —, por que ele não deixou a caminhonete *ligada*? Ninguém vai roubar o carro com a gente aqui dentro.

Helena se vira para ela, a palavra IDIOTA escrita em suas feições.

— Ele não queria que *eu* a roubasse e voltasse para casa. Ou que eu te fizesse me levar para casa.

— Ah. — Kate se mexe no assento, com Helena desconfortavelmente perto, ainda que o assento de Mark esteja vazio. — Essa era a sua intenção?

— Claro.

— Você não quer ir ao cinema? — Isso simplesmente não faz sentido. Não é como se Helena tivesse outros planos. E esse filme deve ser hilário. Seria bom para ela rir um pouco. Kate apostava que não ria desde... sua mente instantaneamente fica sóbria. Desde a garotinha que dormia no andar de cima.

— Não — Helena diz de forma breve, se virando para o shopping, e observa um casal que passa. O homem coloca o braço ao redor da mulher, e Helena desvia o olhar.

— Vai ser engraçado — Kate diz calmamente. — Eu li que é bom, enquanto se está escrevendo, descansar a cabeça de vez em quando.

— Obrigada pelo conselho de escrita criativa — Helena fala com firmeza. — Nunca fiz isso antes.

Ela está em rara forma esta noite. Kate *sabia* que não deveriam ter ido à casa dela. Ela tentou dizer a Mark que era perda de tempo, que Helena — se já tinha recusado o convite para o filme — não mudaria de ideia. E agora ele está na segurança do shopping aquecido, enquanto ela congela com uma cliente possivelmente sequestrada. — Como está indo com o Mark? O livro, quero dizer.

— Tudo bem. Ele é talentoso, o que é uma boa surpresa.

— Quanto vocês já escreveram? — Ela move a mão dentro da bolsa devagar, roubando outra bala de caramelo.

— A regra é não comer no carro, Kate.

— Sei disso — ela responde, na defensiva. Exceto, é claro, que ela meio que não sabia. Não quando Helena olhava para o menor ruído de embalagem ou de mastigação ou cada vez que o gelo se mexia em sua bolsa e fazia barulho. Talvez ela *não devesse* ter trazido o gelo. Mas ninguém mais tinha Dr. Pepper diet. E ela não queria passar o filme inteiro sem beber nada. E supôs, enquanto enchia a bolsa na máquina de gelo do hotel, que Helena não viria, então por que isso ia importar? Mark não se importaria. Mark provavelmente nem iria *notar*.

Agora ela se sente estúpida e gorda, incapaz de parar de comer durante a chance de ter uma conversa real com sua cliente. No cinema, não haverá como conseguir retirar o saco de gelo, o copo e servir o refrigerante contrabandeado. Não com Helena bem ao seu lado, toda horrorizada e rigorosa, com seu corpo naturalmente magro e... Ela se contém. Helena está morrendo. Se houver uma festa de piedade, Kate é a anfitriã errada.

— Estamos quase na metade do livro. — Não há um pingo de alegria na voz de Helena. Suas palavras são maçantes. Se tivessem cheiro, seria de derrota.

— Na metade? — Ela analisa a resposta, calculando o prazo. — Está adiantado, não é? — Ela e Mark estavam trabalhando... havia quase vinte e dois dias? Vinte e três, talvez? E pelo menos metade desse tempo foram dias em que, segundo Mark, ela fazia pouco mais que dormir. Parece incrível que estejam tão adiantados. Eles já terão terminado no Dia de Ação de Graças! Seu último mês poderia ser passado... Ela colocou outra bala na boca, incapaz de imaginar Helena relaxando. Como é Helena calma e pacífica? O que ela vai fazer nas suas últimas semanas? Ela olha para a escritora. — Isso não é bom? — Qualquer autor ficaria satisfeito em completar quarenta mil palavras em vinte e poucos dias. Qualquer outro autor estaria muito feliz agora.

O rosto de Helena é tudo menos feliz.

— É bom. Fico feliz que estejamos cumprindo o cronograma.

— Você não *parece* muito feliz com isso — ela se aventura.

— Estamos nos aproximando de algumas cenas difíceis. Estou trabalhando isso na minha cabeça.

O desejo de fazer perguntas é quase doloroso, como guardar um segredo que está querendo sair. Ela sabe que não deveria, sua mente gritando PARE, e ainda assim a pergunta escapa.

— Sobre o que é o livro?

Helena se enrijece e estremece o corpo inteiro, como se o frio finalmente tivesse penetrado e ela se cristalizasse, do joelho à testa. Quando ela vira a cabeça para Kate, quase espera ouvi-la se despedaçar.

— Você não sabe? — A pergunta é lenta e quase acusatória, como se Kate *certamente* soubesse, como se isso fizesse parte da descrição do seu trabalho, e essa pergunta provasse sua incompetência, de uma vez por todas.

— Não — ela responde, quase impotente. — Sinto muito. — *Sinto muito*. Que coisa fraca de se dizer. Ron Pilar provavelmente nunca se desculpou com seus autores. Os autores dele é quem provavelmente se desculpavam.

— O Mark não te contou? — Helena não deixou isso passar. Ela insiste em envergonhá-la, em bater nessa mesma tecla, como a mãe de Kate fazia. *Sem acompanhante para o baile? Sério? Está brincando. Me diga que está brincando. Ninguém te chamou?* NINGUÉM? *Explique isso para mim.*

— Não. — Ela tenta encontrar coragem para dizer a única palavra em tom alegre e confiante, como se tivesse outros clientes e livros com os quais se preocupar, e essa não fosse a única coisa em seu minúsculo portfólio.

Os olhos de Helena veem tudo. Ela a examina como se fosse encontrar uma mentira, como se Kate fosse mentir quanto a isso.

— Ótimo.

Ótimo? Ela não sabe dizer se a palavra é pronunciada com sarcasmo ou sinceridade. Helena se inclina para a frente, e a jaqueta de couro cai do seu peito.

— Ele voltou.

Mark é uma figura sombria, atravessando o estacionamento, grande e volumosa, do tipo que levaria Kate a andar mais rápido na calçada, e segurar suas chaves como havia aprendido, uma entre cada dedo. Ele faz uma pausa ao lado da porta, olhando-as através do vidro, e depois a abre.

— Você não travou a porta. — Ele olha para Helena, que estende o braço.

— Eu sei. E, caramba, ninguém tentou nos roubar.

Ele sorri e Helena retribui, só a curvatura é visível para Kate, algo suficiente para pegá-la desprevenida. Ela ouve um farfalhar de plástico. Helena abaixa a cabeça, estende os cotovelos enquanto se remexe. Ela pega a calça de moletom e uma camiseta de manga comprida, depois um pacote de meias e uma caixa de tênis.

— Humm — ela fala, mas é impossível dizer se está satisfeita ou irritada.

— Vamos te dar privacidade para se trocar. — Mark começa a fechar a porta. — Kate?

— Hã? — Ela olha para ele e depois percebe seu erro. — Ah! — Ela procura sua bolsa e jaqueta, empurrando a porta sem jeito. — Só um minuto. — Ela teve dez minutos para ficar pronta, mas não está nem mesmo calçada. Enfia os pés nas botas e sai, dando a volta na caminhonete. Mark a encontra na traseira.

— Isso vai ser divertido — ele fala, sem sarcasmo algum.

— Vai ser interessante — ela responde. Ele é um idiota se acha que isso vai ser divertido. Diversão e Helena Ross... esses dois conceitos não combinam.

— Onde está o seu senso de aventura? — Ele se inclina quando faz a pergunta, e ela sente o cheiro dele, uma mistura de sabonete e masculinidade... do tipo que não mora nas ruas de Manhattan. Uma masculinidade que faz uma parte esquecida dela desmaiar.

Onde *está* seu senso de aventura? Provavelmente perdeu há anos. Independentemente disso, uma saída para assistir a um filme com Helena não deve ser a forma de trazê-lo de volta.

48

— Por que você não gosta da JayJay? — Bethany está sentada à minha direita, em um lugar vazio no chão, com páginas espalhadas diante dela e uma caneta hidrocor na mão. Ela fecha a caneta com cuidado e a coloca no chão, olhando solenemente para mim.

— Por várias razões. Provavelmente porque ela tentou esmagar meu espírito criativo. Ela nunca quis que eu escrevesse. Está sempre irritada comigo pelo meu sucesso e pela minha existência em geral.

— A mamãe não desgosta da JayJay — Simon sente a necessidade de interromper, parado à porta com um pano de prato na mão e me fuzilando com os olhos de maneira que ele deveria saber que vou ignorar. — Às vezes, ela fica chateada com ela.

— Não — eu digo, girando o telefone na mão —, eu não gosto dela. Você está certa, Bethany.

— Helena... — Simon avisa, se encostando no batente da porta.

Eu me agacho diante de Bethany.

— Às vezes, as pessoas agem de um jeito que não corresponde a quem elas são por dentro. Tem duas coisas diferentes em jogo com todos nós, em todos os momentos da nossa vida. Existe a maneira como nós agimos contra a pessoa que nós somos por dentro. A pessoa que nós somos cresce e se desenvolve na sua idade, Bethany. Agora, você é uma lousa limpa. Sua personalidade está crescendo e se desenvolvendo a cada interação, a cada decisão que você toma. Você pode ser teimosa ou mal-educada em alguma situação, mas isso não significa que você seja teimosa ou rude aqui. — Coloco a mão em seu peito, a palma firme contra o algodão macio da camiseta. — Ou aqui. — Movo a mão para sua cabeça com cabelo macio, ainda úmido do banho. — Algumas pessoas simplesmente cometem um erro de julgamento ou controle. Mas outras pessoas deixam que você veja um pouco da podridão que elas são por dentro. O comportamento cruel ou estúpido é uma espécie de presente, porque permite ver a pessoa real que ela é por baixo.

— E como você sabe? — Ela franze a testa e levanta as mãos no gesto exagerado de uma criança. — Se isso é que elas realmente são? — Sua voz tropeça nas palavras, e eu a vejo umedecer cuidadosamente os lábios antes de terminar a pergunta.

— Você deve observar todo mundo com muito cuidado. — Tiro a mão do seu peito. — Deve observar e se lembrar. A JayJay me mostrou, por trinta anos, o tipo de pessoa que ela é por dentro.

— E que tipo de pessoa ela é?

— Vou deixar você descobrir isso sozinha, observando-a. — Me inclino para a frente e abaixo a voz em animação. — É como um jogo. — Ela assente, e posso ver seu cérebro arquivando as informações, adicionando outra marca de "tarefas a fazer" em sua lista. Minha filha adora listas. E informação. E tarefas. Ela é muito parecida comigo, embora ela e Simon não percebam. — Mas mais importante do que observá-la é se observar. — Olho nos olhos dela, me certificando de que esteja ouvindo, que suas pupilas escuras estejam totalmente focadas. — Você precisa analisar seus pensamentos e motivações, Bethany. Precisa pensar em suas ações e entender os pensamentos mais sombrios na sua cabeça. Você pode se tornar qualquer coisa — digo a ela. — Faça de tudo para não ser egoísta, sem imaginação e burra.

— Caramba, Helena. — Simon empurra o batente da porta, e vejo o desgosto em seu rosto antes de ele se virar.

Eu não ligo. A vida é muito curta para não falar a verdade.

— Vamos? — A voz me assusta, e eu olho para Mark, que sorri para mim. — Tenho que dizer, os abdomes estão em todas as telonas agora.

— Ha. — Olho para a folha de papel, pela qual implorei na bilheteria. Acabei de escrever faz dez minutos. — Eu só queria escrever uma cena. — Recuo um pouco, pressionando as escápulas contra a parede. Os ossos da minha bunda doem contra o carpete fino do corredor.

— Terminou? — Ele se agacha na minha frente e vejo um rasgo no joelho direito do jeans.

— Sim. — Dobro a folha ao meio e entrego a ele com a caneta. — Guarda para mim?

— É claro — ele fala e, se estivesse usando um chapéu, o teria retirado. Reviro os olhos, depois pego a mão que ele estende, deixando-o me puxar para ficar de pé.

Eu me levanto e o observo enfiar o papel no bolso da frente da camisa com cuidado e a caneta em outro bolso, e o sigo em silêncio para o cinema, recebida pelo som de risadas da cena em plena ação.

Uma pequena parte de mim sente falta da vida. Da atividade. Dos sons. Da energia de uma multidão e suas reações. Do aceno amigável de Kate enquanto ela move os pés e eu passo por ela. Do piscar de olhos de Mark enquanto ele me oferece pedaços ilegais de chocolate.

Eu não deveria estar aqui. Não mereço nada disso.

49

— Não precisa me acompanhar. — Paro na metade do caminho até o capô da caminhonete e olho para ele.

— Deixe um velho usar seus encantos do Sul. — Ele fecha a porta e gesticula para os degraus. — Depois de você.

Eu suspiro, e ele sorri.

— Você é uma máquina de guerra, sabia?

— O melhor elogio que recebi a noite toda.

Dou o primeiro passo e ele apoia meu braço, um aborrecimento que, infelizmente, é necessário enquanto subo os quatro degraus até a varanda. Quando eles ficaram tão íngremes? Quando fiquei tão velha?

— Você está com as coisas novas que escrevi? — pergunto.

Ele dá um tapinha no bolso da camisa.

— Bem aqui. Vou trabalhar nisso hoje à noite.

— Me dê uma hora mais ou menos. — Paro diante da porta da frente. Eu não a tranquei. Na corrida louca para o carro de Mark, apenas bati a porta. Qualquer um poderia ter entrado, me esperado atrás da porta, com uma faca, pronto para cortar minha garganta ou me estuprar. Penso em convidar Mark para entrar, depois descarto o pensamento.

— Te dar mais ou menos uma hora para quê? — Ele me observa girar a maçaneta e franzir a testa.

— Antes de começar a escrever. Tenho outra cena em que eu quero trabalhar. Vou fazer agora e enviar para você.

— Está tarde. Mande amanhã de manhã.

— Não. — Balanço a cabeça. O encontro desta noite com minha mãe ainda está recente e fresco, o que desperta uma dúzia de lembranças que imploram por atenção. Preciso colocá-las no papel enquanto minha pele ainda se arrepia com o contato dela. — Estou ansiosa para escrever. — Tento sorrir, para aliviar parte da preocupação de seus olhos. — Preciso. — Talvez colocar um pouco do passado no papel expulse isso do meu corpo, como uma sangria, onde as palavras ajam como mil sanguessugas que aspiram as impurezas e curam um pouco da minha dor.

Embora, nessa analogia, se isso for uma sangria... a noite em que tudo aconteceu será uma chacina.

— Helena?

Eu o encaro. Seu rosto é cauteloso e sua postura é protetora.

— Você está bem?

Concordo com a cabeça, abro a porta e entro. Me viro para a frente e começo a fechar a porta.

— Boa noite, Mark. Daqui a pouco te mando um e-mail com as coisas novas.

Ele quer dizer alguma coisa. Posso ver seu maxilar flexionando, a testa franzindo e a mente agitada. Mas não fala. Ele assente, dá um passo para trás e eu fecho a porta, tranco e levanto a cabeça, ouvindo a casa vazia. No ar há um leve cheiro de cinza e fumaça. Lembro do fogo e olho para a lareira, algumas brasas ainda brilhando em vermelho entre os troncos carbonizados. Estou me virando quando paro de repente. Minha visão está um pouco lenta para o alerta do meu cérebro.

— Helena. — Minha mãe empurra o sofá e fica de pé. — Eu esperava que nós pudéssemos conversar. — Sua voz falha. Eu nunca, nem mesmo no funeral, a ouvi chorar.

— Mãe. — Não tenho energia para isso. Foi um dia muito longo para mim e já tomei o comprimido para dor há muitas horas, o que faz minha exaustão guerrear com a dor. — Por favor, vá para casa.

Ela se aproxima e, a essa distância, não consigo me esconder. O olhar dela observa meu rosto de forma crítica e eu espero o momento de insight, em que ela vai demonstrar o entendimento, mas não aparece. Ela não está surpresa, porque já sabia, provavelmente descobriu nas últimas três horas bisbilhotando. Amaldiçoo a porta destrancada e solto a sacola com o pijama no chão.

— Pra que isto? — Ela segura um frasco de comprimidos e é a prometazina, que deixei ao lado do sofá.

Pego dela e olho para o rótulo.

— Náusea.

Ela suspira.

— Eu *sei* para que serve a prometazina, Helena. Pra que tanto remédio? Por que você está com uma aparência tão terrível?

Se eu sair, Mark ainda estará lá fora? O carro dela estava no beco sem saída e eu de alguma forma não vi? Dou um passo para trás e me sinto balançar.

Seu braço se fecha ao redor do meu antebraço, e sou meio empurrada, meio guiada em direção ao sofá. Me sento, quase derrubando a garrafa de água quando a alcanço. Ela se senta ao meu lado, em silêncio, e me observa pegar um comprimido.

Um comprimido. Dez minutos e vou cochilar. Chega de mãe. De conversa. De dor.

— Tem um remédio no balcão da cozinha. — Tomo o comprimido e me acomodo no sofá. — Vicodin. Preciso de dois.

Espero que ela discuta, me force a responder sua pergunta primeiro, mas ela apenas se levanta e caminha para a cozinha. Observo as brasas do fogo brilharem através dos olhos semicerrados e tento imaginá-la esperando três horas por mim. Muito tempo para ficar sozinha nesta casa. Muito tempo para uma mulher que gostava de abrir gavetas, se enraizar em emoções e se meter em vidas. Ela não teria perdido tempo. Teria tentado abrir a porta de Bethany, encontrando-a trancada. Visto os quartos vazios, meu quarto estéril. Teria se perguntado por que a sala de mídia estava trancada? Teria entrado no meu escritório, se sentado à minha mesa e criticado minha vida?

Ela bloqueia minha visão do fogo, com a mão estendida e dois grandes comprimidos brancos na palma da mão.

— Aqui.

Eu me inclino e é estranho tocá-la, quando meus dedos roçam sua palma. Penso na cena que iria escrever, a de Mark, e suspiro. Agora meu cérebro vai virar mingau. O remédio para náusea faz isso comigo. Coloco os comprimidos na língua e inclino a garrafa de água para trás, sentindo o gosto metálico um momento antes que a água escorra.

— Câncer — digo baixinho, mas ela me ouve e abaixa o corpo ao meu lado no sofá, juntando as mãos no colo.

— Achei mesmo que fosse algo sério. É de mama? Sua avó teve câncer de mama quando estava...

— Não. Cérebro.

— Ah. — Ela olha para as mãos. — Sinto muito, Helena. — *Sinto muito, Helena*. Ela disse as mesmas palavras no funeral. Naquela época elas me despedaçaram, como palavras sendo gritadas no silêncio de mil espectadores. Agora, com as palavras pronunciadas por uma razão completamente diferente, procuro tristeza em sua voz.

Existe alguma? Aquilo é um fraco tremor antes de pronunciar meu nome? Não importa. Não importa se ela vai sentir minha falta quando eu partir. Morri há quatro anos, e ela teve todo esse tempo para se recuperar disso. *Sinto muito, Helena*.

— Eu não sinto. — Me acomodo no sofá, puxo o cobertor e cubro meu corpo. — Por que você ainda está aqui, mãe? — Não pode ser por causa da repórter. Deve haver algo mais.

— Por que você me odeia tanto, Helena?

Eu gemo. Ela veio aqui, fez tocaia na minha casa, ouviu meu diagnóstico, mas quer sua própria festa de piedade, que começa com uma pergunta acusatória e termina com um diagnóstico clínico, pelo qual *eu* devo me culpar e *ela* é a vítima.

— Eu só queria o bem de Bethany. Naquele dia eu...

— Não tem a ver com aquele dia — interrompo, e o tom da minha voz encerra o tópico. — Nossos problemas tinham a ver com você minar meu papel de mãe e tomar o partido do Simon. — Forço meu maxilar a relaxar, minha respiração fluir e solto as mãos do cobertor.

— Certo. — Ela suspira. — Certo. Falar sobre isso é bom. Só me diga como *você se sente*.

Viro a cabeça.

— Por quê? Assim você pode se *perdoar*? Então, depois que for embora, você pode sentir o encerramento?

Eu não devia ter contado a ela sobre o câncer. Não posso permitir que ela estacione em minha vida e pegue os últimos pedaços de energia e paz dos meus ossos.

— Uma mulher que está morrendo tem direito a um desejo. — Levanto o queixo e olho para ela o mais diretamente que posso. — Quero que você me deixe sozinha. Volte para onde quer que tenha estado por quatro anos. Reinvente a história e pinte-a como quiser. Você era a avó perfeita, Simon era o pai perfeito. Eu era a fera terrível da qual vocês dois mantinham Bethany a salvo.

— Helena, eu...

— Quero. Que. Você. *Saia*.

— Eu errei na maneira como te criei. — Ela se levanta, e eu rezo para que se vire, saia, e que não abra a boca para dizer outra palavra. — Eu devia ter sido diferente com você. Sei disso. Os pais devem se adaptar aos filhos. Você era diferente de mim e eu não consegui me adaptar. Sinto muito por isso.

Não é um pedido de desculpa. É um ponto. É um monólogo, e os pais, nesse exemplo, sou eu, e a criança é Bethany. Ela quer que eu aceite suas desculpas e concorde, para que ela possa se virar e me avaliar com a mesma lógica.

Viro a cabeça para o lado, puxo o travesseiro, o ajeito e depois me deito de lado.

— Boa noite, mãe.

Na penumbra, vejo sua silhueta se mover em frente ao fogo. Ela se inclina e, quando se endireita, está segurando uma pilha de papéis. Fecho os olhos e penso no conteúdo que estava revisando antes do filme. Terceiro ano de vida de Bethany. Simon gastando demais. A tensão em nosso casamento. A carta de amor no bolso.

— Eu li isso. — Sua voz perdeu parte do espírito de justiça.

— Bom para você.

— Você está escrevendo sobre nós.

— Sim.

— Por quê?

— Talvez seja catártico.

— Você planeja publicar?

Inclino a cabeça e olho para ela.

— Está preocupada que isso seja ruim para os negócios?

Ela balança a cabeça com força e seus brincos emitem um som farfalhante.

— Eu me aposentei há alguns anos. Quando... bem. Você sabe.
Ah, sim. Eu sei.
— Quero que você seja feliz, Helena. Isso é tudo que eu sempre quis.
— *Feliz*. Não consigo pensar na última vez que fui feliz. Andar na garupa do veículo com tração nas quatro rodas me fez sentir a explosão de algo. Terminar um romance sempre me enchia de um forte senso de realização. No filme desta noite, houve um momento em que não consegui me segurar e ri. Mas feliz? A felicidade não é mais possível. A felicidade se foi quando Bethany partiu.

Penso na minha filha. Eu não era a mãe perfeita. De certa forma, falhei com ela tantas vezes quanto essa mulher falhou comigo. De outras maneiras, falhei com ela um milhão de vezes mais. Eu me viro e me curvo para longe dela, e me deito de costas para o fogo.

— Estou feliz. — A mentira sai suavemente. — E eu te perdoo.
Não é uma mentira por ela. É por Bethany. Um depósito no banco do carma, uma oferenda aos deuses, um entendimento de que, se eu tivesse um último momento com Bethany, precisaria do seu perdão, da sua aceitação e do seu amor.

— Adeus, mãe. — Não digo a ela que a amo. Não posso.
Espero, ouvindo o crepitar do fogo, e endureço quando ela passa a mão por cima do meu ombro e toca minha cabeça com a boca, deixando um beijo forte ali.

— Adeus, Helena. Durma bem.
Não me mexo e, quando a porta da frente se abre, fecho os olhos. Quando ela se fecha com força, solto o ar e afasto o cobertor.

Subo a escada devagar, me movendo com cuidado pelo corredor, e abro a porta do quarto de Bethany. Eu me abaixo no chão e me arrasto para o saco de dormir, sem afastar os olhos da sua mesa, da obra de arte grossa presa na parede acima. Uma família, quatro corpos juntos, um coração gigante nos cercando.

Ela queria isso. Felicidade. União.
Mas colocar as coisas no papel não as torna verdade.

50

Simon se debruça sobre o volante, com as juntas dos dedos brancas e o maxilar cerrado. *Um jantar na casa da minha mãe arruinado. Tudo porque Oscar Wilde fez sexo anal.*

— Não acredito que você falou com ela sobre ficar com a Bethany. — *Me recosto contra o assento. Uma família deve ser uma fortaleza. Devemos permanecer juntos, lutar juntos, proteger um ao outro. Em vez disso, eles estão planejando, comparando impressões sobre minha atuação como mãe, trazendo à tona todos os meus errinhos e tomando as próprias decisões sobre o que é melhor para minha filha.*

— Não acredito que você conversou com a Bethany sobre aquilo.

AQUILO. *Como se fosse indizível.*

— Os julgamentos eram uma parte importante da vida dele. É uma lição importante para ensinar a ela. Você esperava que eu lhe ensinasse sobre Oscar Wilde e não...

— Ela é uma CRIANÇA! — ele grita a palavra alto o suficiente para que eu pare. — Ela não deveria saber detalhes sobre sexo anal!

— Não entrei em muitos detalhes — aponto. — Eu simplesmente respondi o que ela perguntou. — *E ela fez muitas perguntas. Não a culpo, o apelo do ato também me confunde.*

— Não quero falar sobre isso agora. — *Mentiroso. Ele não quer falar na frente de Bethany.* — Podemos discutir sobre quem vai cuidar dela mais perto do início das aulas.

— Não. Acho que a Bethany deveria ser incluída nisso. — *Me viro no assento e olho para ela.*

— Incluída em quê? — Bethany entra, segurando seu bloco com interesse.

— Nada. — Simon estica a mão e agarra a minha, apertando-a com força em aviso.

Eu o afasto e meu pulso gira dolorosamente com a ação.

— Estamos discutindo sobre você ficar com a JayJay durante o dia quando o papai começar a dar aula no outono. — Dar aula. Uma palavra forte para aquela porcaria do currículo da quarta série.

— Por quê? — Essa era a sua palavra favorita.

— Sim, por quê, Simon? — Levanto as sobrancelhas para ele, e o carro balança quando ele passa desnecessariamente perto de outro, e o idiota volta à nossa pista com raiva. — Por que você acha que a Bethany estaria melhor com a Janice do que comigo? — Em outro cenário, eu poderia não ter me importado que Bethany fosse passar seus dias com minha mãe. Ela deveria ter se aproximado de mim, se oferecendo para ajudar. Em vez disso, ela e Simon vieram até mim de maneira ofensiva, citando o bem-estar de Bethany como o motivo pelo qual ela não deveria ficar comigo.

— Você está ocupada com a escrita, e não vamos discutir isso agora. — Ele olha pelo retrovisor. — Bethany, volte para o seu brinquedo.

— Não estou ocupada com a escrita. Vai dar tudo certo. — Bato palmas e sorrio para minha filha. — Ótimo! Que bom que resolvemos.

Ela sorri para mim em um movimento automático, mas vejo seu olhar. A hesitação. Acho que, naquele momento, ela vê meu medo.

Simon não. Ele vê apenas uma escalada do problema.

Eu.

— Sinto que estamos pulando uma parte. — Mark vira uma página nova e desenha uma linha. A caneta faz um contorno familiar. Um diagrama. Há um ano isso teria enchido meu coração de alegria. Agora, fecho os olhos. — Você e Simon se conhecem. — Ele adiciona os itens à página. — Vocês se casam. Você fica grávida. Tem Bethany. Se afasta para tratamento. Você volta. Vocês têm dois anos aparentemente felizes pelos quais passamos, a exceção óbvia sendo a carta que você encontrou. — Ele olha para mim. — E agora você está focando nela aos quatro anos.

— Foi quando a minha mãe e o Simon começaram a se unir contra mim.

— Foi esse o começo? Ela não queria que a Bethany ficasse com você durante o dia? — Ele me olha, e eu odeio o jeito calmo como ele faz a pergunta. É a psicologia dos livros, a maneira como minha mãe costumava abordar assuntos e como o psiquiatra pós-parto perguntava se em algum momento pensei em prejudicar minha filha.

— Não. — Coço uma mancha no meu antebraço. — Esse não foi o começo. — O começo... não consigo nem identificar. Sempre foram eles contra mim. Eu acreditava em abertura total na criação da minha filha. Eles acreditavam em meias-verdades. Eu acreditava que eles estavam querendo me prejudicar. Eles acreditavam que eu era incapaz, uma mãe terrível. Descuidada. Incompetente. Meu peito aperta. De certa forma eles estavam certos. Penso nela, em sua postura rígida e em palavras cuidadosamente escolhidas enquanto estava sentada ao meu lado no sofá. Ela *ainda* está do lado dele. Ele está morto, ele foi a causa de tudo, e ela ainda está do lado dele. Talvez eu devesse ter contado a verdade e deixá-la lidar com isso. *Seu genro era um mentiroso. Eu o matei.*

— Helena? — Mark se inclina para a frente, e eu me levanto rapidamente. Meu quadril bate na quina da mesa e meus olhos se enchem de lágrimas. Mal chego à porta do escritório antes de soluçar.

MARK

Ela está escondendo algo dele. É como ler um dos seus livros. As pistas estão lá. Ele só não consegue descobrir.

É enlouquecedor. Ele pode lidar com isso nos livros dela. As páginas podem ser viradas mais rapidamente, a vida pode ser colocada em espera enquanto ele devora o romance ferozmente. Leva no máximo um dia para descobrir tudo. Mas já faz cinco semanas. Cinco semanas em que ele escreveu o mais rápido possível. Cinco semanas em que ele não queria nada além de amarrá-la no lugar e forçá-la a contar tudo. Ele não sabe quanto tempo mais vai aguentar.

Ele se levanta e sai para o corredor. Seguindo o som dos soluços dela, ele para em frente a uma porta fechada, a do fim do corredor. Colocando as mãos na madeira, ele inclina a orelha e ouve.

HELENA

Respiro fundo. Meu nariz está escorrendo, a manga da blusa agora está manchada de muco amarelo e os soluços não param. Eles não diminuem. Cada soluço faz minha histeria aumentar ainda mais. Pressiono os dedos nos olhos e luto para guardar as lembranças. *Fiz isso. Matei. Destruí. Sou a razão pela qual eles se foram e estou sozinha.* Eu fiz tudo isso. Não Simon, e sua montanha de pecados. Não minha mãe, e seus malditos julgamentos e opiniões. Eu fiz. Eu deveria estar na cadeia. Não deveria estar nesta casa, neste quarto, respirando os aromas e as cores da minha filha. Perco a firmeza. Curvo os braços, e meu peito colide contra a porta. Me viro e deslizo contra a madeira. Sinto meu tornozelo doer antes de alcançar o chão.

Fui uma mãe terrível? Acho que fui. Acho que fui mesmo, e eu sabia. Acho até que fiquei quase *feliz* naquele dia. Acho que, quando meus braços estavam latejando, e eu estava correndo por esses bairros, e pensando em Simon morrendo... acho que eu estava muito *feliz*. Porque, sim, eu seria a heroína dessa história. E, sim, ela me amaria. E, sim, todos diriam que eu era maravilhosa, e ele louco, e viveríamos *felizes para sempre.*

Ofego com um soluço, inclino a cabeça e *grito*.

51

MARK

O grito é igual ao de animais quando morrem, do tipo que vem de dentro, e está cheio de tanto desespero que o faz cair de joelhos. Um grito que faz você questionar cada segundo restante da vida. O som vibra através da porta. Ele vira a maçaneta trancada e bate, chamando o nome dela. Ela não pode ficar sozinha assim. Não pode fazer esse som e ficar bem. Ela não pode passar por isso, seja o que for, e sobreviver.

— Helena! — Ele fica de joelhos e pressiona o ouvido no chão. Outro grito soa. O som é tão cheio de emoção que quase parece tangível. O som para e ele ouve um suspiro, depois um soluço, depois algo chacoalha contra a porta, e leva um minuto para entender que é o estremecimento dos ombros contra a madeira, do corpo dela que está tremendo. Ele esteve se perguntando o que seria necessário para ela se despedaçar, mas não havia percebido que ela estava tão perto disso.

— Helena — ele sussurra. — Por favor, abra a porta.

O barulho para e, por quase um minuto, ele só ouve o som dos soluços. Quando ela finalmente fala, ele tem que se esforçar para ouvir as palavras.

— Não posso fazer isso — ela sussurra. — Pensei que poderia te contar, mas não posso.

Há medo nessas palavras, como se ele fosse julgá-la. Há culpa em seu soluço, como se tivesse vergonha. Se ela abrir a porta, o que seu rosto vai demonstrar? Ele fecha os olhos e procura as palavras certas, algo para preencher a lacuna entre eles. As palavras nunca foram gentis com ele, não quando saíam da sua boca. Era só através da escrita que ele era capaz de realmente dizer o que pensava. Ele endurece.

— Então não me diga. Escreva. Talvez essa parte do livro... precise vir de você. — Um conceito muito simples e dolorosamente óbvio, uma vez declarado. Por que eles haviam planejado que ele contasse essa parte da história? Tudo estava se construindo e centrado em torno de um evento tão pessoal que *deveria* vir dela.

Outro escritor nunca conseguiria descrever como ele se sentiu quando Ellen deu seu último suspiro. Nem poderia descrever a profundidade do vazio, a ausência solitária de vida que veio quando ela se foi. Houve dias em que ele olhou para a filha e a odiou. Houve momentos, sozinho com uma garrafa, em que ele acariciou o gatilho da arma e pensou em acabar com tudo. Ninguém mais poderia contar essa história, a menos que tivesse vivido essa vida. Qual era a diferença de Helena? Por que eles acharam que ele teria a capacidade de contar, de pegar aquele pedaço do coração dela e moldá-lo em suas palavras?

Ele fica de pé. Os joelhos rangem e as costas queimam enquanto ele se move rápido demais. Seus passos largos o levam ao escritório e ele vasculha as gavetas dela em busca da pilha de blocos de notas. Pega um, junto com um lápis e uma caneta, e volta para a porta, mas não há som vindo do outro lado. Pela abertura fina da parte de baixo, ele pode ver sua sombra, o corpo magro inclinado contra o batente. Primeiro ele empurra o bloco de notas e, em seguida, lhe passa a caneta e o lápis. A sombra se desloca contra a luz.

— Não vou fazer isso. — As palavras são duras e ele quer abraçá-la por dizê-las, por ter saído daquela concha por tempo suficiente para grunhir.

— Pelo menos tente. — As mesmas palavras que ele disse a Maggie na manhã do funeral de Ellen. *Pelo menos tente.* Pelo menos tente se vestir. Pelo menos tente comer. Pelo menos tente se lembrar de todos os bons momentos, de todos os seus sorrisos, de todas as memórias. Pelo menos tente continuar vivendo. — Seja lá qual for a parte difícil demais para você compartilhar.

Ela não diz nada. Não se mexe, nem há som. Ele se ajoelha e olha para a ponta rosada da borracha do lápis, que não se move. Os minutos passam e, depois de dez, ele muda o peso, se encostando na parede, os pés esticados na frente do corpo. Com certeza ela vai escrever. Colocar papel e caneta na frente de um artista é como uma isca. Ela não vai ser capaz de resistir ao seu desafio. Ela não vai conseguir, com tudo isso acabando com suas emoções, impedir sua sangria nas páginas.

Se houver uma história dentro dela, vai sair. No mundo deles, nada mais faz sentido.

Então, com a voz fraca e abafada, ela fala.

52

— Você confiaria em mim com a sua filha? — pronuncio as palavras devagar, com a bochecha contra a porta e o corpo agora enrolado em uma bola murcha contra a madeira.

— De que maneira?

— Me deixaria sozinha com ela?

— Sim. — Mark parece seguro de si, mas sua filha tem dezenove anos. Sou um esqueleto decrépito, que mal consegue erguer um dicionário. Que mal eu poderia fazer? Estou fraca fisicamente. Emocionalmente... ela não deveria ouvir nada que eu pudesse dizer.

Não é como Bethany. Minha filha era tão frágil, tão pequena. Sua mente era tão flexível, tão facilmente influenciada por mim e Simon. Mark teria confiado em mim com sua filha quando criança? Provavelmente não. Sou cínica demais para fazer essa pergunta.

Falei com um advogado uma vez. Depois que minha mãe levantou a possibilidade de ficar com Bethany durante o dia.

— *É inapropriado, Helena. É tudo...* — *Minha mãe acenou em um gesto de desprezo que abrangia toda a minha vida.* — *Tudo é inapropriado. O jeito como você a cria. O que você ensina a ela. Você não pode levá-la para a escola e permitir que ela conte todas as coisas com que você encheu a cabeça dela.*

— *Posso fazer o que eu quiser. Posso criá-la como eu quiser. Ela é minha filha.*

— *É filha do Simon também. E ele concorda comigo. Achamos que vai ser melhor se ela ficar comigo durante o dia. Você pode vir visitá-la e, se quiser, almoçar com a gente.* — *Ela ofereceu isso com um sorriso, como se estivesse me concedendo algo especial, como se não estivesse tentando pegar minha filha e rasgar sua individualidade em pedaços. Eu sabia o que um semestre na casa dela faria. Morei naquela casa. Minha mente quase morreu naquela casa.*

Mark não diz nada, e penso no advogado, um homem baixo, careca e atarracado, cuja caneta batia na página enquanto manchas de suor pontilhavam sua testa. Um homem. Deveria ter esperado mais, ter sido mais paciente e ter arranjado uma advogada. Engulo em seco.

— Foi preventivo. Só queria saber se as coisas poderiam piorar, se poderiam realmente *tirar* a Bethany de mim.

— O que o advogado disse?

— Que, por eu ser mulher, isso seria difícil. Mas que poderiam determinar que eu não era adequada. Ele fez muitas perguntas. Se havia algo que o Simon pudesse usar contra mim. Se já tinha sido presa. Ou me machucado. Que tipo de droga já havia usado. Coisas assim. — Fecho os olhos, pensando no jeito como sua cabeça se inclinou para mim e seus olhos me examinaram. Me julgaram. Ele me julgou a partir do minuto em que me sentei, e suas perguntas só pioraram tudo.

Quando ele perguntou se eu havia machucado Bethany, balancei a cabeça e neguei.

— *Mas...* — A palavra permaneceu no céu da minha boca, pronta para pular da minha língua. *Mas...* eu a deixei sem vigilância enquanto me trancava no meu escritório. *Mas...* a coloquei nos braços da vizinha e gritei para a mulher levá-la. Não foi certo. Nem sequer tinha sido um comportamento particularmente são. A mulher havia dado queixa na polícia. Ela me chamou de mãe inapta. Ela disse, em seu script perfeitamente limpo, preenchendo todas as linhas daquele boletim de ocorrência, que eu sempre parecia desequilibrada. Também que eu parecia pouco caprichosa. Acho que ela quis dizer desleixada. Eu disse isso para a assistente social que apareceu uma semana depois, com o relatório cuidadosamente escrito à mão. A mulher se limitou a piscar para mim, como se o uso indevido de uma palavra fosse secundário para minha filha. O que, eu concordo, em um cenário normal, seria. Mas não a maltratei.

Bethany foi um bebê feliz. Ela era uma bebê amada. Aquele foi só um dia ruim. Um dia ruim... entre vários.

— Eu disse a mim mesma que não ia me preocupar com nada. — Umedeço os lábios e odeio o quanto minha voz soa fraca e trêmula. — Eu era casada com ele. Ela era minha mãe. Eu não deveria ter que me preocupar que eles fossem tirar minha filha de mim... — Minha voz se interrompe e eu inspiro profundamente.

Demoro alguns minutos para me recuperar, para meu corpo relaxar, minha respiração acalmar e as lágrimas pararem. Espero que ele faça perguntas, mas ele não diz nada. Eu me movo, mudando de posição, e abaixo a cabeça no chão. Desse ângulo, posso inclinar o queixo e ver as estrelas de Bethany. Deste local, posso ver um giz de cera esquecido debaixo da mesa. A poeira se acumulou sob os beirais da sua casa de boneca. A meia rosa suja, ao lado da estante, tem uma aranha morta ao lado. Este é o único cômodo da casa que não foi limpo. O único quarto que, nos últimos quatro anos, permaneceu igual.

Estendo a mão, passando-a pela superfície em branco do bloco de notas, o que Mark deslizou por baixo da porta.

Acho que eu soube, desde o início, que chegaria a esse ponto. Mark está certo. Sou *eu* quem tem que escrever o final dessa história. Os eventos daquele dia... não posso falar em voz alta. Não vou poder explicar meus pensamentos e a corrida frenética de emoções. Poderia tentar ganhar o entendimento dele, justificar minhas ações, em vez de simplesmente contar o que aconteceu.

Mas posso fazer isso? Posso pegar essa caneta e escrever sobre aquele dia? Posso voltar através de minhas ações sem desabar?

Pelo menos tente. Suas palavras estúpidas ecoam na minha cabeça. É o tipo de coisa que palestrantes inspiradores rabiscam no topo de quadros brancos. *Tente mais.* É isso que preciso fazer. *Tentar até terminar.*

Eu me sento devagar. Meus dedos apertam a extremidade em espiral e eu o puxo para o meu colo.

Apenas tente.

Se vou ter que reviver e colocar aquele dia em palavras, meus sentimentos, minhas reações... preciso ir ao lugar onde tudo começou. Preciso ver o vídeo que mudou tudo.

Pego o bloco de notas e a caneta, e me levanto com cuidado. Mesmo assim, o movimento é rápido demais, e a tontura me atinge por um breve período de tempo. Fecho os olhos, restauro o equilíbrio e abro a porta do quarto.

Mark me olha com a cabeça erguida contra a parede e nossos olhos se encontram. Falo rapidamente, antes que o desejo me abandone.

— Vou escrever. Mas preciso que você me deixe sozinha.

Ele assente, e sinto seus olhos em mim enquanto sigo pelo corredor até o escritório. Minhas mãos tremem enquanto abro a gaveta da mesa e tiro marcadores permanentes, blocos de anotações, canetas e doces. Meus dedos abrem caminho até o fundo, onde está a única chave Schlage dourada.

Não toco nessa chave há anos. Quando a polícia veio, depois que a ambulância saiu, eles andaram por toda a casa. Prendi a respiração, imaginando o que encontrariam, que conclusões tirariam, que suspeitas teriam. Mas eles não tinham nem piscado para a sala ou para a mochila que ficara ao lado da porta. Depois que foram embora, tranquei a porta e nunca mais voltei.

Passei quatro anos dando meu melhor para esquecer tudo que havia ali dentro.

Viro a chave na mão. Nem destranquei a porta e já sinto o peito apertar. Talvez eu não deva. Preciso mesmo voltar ao passado? Preciso ver aquilo de novo?

Não. Eu poderia seguir o caminho mais fácil e me lembrar daquele dia, recuperar o sentimento através da segurança deste escritório ou do quarto de Bethany.

Mas não vai ser igual. A memória vai ser silenciada, as emoções não tão nítidas. Preciso revivê-lo. Ela merece isso.

Fecho a palma da mão ao redor da chave e me levanto. Volto para o corredor e passo por Mark enquanto sigo em direção ao cômodo que mudou tudo.

A sala de mídia.

53

O dia em que aconteceu

Entro na sala de mídia e bocejo. As cortinas pesadas estão fechadas, bloqueando o sol, deixando a sala aconchegante no escuro. Pintamos as paredes de um azul profundo, da cor da meia-noite, que combinava bem com o tapete creme e as poltronas de couro escuro. Olho para a mais próxima e considero fazer uma pausa, me enrolar debaixo de um cobertor e ler um pouco. Talvez eu tire uma soneca.

Descarto a ideia e vou até a parede, que é dominada por uma tela gigante de projetor. Abro o gabinete embutido, olho as fileiras de fitas VHS, passando pelos vídeos de infância de Simon e os de esportes, todos de jogos disputados há décadas. Minha cena atual precisa de um cenário de futebol. Preciso de inspiração e linguagem de jogo suficiente para parecer autêntica. Assistir a alguns jogos antigos vai ajudar.

Meu marido é viciado em filmar coisas. Em um armário, há uma centena de caixas de DVDs com os primeiros passos de Bethany, seus aniversários e seus encontros para brincar com os amigos. Em outro, estão vídeos do nosso casamento, lua de mel e o dia em que nos mudamos para esta casa. Às vezes acordo no meio da noite e o ouço assisti-los, os sons suaves quase inaudíveis através da parede. É estranho, mas eu também sou. Prefiro que ele superdocumente as coisas do que não as documente nunca.

Vou para a seção de esportes e pego um aleatoriamente: Packers x Vikings, 1998 — Superbowl, coloco a fita VHS no videocassete e aguardo. Se eu estivesse com sorte, o vídeo teria início na entrada do estádio, com alguns vislumbres dos bastidores dos corredores, a multidão e os vendedores.

A tela acende, e eu me recosto no sofá.

O vídeo está etiquetado de forma incorreta. É de uma garota que não pode ter mais de doze anos. Ela corre pelo quintal. Seu cabelo loiro balança, os cachos voam e giram. Ela derrapa até parar e seu sorriso desaparece.

Não reconheço o Nike arranhado que desce os degraus. O vídeo da câmera é de baixa qualidade, a ação é brusca e o quintal, desconhecido. Também não reconheço a garota, que está com os lábios entreabertos e o rosto corado. Mas reconheço a voz que ecoa quando diz o nome dela de uma maneira que faz meu estômago se contorcer. Simon.

A câmera balança e, em seguida, é colocada no degrau. Sua posição elevada me dá uma visão clara de quando ele se aproxima dela. Ele usa jeans desbotados, que são justos, do estilo dos anos 1980, camiseta com as mangas cortadas e óculos de sol no alto da cabeça. Ele é jovem, talvez dezesseis ou dezessete anos, e, quando a garota se afasta, ele estende a mão e agarra seu pulso.

Ele parece muito confiante. Estava tão confiante assim quando se aproximou de mim na feira? Foi tão agressivo quando me beijou pela primeira vez? O medo fecha minha garganta, e minha mão fica subitamente suada ao redor do controle remoto. Eu o largo e assisto horrorizada conforme uma versão gigante de Simon puxa a menina para o chão.

Os sons são abafados. Há um barulho de folhas quando as pernas dela batem contra o chão. Ouço o grito da menina antes de ele colocar a mão sobre sua boca. Engulo meu próprio grito quando vejo a cabeça dela virar para o lado, seus olhos arregalados, a voz dele no seu ouvido, mas os sussurros não alcançam a câmera. Meu estômago dá um nó enquanto observo o som dos sapatos saindo dos seus pés e vejo as pernas dela presas pelas coxas dele, tornando sua luta inútil. Ele dá um beijo na bochecha dela no mesmo momento em que seus quadris empurram e seus olhos se fecham.

Estendo a mão e paro o filme. Tento ficar de pé e não consigo. Me sento ali, em frente àquela tela de cem polegadas, e não me mexo.

Não consigo pensar. Não posso fazer nada. Olho para a tela azul e revivo cada minuto dessa fita. Seu grunhido excitado. Seu sussurro contra o ouvido dela. Afasto os olhos da tela e me viro para o armário, para todas as outras fitas VHS, *todas rotuladas com a letra elegante de Simon. Meu marido idiota conseguiu juntar células cerebrais suficientes para esconder seu passado infernal bem à vista. Futebol. Uma etiqueta a que eu jamais assistiria. Existem muitas outras. Torneios de golfe. Jogos de hóquei. Beisebol. Quantas são como esta? Quão terrível é o pai da minha filha?*

Me sinto em pânico quando a percepção do tempo me atinge e estou desperdiçando-o. Olho para as cortinas opacas e me pergunto se o sol já baixou enquanto tento me lembrar da última vez que olhei para o relógio. Está tarde, provavelmente passa das três. Espero que não das quatro. Ele vai estar em casa em breve. Pode estar dirigindo da escola para cá, seu SUV *cobrindo os quilômetros até aqui.*

Me levanto e saio cambaleando da sala. Meu ombro tromba com o batente da porta, e meus olhos estão embaçados quando chego ao corredor. A porta do quarto de Bethany está fechada, a distância parece enorme e o tempo muito curto. Meu coração bate muito forte no peito. Estou tendo um ataque de pânico. Todos os sinais estão aqui. Limpo a testa e meus dedos ficam molhados. Meu peito dói, a respiração está ofegante e a ponta dos dedos, formigando. Preciso encontrar um relógio para ver quanto tempo temos. Não posso estar aqui quando ele chegar em casa. Só de me olhar, ele vai saber. Abro a porta do quarto de Bethany e agarro um pedaço do meu coração quando a vejo em sua mesa.

Cabelo loiro. Não é longo o suficiente para ser trançado. Legging de pijama com estampa de dinossauro, que se repete ao longo das pernas. Algum homem a agarraria daquele jeito em algum momento? Um adolescente sussurraria ameaças e promessas contra a pele macia da sua testa? Sua inocência se perderia sobre a grama e folhas mortas?

Fecho os olhos e pouso a caneta. Movo o bloco de anotações do meu colo e respiro fundo, tentando acalmar a ansiedade que cresce no meu peito. Faz quatro anos, mas a sala está igual. Sinto o cheiro de couro no ar. Continuam ali as cortinas caras, as poltronas reclináveis, a parafernália de filmes emoldurada. A mesa de jogo de Simon. A tela gigante do projetor e os alto-falantes com som surround. Agora, do meu lugar no chão, com as costas contra um sofá, estou perto da mochila, que ainda está ali, do lado de fora. Eu a puxo na minha direção, me lembrando da rapidez com que a enchi. Dentro havia uma bagunça de fitas VHS. Cuidadosamente as vasculho, remexendo até o fundo, e finalmente encontro aquela: Packers x Vikings, 1998 — Superbowl. A que eu assisti naquele dia.

Entrei nesta sala planejando assistir primeiro, antes de escrever, mas, ao entrar, senti a onda de emoções subir na minha garganta. Não precisava de mais nenhum gatilho nem achava que conseguiria ver aquilo novamente e ouvir aqueles gritos abafados ampliados pelo extenso sistema de som surround. Fechei a porta, me sentei no chão e comecei a escrever. As memórias estavam tão frescas e dolorosas como se tivessem acabado de acontecer. Agora, olho para a maldita fita. É mais pesada do que me lembro, e eu a viro, dando uma boa olhada nela pela primeira vez. A etiqueta está gasta, como se fosse manuseada com frequência, e há uma pequena anotação na etiqueta da frente que eu não havia notado. Inclino a cabeça e leio. *Jess*. Pego uma segunda fita e olho para o mesmo lugar. Esta tem uma inicial após o nome. *Beth S*. Vasculho mais cinco ou seis enquanto me esforço para me lembrar de qualquer um dos nomes das histórias ou do passado de Simon. Nenhum deles me chama a atenção. Até que um nome me faz parar. *Charlotte B*. A dor no meu peito, que começou com o primeiro nome e cresceu a cada novo, se torna uma labareda. *Charlotte B*. Afasto o bloco e me levanto. Abro a porta, corro para o corredor e assusto Mark quando entro no escritório.

— Ligue para Charlotte Blanton — digo, ofegante, com o coração batendo rapidamente. — Ela trabalha para o *New York Post*. Pergunte se ela é da Virgínia do Norte.

A mulher da qual eu fugi e que evitei. *Tenho algumas perguntas sobre seu marido.* Achei que ela suspeitasse de mim, da morte de Simon. Agora, vejo sua pergunta, seu e-mail e sua busca sob uma ótica completamente diferente. *Uma vítima.*

Fecho a porta do escritório e volto para a sala de mídia, passando por cima da pilha de fitas, de todos os nomes que ainda tenho que ler. Pego o bloco de notas. Volto a olhar para a fita de vídeo, para a impressão clara e o nome simples. *Jess.*

Eu disse a mim mesma, por quatro anos, que ela não importava, que Simon estava morto e não podia mais machucá-la. Eu disse a mim mesma que o que aconteceu nessa fita tem quinze anos, que ela é uma adulta agora, e as cicatrizes do seu passado foram curadas. Eu disse a mim mesma, me *convenci* de que, porque eu o matei, não devia mais nada a ela.

Algo para no meu peito, e a culpa torna quase impossível respirar. Aperto os dedos ao redor da caneta e me forço a encostá-la na página.

54

— Bethany.

Minha filha para, vira a cabeça e a sobrancelha se arqueia diante da urgência com que falei seu nome. Algo na minha posição, no modo como me agarro à porta, a faz ficar parada. Devo parecer louca. Certamente, o pânico que corre pelo meu peito está aparecendo nos meus olhos. Observo sua cama, as pilhas de bichos de pelúcia e penso no fim de semana anterior, nas duas garotas que passaram a noite com ela. Tinham a idade de Bethany, apenas cinco ou seis. Certamente pequenas demais, metade da idade da garota no vídeo. Ainda assim, meu estômago aperta.

— Arrume a sua mochila com suas coisas favoritas. Tudo o que você puder colocar dentro dela. Seja rápida.

Preciso ir à polícia. Preciso pegar as fitas, todas elas... Minha cabeça se volta ao sótão, às caixas de Simon da época da escola secundária. Anuários, casacos e prêmios. Entrei em nosso casamento com uma pilha de cadernos e meu computador. Ele veio com várias coisas do passado. Quanto está contaminado? Quantos segredos estão guardados nessas paredes?

De repente, me sinto frenética com a necessidade de saber tudo. O histórico do seu computador. Os nomes dos seus alunos. Simon dá aula para a sexta série, ele poderia ter... Atravesso o quarto de Bethany e entro em seu banheiro privado. Meus joelhos batem no ladrilho duro um momento antes de vomitar.

Tenho sido uma péssima esposa, uma péssima mãe. Deixei um monstro correr livre.

Outra onda de vômito surge na minha garganta. Aperto a porcelana fria, meu estômago se contrai e meus seios estão *dolorosamente presos ao vaso enquanto meu almoço sai. Água suja salpica meu rosto com o impacto do vômito, e eu limpo a bochecha. Ouço a voz de Bethany tímida e assustada da porta.*

— Você está bem? — ela sussurra.

— Estou — resmungo, e espero um momento para ver se meu estômago parou. — Empacote suas coisas, Bethany.

— Aonde nós vamos?

Ótima pergunta. Primeiro à delegacia. Então? Depois de prenderem Simon? Não posso voltar para cá. Não posso morar em uma casa que abriga tantas mentiras. Talvez Bethany e eu devêssemos sair de férias.

Voltar e nos mudar para uma nova casa, talvez uma nova cidade. Uma cidade longe da minha mãe, do encarceramento de Simon. Sim. Me aqueço com a ideia instantaneamente. Talvez na Flórida.

Me levanto com cuidado, deixando meu equilíbrio se ajustar antes de ir para a pia lavar a boca, enquanto minha cabeça repassa as coisas que preciso fazer.

Pegar todas as fitas que encontrar.

Esvaziar o cofre.

Colocar Bethany no carro e dirigir diretamente até a polícia.

No andar de baixo, ouço o barulho alto da porta da frente quando ela se abre e alguém entra. Paraliso. Balanço rapidamente a mão e desligo a água, enquanto tento distinguir o som.

Simon.

— Helena? — Ouço meu nome e quase desmaio de alívio.

— Mãe? — Bato contra a beirada do batente da porta ao sair do quarto de Bethany e corro para o topo da escada.

— Helena, pode me emprestar sua pistola de cola quente? Preciso... — Ela olha para mim, com as mãos apoiadas no corrimão e esticando a cabeça de um jeito não natural. — Você está bem? O que há de errado? — A pergunta é uma mistura de acusação e preocupação. Sinto a mistura de julgamento e superioridade antes mesmo que ela contorne as escadas.

— Não há nada errado. — A mentira sai tão facilmente quanto respirar, e minha cabeça questiona imediatamente o engano. Talvez eu devesse contar a ela. Eu poderia mostrar o que está naquela fita no final do corredor. Poderia dizer a ela que seu estúpido garoto de ouro, o homem que ela sempre apoiou em detrimento da filha, é um pedófilo. Abro a boca, mas engulo tudo quando Bethany passa por mim.

— JayJay!!!! — Minha filha desce a escada, e eu rapidamente repasso minhas opções. Penso no sentimento que me atravessou quando a porta da frente se abriu. Penso em que horas devem ser, o que ainda preciso fazer e o que vai acontecer se Simon voltar para casa e Bethany e eu ainda estivermos aqui.

Naquela fração de segundo, tomo uma decisão, que remove da equação qualquer risco para Bethany.

— Pode levar a Bethany? — Eu me viro e entro no quarto dela, abro o armário e pego os primeiros sapatos que encontro. Em seguida, corro de volta para o corredor e desço a escada, quase colidindo com minha mãe, que está subindo.

— Levar a Bethany para onde?

— Para sua casa. Só por uma hora ou duas. Eu vou buscá-la.

— Me deixe adivinhar. Foi surpreendida pela inspiração? — Há um tom de lamento em sua voz, aquele que acha que minhas histórias são infantis, e a família sempre deve vir em primeiro lugar.

Cerro os dentes e aproveito a acusação, que não abre espaço para novas questões.

— Sim. Só por uma hora ou duas. Eu a pego na sua casa.

— Você sabe que eu sempre amo vê-la. — Ela sorri com força. — Mas eu gostaria de levar a pistola de cola se você tiver...

— Eu levo comigo. Preciso encontrar. — Estendo os sapatos de Bethany e não consigo parar o tremor em minhas mãos. — Estarei lá em breve.

— Com a pistola de cola — ela implica. Não vou levar a porcaria da pistola de cola. Vou recolher todos os fragmentos de *evidência que encontrar, pegar minha filha e fugir. Vou manter Bethany ao meu lado até saber que ele está algemado e depois vamos nos afastar. Para longe dessa mulher e de seus julgamentos. Longe desta casa e da sala de mídia. Longe do homem que nunca vai olhar para minha filha dessa maneira.*

— Sim. — Sorrio e quase a empurro escada abaixo. — Prometo que levo a pistola de cola. — Bethany corre com seu pijama de dinossauro e eu chamo seu nome. Ela se vira, seus braços alcançam e envolvem meu pescoço. Sinto um aperto rápido de dedos melados e sua respiração de manteiga de amendoim. Eu a abraço com força, mas seu corpo se contorce e sua paciência acaba no momento em que a solto. — Eu te amo — sussurro contra seu cabelo. — Se cuide.

— Amo você, mamãe. — Ela coloca a mão na boca e manda um beijo, o gesto dramático que aprendemos em um filme recente, o ato praticado com todas as pessoas com quem ela entra em contato. Ela gira para a direita e, em seguida, vai para a porta da frente e sai, enquanto minha mãe vai atrás dela e reclama.

— Ela está de pijama — afirma, como se isso importasse, como se pequenos dinossauros afetassem o dia de uma criança. Eu mesma ainda estou de pijama, embora o meu seja monótono e azul-marinho, o mesmo de ontem. Ela olha para minha blusa com grandes botões de tecido e cheira.

De repente penso no transporte escolar. Simon estaria como responsável? Eu teria mais quarenta e cinco minutos ou ele estaria no carro agora, entrando no nosso bairro? Se ele chegar aqui antes que ela vá embora, tudo vai ser arruinado. Se ele passar por ela no bairro, pode chamá-la e fazer perguntas. Meu pânico aumenta.

— Mãe, por favor, vá. — Sinto que vou desmaiar de pânico e agarro o corrimão, quase afundando para me sentar no primeiro degrau.

— Tá bom, tá bom. — Ela inclina a cabeça, semicerrando os olhos. — Você realmente não parece bem, Helena. Na próxima

semana, vou marcar um horário para você com o meu acupunturista. Nada de discussão sobre isso. Está decidido.

— Tudo bem. — Umedeço os lábios e posso sentir o gosto do sal do meu suor. — Semana que vem.

Ela dá um tapinha no meu braço e sua autossatisfação paira no ar.

— Boa menina. — Quando ela sai pela porta, seus passos são excessivamente lentos. Quando fecha a porta, corro de volta pela escada.

São muitas fitas. Não tenho tempo para determinar quais são lembranças reais e quais são momentos horríveis. Metade delas é formada por cassetes pequenos, do tipo que cabe dentro de um VHS de tamanho padrão. Fui burra. Todos esses eventos esportivos gravados pessoalmente? Simon não estava viajando pelo país com dezesseis, dezoito, vinte anos, com uma câmera na mão, assistindo a jogos profissionais de futebol. Ele estava naquela cidade da Virgínia, morando naquela casa de fazenda, encantando os moradores locais com suas covinhas. Pego uma mochila do nosso armário e a encho com fitas. Olho os DVDs. Nossa coleção de filmes é impressionante, e considero adicioná-los à sacola. Um DVD caseiro poderia ter sido colocado na capa de Sexta-feira 13? Ou na do jogo Madden 2016? Me afasto da torre de entretenimento sem pegá-los, pois a mochila já está pesada demais. Levanto-a por cima do ombro quando me deparo com a mesa gigante, que precisou de três homens para subir a escada, projetada para acomodar dois monitores, uma torre Mac Pro e todas as atualizações possíveis. O computador dele. É uma babá conveniente, que mantém Simon ocupado por horas todas as noites enquanto Bethany dorme e eu escrevo. Não sei as senhas, não mexo nisso há anos. Meu estômago revira pensando no que pode conter, quais sites ele deve visitar.

A porta da sala de mídia se abre, e eu olho para o rosto de Simon.

— Helena. — Ele observa meu rosto, e eu sei o que ele deve ver. A pele manchada, o suor, o pânico em meus olhos e o tremor dos meus lábios. Minto bem, mas vou falhar terrivelmente com um homem que conhece todas as minhas histórias. Ele baixa os olhos para a mochila e depois para mim. Não preciso virar a cabeça para imaginar os armários abertos, as fitas faltando, a bagunça que deve estar. — O que tem na mochila? — Ele é bom. Não há uma nota trêmula na sua voz, nenhuma rachadura na compostura. Simon me encara e nem tem medo. Deveria ter. Ele deveria estar aterrorizado. Deveria ficar de joelhos, cheio de explicações.

Em vez disso, ele se aproxima, e eu penso em seu passo confiante em direção à menina loira.

Me lembro do quanto eu amava sua altura, sua constituição, a musculatura forte que reveste seu corpo. Ele era tão oposto a tudo o que eu esperava encontrar. Bonito, quando eu era sem graça. Forte, quando eu era fraca. Agora? Mau, quando sou inocente.

Minha inocência fraca falha quando seus dedos envolvem meu braço, suas unhas curtas são enfiadas na pele, e eu choramingo de dor quando ele me puxa para a frente. É a primeira vez, em todos os nossos anos juntos, que ele me toca assim. Há uma semana, eu teria dito que ele não era capaz de cometer um ato de violência. Há uma semana, eu teria dito que ele não era capaz de estuprar. Agora, o homem diante de mim é um estranho e, de repente, sinto muito, muito medo.

— Me deixe sair. — Estou contra o seu peito. A mochila ainda está presa na minha mão esquerda e não consigo soltá-la.

— Ah, Helena. — Ele me olha, parecendo decepcionado. — Por quê?

— Por quê? — grunho a palavra, e o cuspe voa da minha boca. Minúsculos pontos brancos de saliva salpicam o pescoço de sua camisa azul-marinho. Tão apropriado, meu marido. Eleito três vezes Professor do Ano. Pai amoroso de Bethany. Estuprador doentio de meninas. Penso na loira na fita, seu rosto mudando de confiança para medo. Quantas delas existem? Quantas ainda existem? Quantas estão aqui, nesta cidade, nas suas aulas? Existe uma garota, agora, cuja vida ele está destruindo?

— Sim, Helena. — Ele entra no corredor e me arrasta para a frente. A pele do meu braço continua presa em suas mãos, e seus olhos estão duros e sem foco. — Por que você teve que bisbilhotar?

— Não sei do que você está falando. — Ando atrás dele, tentando ficar de pé, manter os pés firmes. Bisbilhotar. Ele já usou essa palavra antes? Meu cérebro embaralha em busca de um verbo melhor. Eu não estava bisbilhotando. Estava pesquisando. Tropeço. — O que está fazendo? — Tento fazer força com os pés, para parar seu movimento. Mas ele solta uma das mãos do meu braço e agarra um punhado do meu cabelo. A dor quando ele puxa é ofuscante. Grito, e ele me arrasta. Sua mão aperta tanto o meu braço que deve estar deixando hematomas. Chegamos ao topo da escada, e ele para. — O que está fazendo? — sussurro com o pescoço inclinado, a cabeça quase virada na lateral, na tentativa de aliviar a dor no meu couro cabeludo. Se ele empurrar a mão para a direita, minha cabeça vai bater no pilar de mármore do corrimão. Fecho os olhos e tento pensar.

Simon não é um planejador. Não pensa em detalhes. Ele esquece com frequência de itens necessários e pula as etapas do manual de instruções. Ele embarca em projetos, depois muda de ideia. No momento, posso sentir seu cérebro funcionando, a busca frenética por uma solução. As chances são altas de que ele me mate agora, esmagando minha cabeça contra o corrimão ou me jogando escada abaixo. Ele pode tomar essa decisão instantânea sem pensar nas consequências, sem pensar em como vai descartar meu corpo e em qual será o seu álibi.

— Onde está a Bethany? — Ele vira a cabeça para a porta do quarto dela, que está aberta, sem movimento e silencioso. Se Bethany estivesse em casa, ela o teria ouvido entrar, gritado de felicidade e estaria correndo pelo corredor. Talvez eu o tivesse escutado da sala de mídia. Isso poderia ter me dado tempo para esconder as evidências e retornar ao meu escritório. Talvez tivesse me salvado de qualquer plano terrível que ele esteja prestes a executar. Mas isso a colocaria em perigo, e prefiro morrer a arriscar.

Ele puxa meu cabelo e não consigo impedir meu gemido. Meus joelhos atingem o chão, e parte da dor no meu pescoço cessa.

— Onde ela está?

Não consigo pensar em uma mentira rápido o suficiente.

— A minha mãe está com ela. — Se ele for até ela, posso roubar as fitas. Posso roubar as fitas e ir à polícia, e eles vão atrás dele. Ele não vai machucar Bethany, certamente não no curto espaço de tempo necessário para pegá-lo. E eles vão pegá-lo.

Ele não é inteligente o suficiente para se esconder, e é estúpido o suficiente para pensar que pode.

— Você contou para a sua mãe? — Ele se inclina até nossos rostos ficarem a centímetros de distância. Ele morde o lábio superior, e sinto o cheiro do café em sua respiração. Sr. Parks, Professor do Ano.

Ele agarra meu rosto. Seu polegar e indicador apertam dolorosamente meu maxilar.

— Você contou a ela? — Ele olha nos meus olhos, e eu realmente odeio esse homem. Nem tem a ver com os vídeos. Acho que o odeio há anos. Eu o achava burro, mas ele não é. Ele é mau. Manipulador. Mentiroso. Ele olha para mim e acho que não há nada para impedi-lo, agora, de me matar. Ele já me amou? Olho nos seus olhos e tento encontrar o homem, o garoto, por quem me apaixonei. Aquele que ficou vermelho quando eu o chamei de sexy. Aquele que chorou quando a mãe morreu. Que segurou minha barriga de grávida e sorriu para mim como se eu fosse incrível.

De alguma forma, aquele homem havia gravado todas aquelas fitas. Ele sussurrou nos ouvidos daquelas crianças. Levantou suas saias. Se eu pudesse matá-lo agora, se não estivesse arrasada e repleta de dor e com as emoções confusas, eu o mataria.

Tento me recompor, olhar nos seus olhos e falar, mas não consigo. Ele vê a verdade antes que eu abra a boca para mentir.

— Não contou. — Ele solta meu rosto. — Você não contou a ninguém. — Ele se abaixa. Passa a mão áspera sobre o bolso da frente da camisa do meu pijama, depois apalpa de forma brusca os lados da calça. Não há bolsos nem lugar para colocar um telefone, embora eu raramente carregue o meu. Ele aperta a parte de trás da minha coxa e eu fecho os olhos com a dor.

Não posso chorar. Preciso me recompor e argumentar com ele.

— Não importaria se tivesse contado. — Ele se endireita. — Ninguém acreditaria em você. Não sem provas, não com a sua história. — Ele segura meu rosto, e eu estremeço quando seus dedos são quase gentis na carícia da minha bochecha. — Minha garota louca — ele fala. — É o que dizem por aí. — Algo em seus olhos brilha, como se ele tivesse uma ideia, e meu estômago se aperta. — Minha garota deprimida e louca — ele quase sussurra as palavras.

— Ela vai trazer a Bethany de volta — deixo a mentira escapar, enquanto minha cabeça tenta freneticamente trabalhar em um cenário em que ele não me machuque agora. — Foram ao cinema. Vão voltar daqui a uma hora. — Uma hora seria tempo suficiente para argumentar com ele? Acalmá-lo até o momento em que eu pudesse fugir? Faço uma oração silenciosa de agradecimento por minha mãe nunca atender o telefone. Sua audição é muito desgastada para captar o pequeno tinido do celular que ela muitas vezes esquece de carregar.

Ele desce o primeiro degrau e depois o segundo, puxando meu cabelo, enquanto eu luto para agarrar o corrimão antes que seja arrastada.

— Levante-se — ele ordena. — Ande.

Me levanto e permito que ele me arraste. Meus pés descalços tropeçam nos degraus, e eu vejo a cozinha lentamente aparecer através da névoa das minhas lágrimas. O que ele está fazendo? Para onde está me levando? Qual é o seu plano?

Chegamos à garagem. A porta é aberta. Sinto o concreto frio contra meus pés descalços, e compreendo quando ele chega à área de serviço. O quarto do pânico. Rimos quando vimos a descrição do imóvel. Quem realmente precisava de um quarto do pânico? E na garagem? Por que alguém simplesmente não entraria no carro e iria embora? Também era estranho o que havia dentro do chamado "quarto do pânico". Aquecedor de água, lavadora e secadora. É uma área de serviço, Simon argumentou com o corretor. Uma área de serviço com uma porta impossível de abrir. Havia um código. Costumávamos entrar ali e armar a porta. Ela travava, e nada conseguia penetrar. Nem fogo, nem gás tóxico, nem um exército de invasores domésticos.

Mas um código digitado era muito arriscado. Se Bethany fosse até lá e se trancasse... teríamos que derrubar as paredes para tirá-la. Por isso, desativamos o código e colocamos uma fechadura normal na porta, com acesso usando a chave dos dois lados, mas impossível que Bethany travasse acidentalmente (ou propositalmente). A chave ficava pendurada em um gancho bem acima dos interruptores de luz, e trancávamos e destrancávamos a sala quando não estava em uso. A impenetrabilidade da sala veio a calhar. Tínhamos todos os nossos arquivos ali dentro, na parede da esquerda, em uma fila de armários. Todas as nossas fotos. Passaportes e certificados de ações. Qualquer coisa considerada insubstituível. Agora, ele me empurra para dentro e eu me levanto. Todos os meus manuscritos entram em foco, as páginas originais que suei para escrever, em pilhas arrumadas nas prateleiras. Vou morrer aqui? A possibilidade surge no meu subconsciente, e tudo em que consigo pensar é Bethany. Ficando mais velha, sem nunca saber. Desenvolvendo as curvas sob seu *olhar atento. Desprotegida. Inconsciente. Até que seja tarde demais. Me atiro contra a porta e colido com o aço, e Simon bate a porta.*

Não ouço o barulho das chaves.

Não sei se ele disse mais alguma coisa para mim.

Não ouço nada através das paredes de aço de quinze centímetros. Mas sinto o arrepio da maçaneta na mão. Posso sentir a resistência enquanto tento abrir. Trancada. Me afasto da porta. O grito desaparece antes mesmo de atingir minha garganta. O quarto é completamente à prova de som. É o lugar onde colocamos detectores de incêndio que tocam alto demais. Bethany achava mágica a capacidade de abafar totalmente o ruído. Eu achava assustador. No momento, é aterrorizante. Abro a boca e me forço a inspirar e expirar.

55

Levanto a cabeça. Meus olhos estão cansados de ler e minha mão está doendo de escrever. Dentro do peito, meu coração bate muito forte e estou dividida entre o desejo de ir embora e a necessidade de terminar. Posso passar por tudo isso de uma só vez? Posso reviver esse dia horrível de uma só vez?

Parte de mim está com medo.

A outra parte sabe que esse é o único caminho. Caí na cova das serpentes e não consigo descansar, não consigo parar. Tenho que lutar através de todas as lembranças, antes que o veneno nelas me mate.

Flexiono os dedos, exercitando os músculos. Estalo os dedos e estico as falanges, uma de cada vez, até que o fluxo sanguíneo retorne. Saio do chão e vou para a mesa de Simon, me alongando para a direita e depois para a esquerda, antes de me sentar na cadeira. Ao virar uma nova página no bloco, volto ao inferno.

MARK

Ligue para Charlotte Blanton. Pergunte se ela é da Virgínia do Norte.
Ele se lembra da tensão em sua feição e do pânico em seus olhos. Ele pensa em todos os capítulos e tenta conectar esse novo nome estranho à história.

Abre um navegador da web e digita o nome dela, adicionando *New York Post*, e manda pesquisar. A tela fica em branco, e o perfil dela aparece. Ele clica no link e, em trinta segundos, tem um número de telefone e endereço de e-mail.

Recostando-se na poltrona, ele puxa o celular do bolso no peito e o abre, o que faz sua filha revirar os olhos e o estigmatizar oficialmente como tecnologicamente inepto. Após digitar o número, ele coloca o telefone no ouvido.

— Charlotte Blanton. — Uma voz nítida e eficiente, mas ainda assim mergulhada na juventude.

— Charlotte, meu nome é Mark Fortune. Isso provavelmente não significa nada para você, mas estou ligando em nome de uma amiga. Helena Ross.

Silêncio. Uma longa pausa. Ela limpa a garganta.

— Sim?

— Ela tem uma pergunta bastante estranha para você. Quer saber se você é da Virgínia do Norte.

Outra longa pausa.

— Posso falar com ela?

Mark olha na direção da sala em que Helena desapareceu.

— Ela está no meio de uma coisa agora. Não posso interrompê-la.

— Hum. — A mulher parece não acreditar nele, como se ele a estivesse mantendo intencionalmente longe.

— Ela é escritora — ele tenta explicar. — É difícil...

— Eu sei o que ela é. — A voz da mulher é tão fria, tão cruel, que ele pisca. — *Eu sei.*

O que. O que Helena é? Uma escritora? Ou a mulher está se referindo a outra coisa?

— Você *é* da Virgínia?

— Sou do Tennessee, sr. Fortune. — Ela faz uma pausa. — Mas minha família viveu em Wilmont, na Virgínia, por dois anos quando eu tinha dez anos. É a isso que a sra. Parks está se referindo.

Parks. O nome dela de casada, embora não o usasse agora. Mas algo na zombaria da voz de Charlotte... existe uma história entre as duas mulheres, isso de repente fica claro. Ele recua, querendo ficar fora dessa conversa, antes de dizer ou fazer a coisa errada, antes de tropeçar em um formigueiro e causar um problema.

— Agradeço pelo seu tempo. Obrigado.

— Gostaria de falar com ela — ela diz antes que ele tenha a chance de encerrar a ligação. — Pode pedir que ela me ligue?

— Não tenho certeza de que alguém *possa* obrigar Helena a fazer muita coisa — ele admite. — Especialmente eu.

— Pelo menos pergunte. É muito importante que eu entenda o lado dela antes do meu artigo.

Um artigo. A ameaça queima seus instintos protetores, e ele se endireita em seu assento.

— Um artigo — ele fala devagar. — Sobre o quê?

— É sobre isso que eu gostaria de falar com ela. Por favor, peça para ela me ligar.

Ela desliga e ele lentamente fecha o telefone, girando a cadeira em direção à porta, enquanto pensa.

56

Ele está destruindo as evidências. Ou escondendo. Ele poderia colocar tudo no carro e dirigir para qualquer lugar, jogar em cem lixeiras ou enterrar em cinquenta lugares diferentes. Há aquele terreno que possuímos, oitenta hectares em Nova York, o lugar onde ele costuma ir caçar nos fins de semana. Ele poderia esconder tudo, alugar um depósito ou queimar.

Depois que as evidências se forem, será minha palavra contra a dele. Paro de andar de um lado para o outro. O cenário é tão sombrio que dói. Sinto cólica e minha respiração está presa. Pressiono os dedos no peito e tento acalmar minha respiração, diminuir meus batimentos cardíacos, pensar. Ninguém vai acreditar em mim. Nem minha própria mãe. E, com os eventos recentes, especialmente minha visita ao advogado de divórcio, tudo isso vai ser suspeito pelo momento da minha "descoberta". Minha descoberta sem evidências. A descoberta de uma mulher incapaz de ser mãe.

Se nos divorciarmos, eu poderia perdê-la.

Se ficarmos juntos, vou matá-lo. Não posso morar com ele. E ele não me deixaria. Não permitiria que ficasse um fio solto na mão da esposa. O que eu sei é muito perigoso, minha vontade é muito forte. Se ele não me matar hoje à noite, esta semana... ele vai fazer isso em breve.

Uma segunda possibilidade surge: a ideia de que ele vai pegar Bethany e fugir. Quando considerei isso dentro de casa, enquanto sua mão estava no meu cabelo, pensei, de maneira estúpida, que ele me deixaria lá, sem vigilância e livre, enquanto ia buscá-la. Eu tinha pensado que a polícia o pegaria antes que fosse longe demais. Mas, comigo trancada, ele não precisa ter pressa. Pode destruir evidências, fazer as malas e ir ao banco. O nome dele está em todas as contas, ele poderia retirar tudo. Há facilmente trinta, quarenta mil em nossa conta corrente. Mais de cem mil em investimentos. Ele poderia buscar Bethany na casa da minha mãe e pegar um avião. Estaria no Canadá em seis horas. Desapareceria em doze. No momento em que eu fosse encontrada, se ainda estivesse viva, os dois já teriam ido embora.

Não posso deixar que ele faça isso, que escolha uma dessas possibilidades. Me viro devagar. Meus pés se movem sobre o concreto, e eu observo minha prisão.

Na porta há uma tomada de telefone. Em uma época havia um telefone barato, com fio, pendurado no suporte. Pegamos emprestado, colocamos no quarto de hóspedes no andar de cima e nunca o devolvemos. Sem utilidade.

Há um painel elétrico, que controla a garagem, a área de serviço, a filtragem da água e os sistemas de irrigação. Eu poderia desligar a energia dos sprinklers. Assim como o tanque de purificação de água de cinco mil dólares que Simon insistiu que precisávamos. Tome isso, meu marido pedófilo. Pensa que vai beber água filtrada? Pense de novo. Sem utilidade.

A máquina de lavar, uma LG vermelha gigante, com botões suficientes para alimentar uma estação espacial. Sem utilidade.

A secadora, a segunda parte do conjunto. Simon foi convencido a pagar setecentos dólares extras pela cor vermelha. Eu havia saído para o carro e esboçado minha próxima cena. Sem utilidade.

Dois aquecedores de água, lado a lado. Um exagero para dois adultos, mesmo com os banhos de trinta minutos de Simon. Sem utilidade.

Me viro mais à esquerda. Minha atividade mental se acalma, o batimento cardíaco diminui, o aperto nas mãos fica menor. Se houver uma solução nesta sala, vou encontrar.

Há uma estante fina que armazena sabão em pó, material de limpeza e o ferro de passar. Há uma caixa de ferramentas, que fica na prateleira inferior, ao lado de uma lanterna, que é *longa e pesada, do tipo que, se girada corretamente, poderia funcionar como um taco. Me agacho e a puxo para fora, sentindo o peso tranquilizador na mão. Na pior das hipóteses, pelo menos estou um pouco armada. Antes de me levantar, olho na caixa de ferramentas. Itens básicos. Chave de fenda. Martelo. Uma chave-inglesa. Olho para o martelo. Outra arma possível. Começo a ficar de pé, depois paro, pensando em uma coisa.*

A chave-inglesa. Me viro e olho para ela. Não é do tipo pesado. Esta é mais delicada, do tipo que cabe em uma mão pequena como a minha. Suas pinças ágeis são projetadas para parafusos e porcas. Em uma batalha de forças, seria tão inútil quanto um travesseiro. Em uma batalha de raciocínio... Mordo o lábio inferior, enquanto uma ideia se forma.

O terraço. É um livro meu de que ninguém ouviu falar. Se eu der três passos gigantescos para a esquerda, ele vai estar lá, entre a pilha de manuscritos. É um dos oito inéditos, oito romances que ninguém jamais vai ler. Eles variam de desinteressante a terrível. Um deles é sobre um grilo falante. Outro é sobre uma mulher na menopausa que fala sozinha por quatrocentas páginas. Tem um sobre uma adolescente solitária que lê em seu terraço enquanto a mãe morre de envenenamento por monóxido de carbono. A questão? Ela é responsável. O monóxido de carbono foi a quarta tentativa de tirar a vida da mãe e a primeira bem-sucedida.

De alguma forma, o livro conseguiu ser entediante e ao mesmo tempo... Entreabro os lábios e tento me lembrar da rejeição cuidadosamente formulada. Perturbador. Psicologicamente perturbador. Chato, mas também psicologicamente perturbador. Eu havia concordado com o editor. Era chato. E perturbador. Se minha mãe tivesse lido, teria me enviado para o centro de saúde mental mais próximo e me trancado para sempre.

Em O terraço, a garota inunda a casa com monóxido de carbono.

Suas ferramentas de morte eram simples: uma chave-inglesa e um aquecedor de água.

Viro para os dois aquecedores de água de trezentos litros. Tenho tudo de que eu preciso. Dois aquecedores enormes de água e uma caixa de ferramentas. Eu me viro e olho para as pilhas de manuscritos. Um manual de instruções meticulosamente pesquisado sobre a morte. E, em algum lugar nesses armários, provavelmente tenho o manual do aquecedor de água.

Eu consigo fazer isso?

Vou fazer?

Fecho a chave-inglesa e a coloco de volta na caixa de ferramentas.

Nem sei se Simon ainda está em casa. Quanto tempo se passou desde que ele me trancou aqui? Dez, quinze minutos? É difícil dizer, pois os segundos se estendem diante de mim, enquanto minha mente maníaca se move extremamente rápido ou ridiculamente devagar. Se ele já foi embora, se já estiver a caminho de se desfazer de provas ou para buscar Bethany, tudo o que vou fazer é transformar a casa em uma cápsula cheia de veneno. Se for o caso, apenas colocarei em risco minha eventual equipe de resgate, supondo que alguém venha.

Me afasto da caixa de ferramentas e me inclino contra a porta. Deslizo as costas pelo metal até meu traseiro atingir o chão. Abaixo a cabeça entre os joelhos e luto contra o pânico.

Então, como se fosse um presente de Deus, o aquecedor de água é ligado.

Levanto a cabeça e o encaro. A máquina zumbe, o som da água flui e eu prendo a respiração, me perguntando se meu marido está simplesmente lavando as mãos ou se ligou o chuveiro.

Metade de mim fica chocada que, agora, ele ache que tomar um banho é apropriado. A outra metade entende, especialmente se ele for fugir com ela. Simon abomina sentir o cheiro da escola em si mesmo, o cheiro de lanchonete, suor adolescente e o escapamento do ônibus escolar. Seu primeiro passo, quando volta do trabalho, normalmente é tomar banho. E ele leva um bom tempo. Uma vez perguntei o que ele fazia por trinta ou quarenta minutos, parado ali, embaixo do jato. Ele disse que pensava nas coisas, que era onde ele tinha suas melhores ideias. Nunca entendi que grandes ideias ele podia ter. Projeções de futebol fantasia? Uma maneira mais eficiente de empilhar a cerveja na geladeira? Agora, com meu novo conhecimento, meus pensamentos ficam sombrios e suas "ideias" se tornam muito mais sinistras em suas possibilidades.

A água continua ligada, e já se passaram trinta ou quarenta segundos agora, muito mais do que a ação meia boca que ele considera lavar as mãos. Se estiver no banho, tenho meia hora garantida em que ele vai estar na casa. Adicione o tempo para ele se vestir e arrumar alguns itens... provavelmente mais como uma hora. Ele não se apressa. Por que o faria? Estou trancada, lhe dando todo o tempo do mundo.

Me levanto e me viro para as prateleiras, onde estão as pilhas de manuscritos. Minha cabeça quase dá um nó com a próxima decisão. Devo ficar aqui e esperar? Sentar e não fazer nada? Ou inundar a casa com monóxido de carbono e matá-lo? Acabar com ele e com a possibilidade de ele machucar outra garota novamente; matá-lo e garantir que a inocência de Bethany seja protegida para sempre?

Fecho os olhos e trabalho no processo. Penso no tempo que levaria para o monóxido de carbono encher a casa. Simon ficaria sonolento. Se deitaria na cama. Morreria. Quando eu não aparecesse para buscar Bethany, minha mãe iria ligar. Ficar preocupada. Vir aqui. Ela encontraria Simon e chamaria a polícia. Não ia querer que Bethany visse o corpo. Levaria a menina para o quintal. A polícia chegaria. Procuraria na casa. Eu seria encontrada.

Vou ter que contar a verdade a eles. Ninguém vai acreditar que o aquecedor de água não funcionou direito, não quando eu estava trancada dentro desta sala.

A polícia vai entender? Eles vão considerar isso um ato de legítima defesa? Ou vão me prender por assassinato? Mesmo que eu seja considerada inocente, posso perder a custódia de Bethany no processo.

Vale a pena. Prefiro que minha mãe fique com a custódia dela a vê-la com ele. Prefiro arriscar meu próprio encarceramento a saber que ele pode tocá-la ou a outra criança. Estou muito atrasada? Ele já... Quase vomito com o pensamento. Certamente não. Ela é pequena demais... A preferência dele não é tão distorcida. Fecho os olhos e penso em todas as crianças da escola. O bairro cheio de crianças que correram pelo gramado e deslizaram no escorregador de água. Em todos os rostos sorridentes que recebemos em nossa casa no Halloween ou na Páscoa. Quando ela fosse mais velha, teríamos festas do pijama e filmes. Eu teria ido para meu escritório para escrever. Eu as teria deixado sozinhas com um monstro e jamais saberia.

Prisão, perda de custódia... todos os riscos que tenho que correr. Se eu tiver a oportunidade, agora, de impedi-lo de chegar à minha filha ou a qualquer outra criança, tenho que agir.

Afasto cinco manuscritos antes de encontrar O terraço. Folheio rapidamente as páginas, os primeiros oitenta por cento do livro detalhando as tentativas fracassadas da garota. Percorrendo as cenas, percebo exatamente o quanto o meu eu de dezesseis anos era distorcido. Eu realmente odiava tanto minha mãe? Me sentia tão desapegada? Quantas dessas emoções haviam sido ficção e quantas eram realidade? Culpei minha rigidez com minha mãe por ela desaprovar meu papel de mãe, por suas tentativas de me separar da minha filha. Mas agora, lendo meus pensamentos de adolescente, lembro de como sempre fomos diferentes. Enquanto eu crescia, não houve momentos fofinhos, almoços amigáveis ou compartilhamento de sentimentos. Quaisquer discussões eram examinadas com sua lupa de psiquiatra, minhas emoções e motivações separadas e analisadas até a morte. Aprendi, desde o início, a esconder tudo dela.

A trama progride e eu diminuo o ritmo da leitura, inclinando a página na seção em que Helen (nome original) fez sua pesquisa. O nível de detalhe, como em todos os meus primeiros romances, é excessivo, uma necessidade insegura de mostrar minha pesquisa completa. E lembro bem da pesquisa. A internet não era tão abrangente na época. Tive que caçar um encanador local e conseguir as informações com ele. Ele me achou estranha e fez muitas perguntas. O que eu planejava fazer com as informações. Se meus pais estavam cientes do meu interesse em matar alguém com monóxido de carbono. Todas essas suspeitas foram superadas com uma nota de cem dólares e uma promessa de mencioná-lo nos agradecimentos do livro. Marco a página com um dedo e perco um momento precioso para verificar se eu realmente fiz isso. E como prometido, na penúltima página do livro, nunca publicado, está o seu nome. Spencer Wilton. Solto um suspiro de alívio, essa dívida está paga. Volto ao texto, percorrendo rapidamente o conteúdo, e, pela segunda vez, meus olhos retornam para os tanques altos de metal, enquanto verifico os fatos.

A boa notícia é que os aquecedores de água não mudaram nos últimos quinze anos. A má é que estou prestes a matar Simon.

Posso fazer isso. Posso seguir essas instruções e encher a casa do gás mortal. Nesta sala hermética, estarei protegida. Eu posso matá-lo e esperar pelo resgate.

Me inclino em direção à caixa de ferramentas e pego a chave.

Eu consigo fazer isso.

Vou fazer.

Largo o manuscrito e me inclino para a frente, em direção ao primeiro aquecedor de água.

57

CHARLOTTE

Charlotte abre a pasta de papel pardo, puxando a impressão, e a desliza suavemente sobre a mesa de madeira polida. É a primeira página de um jornal, publicado há quatro anos. Janice Ross olha diretamente para a câmera e o desespero irradia da imagem. Acima da foto, o título em fonte grande e espessa: "A CULPA FOI MINHA".

Os olhos da mulher são a única coisa que se move. Eles se fixam na página, na foto, no rosto de Charlotte e depois voltam para a página. Ela umedece os lábios com a ponta da língua.

— Esse artigo é antigo.

— Nem tanto — Charlotte responde. — Você ainda se lembra do dia em que aconteceu?

Seu olhar volta para Charlotte, ela balança a cabeça de forma minuciosa e solta um suspiro de desdém.

— Claro que lembro. Mas, como eu já te disse, não posso...

— Não estou perguntando sobre Helena ou Simon. — Charlotte enfia uma unha na borracha do lápis e tenta suavizar a voz. — Estou perguntando sobre você. Sobre o que aconteceu naquele dia.

— Por quê? Quer me fazer sentir culpada? — Ela cruza os braços e é possível ver a mudança nas feições e as costas sendo endireitadas. De repente, ela se parece mais com a mulher de três semanas atrás, aquela que estava na porta do consultório e recusou educadamente todas as perguntas de Charlotte. Claro, todas as perguntas tinham sido sobre Simon e seu comportamento com Bethany. Ela estava indo pelo caminho errado com uma mulher que quase jogou o Código de Ética dos Psiquiatras nela.

— Só quero entender os fatos. — Ela apoia o lápis ao lado do bloco de notas. — Você pode me relatar o que aconteceu naquele dia?

— Não há muito o que dizer. — Janice Ross desvia os olhos para o artigo e passa os dedos nas bordas da página. — Não penso nesse dia faz muito tempo. Quero dizer... — ela se corrige. — Não o *revivo* faz muito tempo. — Ela olha para Charlotte. — Tem certeza de que quer ouvir?

— Sim. — Ela assente e seus dedos coçam para pegar o lápis ou o gravador que está em sua bolsa. Mas pegar qualquer um, no momento, pode assustar a mulher. Pode parar a história que ela parece relutante em contar. — Por favor. — *Talvez esta seja a brecha de que ela precisa*. Talvez algo na história de Janice lhe dê algum encerramento.

Ela solta um longo suspiro, do tipo que carrega mais do que apenas respiração. Janice Ross umedece os lábios e depois, com os olhos voltados para a foto, fala.

— Às vezes, como mãe, você sabe quando é necessária. Foi o que aconteceu naquele dia. Eu estava dirigindo para casa e algo me *disse* para parar na casa da Helena. Era muito claro, como se Deus tivesse puxado meu volante para a direita. — Ela dá de ombros. — Foi o que fiz. Parei por lá e entrei. Inventei uma desculpa para pedir algo emprestado, não lembro o que, mas eu estava na verdade só checando as coisas. E a Helena... — Ela se interrompe e há um momento de conflito interno, algum segredo com qual ela guerreia. — A Helena estava lá — ela finalmente continua. — Com a Bethany.

— Estava tudo bem? — Charlotte pensa nas fotos da polícia, no relatório da autópsia, na planta da casa e no caminho que o gás havia feito.

— Estava. — Ela dá uma risada desamparada e ergue os ombros. — Me senti louca quando saí da casa. A Bethany estava bem, a Helena estava relativamente bem... — *Relativamente bem*. Uma escolha estranha de palavras. Charlotte marca mentalmente a frase.

— Mas você levou a Bethany com você. — Ela arrisca dar uma olhada no bloco de notas, onde a linha do tempo dos eventos estava resumida. — Que horas eram?

— Sim. Eu a levei comigo. — Ela pisca, e seus olhos brilham. — Ah... — Ela enxuga os olhos e uma linha de umidade mancha sua bochecha. — Acho que era um pouco antes das quatro.

Charlotte espera por mais.

— A Bethany era uma criança muito feliz. Ela estava no banco de trás. Me lembro dela contando sobre o seu dia, sobre um sapo que elas haviam encontrado no quintal. Ela queria ficar com ele, mas a Helena não deixou. — Ela estende a mão até a beira da mesa redonda e puxa um lenço de papel para fora do suporte. Engole em seco e sua voz fica mais forte quando continua. — O tráfego estava terrível e eu levei vinte minutos para voltar à minha parte da cidade. Estávamos passando pela praça norte quando a Bethany pediu sorvete. Havia uma loja de chocolates no shopping, e tinha alguns sabores. Já havia levado minha neta lá. Acho que ela olhou pela janela e viu a placa. — Ela olha para o lado, pela grande janela da sala de jantar. A luz destaca as linhas tensas do seu pescoço. — Eu não devia ter parado. Mas foi o que eu fiz. Parei e dei a volta para o lado dela do carro. Abri a porta... — Ela franze o rosto e a mão treme ao redor do lenço. — Foi quando notei os sapatos dela.

— Os sapatos dela? — Charlotte se inclina para a frente.

— Ela estava descalça quando a peguei. Ainda de pijama, apesar da hora do dia. — Janice se endireita e arruma o lenço, dobra-o ao meio e enxuga a parte inferior molhada de cada olho. — A Helena me entregou os sapatos antes de sairmos, mas não olhei para eles. Eu não tinha percebido. — Ela faz uma pausa e pressiona os lábios um no outro por um momento. — Não tinha percebido que eram incompatíveis. Os dois pés eram de Converse. A Bethany adorava Converse cor-de-rosa, mas os dois eram do pé esquerdo. — Ela abre as mãos. — Então eu voltei.

Ela olha para Charlotte com uma expressão desesperada de derrota.

— Eu voltei — ela quase engasga com as palavras — *para lá*.

58

Sinto uma realização equivocada ao terminar. O curso do gás é desviado da sua rota segura para as saídas de ar da nossa casa. É quase alarmante o quanto foi simples e a inocência com que eu posso camuflar o que fiz. Me sento sobre os calcanhares e farejo o ar, incapaz de sentir um cheiro diferente. É um ato fútil, dada a natureza inodora do monóxido de carbono.

Simon nunca vai saber a causa da sua morte. Nem que está morrendo. Ele se vai se deitar e cair no sono. Fim.

É muito gentil para ele.

Ainda assim, é difícil para mim. Minhas mãos tremem quando viro a última porca. Em um ponto do processo, eu chorei. Mesmo agora, posso sentir o aumento das emoções empurrando no fundo da garganta. Ainda que ele seja errado, me deu minha filha. Mesmo que ele ameaçasse levá-la embora. Ele ainda é metade dela. Bethany tem seus olhos e seu sorriso. Ao fazer isso, estou matando o seu pai. Quando descobrir, ela vai me odiar por isso? Ou vai me perdoar?

Deslizo de volta no chão até minhas costas atingirem a parte de metal de um arquivo. O gás já chegou ao andar de cima? Quanto tempo leva para encher a casa? Quanto tempo vai demorar para matá-lo? No meu romance, foram necessários quinze minutos para encher o apartamento de três quartos. Nossa casa é maior, mas também esses aquecedores de água estavam configurados para a produção máxima. Quinze minutos parece uma estimativa razoável.

Estendo a mão e esfrego a cabeça, sentindo o couro cabeludo ainda dolorido pelas garras de Simon. Olho para o chão diante de mim, o concreto pontilhado com meus instrumentos. Me levanto com cuidado e me inclino para pegar a chave de fenda, o alicate e a chave-inglesa. Evidências. Abro a tampa da máquina de lavar e destampo o alvejante, derramando a solução sobre os itens. Depois, pego uma toalha de papel da prateleira acima dos eletrodomésticos e limpo cada item. Volto a colocá-los na caixa de ferramentas e fecho a tampa, jogando a toalha de papel no lixo. Parece bobagem destruir as evidências, mas é purificador, como se eu estivesse limpando o pecado do meu coração.

Sempre pensei que seria uma boa criminosa. Sou muito limpa, organizada e, aparentemente, capaz de praticar uma ação decisiva. Meus dedos tremem quando pego o manuscrito e quase o largo. Talvez eu não seja tão fria assim. Alinho cuidadosamente as páginas e prendo o clipe no topo, apoiando a mão na capa por um momento de reverência. Foi um dos meus primeiros, criado em um computador barato da Dell no canto do meu quarto, enquanto músicas baixadas de forma ilegal tocavam em segundo plano e o logotipo do Napster piscava na barra de status. Marilyn Manson e Nine Inch Nails haviam dominado aquele ano da minha vida. Quando finalmente terminei, me senti invencível.

Agora, me sinto tudo menos isso. Me sinto fraca e tola. Me sinto aterrorizada. Uma realidade em que mato meu marido... como é isso? Uma realidade em que meu marido é um monstro. Há quanto tempo eu ignorava os sinais? Quantas pistas eu perdi?

Coloco O terraço *de volta onde o encontrei, no fim da pilha. Me viro e pego a última peça do quebra-cabeça, o manual do aquecedor de água. Vou para o arquivo mais longe e abro a gaveta superior, revirando os arquivos para encontrar o lugar certo. Todos são perfeitamente rotulados, com a etiqueta branca e o título impresso organizados por categoria. Há dez minutos fui ao arquivo certo, o que fez minha organização perfeita provar sua eficácia. Agora, com horas de espera pela frente, vou devagar, acalmada pelas palavras perfeitamente espaçadas, a ordem em que esta seção da minha vida ainda está. Todo esse arquivo é dedicado a itens domésticos. Aparelhos, garantias, manuais e peças de reposição. Ainda tenho o diagrama da fiação de quando o termostato foi instalado. Tenho tamanhos de filtro, relatórios da prefeitura e registros de inspeção dos extintores de incêndio. Abro o arquivo dos detectores de fumaça e sinto certa preocupação. Compramos detectores de monóxido de carbono? Os alarmes de fumaça também identificam isso? Levo apenas alguns segundos para abrir os manuais, espalhando-os pela gaveta aberta. Ufa. Não há detecção de monóxido de carbono. Se eu tivesse comprado, estaríamos totalmente protegidos. Graças a Deus não fui eu. Volto tudo para a pasta e continuo a mexer. Folheio mais quatro etiquetas e então meu coração para, com um súbito congelamento de ação. Cada músculo endurece quando meu olhar se lança sobre o rótulo várias vezes, sem parar.*

CHAVES RESERVA.

Me inclino e quase sinto medo de respirar.

59

No arquivo há um jogo completo de cópias de todas as chaves. Estão em um organizador de ganchos de plástico, pendurado na parte interna do armário. Tinha esquecido dessas, já que qualquer necessidade de alguma chave esquecida é resolvida com as cópias que guardamos lá em cima. Existem duas páginas em branco, cada uma forrando a metade de uma pasta de papel pardo, para dar resistência ao papel. Há cinco anos, encontrei saquinhos adesivos na internet e coloquei um embaixo de cada etiqueta, as chaves douradas e prateadas brilhando como moedas raras.

Passo a mão pela grade e pelas nove chaves na pasta. Tem uma do cofre, outra da casa da minha mãe, do escritório, da escola de Simon e do galpão externo. Viro para a segunda página, me forçando a ler atentamente, para o caso de deixar passar. Há uma chave da gaveta da minha mesa, do cadeado do armazém e... meu dedo para na palavra mais bonita do mundo. ÁREA DE SERVIÇO. Puxo a chave com cuidado, sentindo as mãos úmidas, e meus dedos seguram delicadamente a peça simples de metal como se ela pudesse quebrar. Posso me libertar. Fugir. Me viro para a porta e dou um passo à frente, segurando a chave como uma adaga. Outro passo, e o metal encontra a maçaneta. Fecho os olhos e faço uma oração rápida e furtiva, pedindo perdão pelos meus pecados por um momento de graça. Abro os olhos e empurro a chave. Ela entra facilmente. Giro a chave para a direita e quase choro quando a fechadura se abre.

Paro. Nem havia considerado a possibilidade de fugir. Agora, com essa nova e gigantesca possibilidade diante de mim, preciso pensar. Tenho que ser inteligente. Necessito de um plano.

Ao sair dali, estarei na garagem. Abrir a porta vai fazer muito barulho, e preciso que Simon fique dentro da casa, alheio à minha fuga. Fecho os olhos e tento lembrar do interior da garagem. Há uma janela, acima da estação de trabalho. Eu poderia me arrastar para fora e correr para a casa mais próxima. Alguém poderia estar em casa ou haveria um carro, alguém a quem eu pudesse pedir ajuda. Eu poderia usar o telefone deles e ligar para a polícia. Poderia...

Paro com essa linha de pensamento. Minha casa é uma armadilha mortal, uma armadilha que... Se eu não estiver em casa, posso ser inocente. Olho para os aquecedores de água e o mau funcionamento simples que causei. Ninguém nunca vai precisar saber o que fiz. Posso sair da garagem, buscar Bethany e voltar para casa em algumas horas. "Encontrar" o corpo de Simon. Eu poderia esconder as fitas e Bethany nunca precisaria saber dos crimes do pai. Seria possível evitar um julgamento e a prisão. Eu poderia ficar com minha filha e seguir em frente com nossas vidas.

Sinto a esperança me atingir e olho ao redor da sala, buscando qualquer coisa que eu possa usar. Abro a secadora e vasculho as roupas. Pego uma calça justa e uma camiseta e enfio as peças sujas na lavadora. Tiro as meias também e calço um par limpo. Repasso o primeiro passo do plano: buscar Bethany. São pouco mais de três quilômetros para a casa da minha mãe, certamente dá para caminhar até lá. Preciso de sapatos. Do lado de fora da área de serviço há uma cesta, que é um lugar para colocar pares enlameados antes de entrar na casa. Vai ter alguma coisa ali, algo melhor que pés descalços.

Antes de abrir a porta, coloco a pasta no lugar e fecho o armário. Passo desinfetante em tudo e inspeciono o espaço, satisfeita com o fato de que qualquer indício da minha presença desapareceu.

A água quente emudece e a corrente de água para. Simon terminou o banho. Deixo minha consciência para trás e seguro a maçaneta.

A garagem está escura. Estendo a mão, desligo o interruptor da área de serviço e acabo com a iluminação do espaço. A escuridão se instala, e eu paro no meio da porta e ouço. Nada se move. Saio da sala e fecho a porta. Atravesso no escuro com cuidado e encontro a cesta. Afasto uma jaqueta antes de encontrar o único outro item — um par de tênis de Simon.

A janela da garagem está coberta por uma gigantesca placa de propaganda política, algo que Simon concordou em colocar em nosso quintal e nunca fez. Eu a coloco no chão com cuidado e a empurro para baixo do carro, mas o arranhar do papelão contra o concreto é muito alto para meus ouvidos sensíveis. Calço o tênis no pé esquerdo, depois pego o direito, sem me preocupar com cadarços, e meus pés entram facilmente no calçado tamanho quarenta e três da Adidas. Agarrando a borda do balcão, me levanto. Remexo os pés e me ajoelho, mexendo na fechadura da janela. Eu a abro e seguro o peitoril, lutando para abrir a janela, mas o retângulo aberto não é o suficiente para passar.

Olho de volta para os aquecedores de água e me dou uma última oportunidade para parar tudo, voltar e consertar o aquecedor. Eu poderia salvar a vida de Simon e depois fugir. Talvez eu conseguisse chegar à casa da minha mãe antes? Mas talvez não. Talvez eu saia desta área de serviço e ele esteja me esperando. Quem sabe, assim que eu me libertar e for para a polícia, todas as evidências tenham sumido e eu seja acusada de tentativa de assassinato.

É o suficiente. Passo os pés, depois os quadris, e meu corpo se inclina de forma desajeitada quando deslizo pela janela. Minhas costas raspam dolorosamente contra o peitoril de metal. Caio de forma desengonçada. O tênis cai de um pé quando tropeço em uma mangueira enrolada, e estendo as mãos em uma tentativa de encontrar o calçado. Ali. Eu me endireito e vou em direção aos tijolos. Vou para a lateral da garagem e fico fora de vista. Olhando para a janela aberta, percebo que é muito alta para que eu a feche. Não importa. Sigo em frente, sentindo as costas roçarem no tijolo, e contorno a lateral da casa. Considero a rua, depois a descarto. Meu álibi depende de ninguém ver meu jeito culpado de sair da casa.

Me viro e corro, o mais rápido e silenciosamente possível, para a floresta atrás de nossa casa.

60

Não sou atleta, nunca fui. Agora, cambaleio pelos quintais e estradas laterais, sentindo os braços tão exaustos quanto as pernas, e o mero ato de balançá-las de alguma forma é cansativo. Quando a primeira cãibra me atinge, parece uma faca e eu paro, pressionando a mão no local, com o peito arfando e as pernas trêmulas de fadiga. Começo de novo e, em algum momento, percebo que segui o caminho errado. Meu atalho me leva a um condomínio fechado do qual não posso sair. Tento escalar uma cerca, mas percebo que vou ter que voltar e contornar a cerca de tijolos.

Bethany é a única coisa que me faz passar por isso. Em breve eu vou tê-la nos braços. Em breve tudo vai ficar bem.

Corro quando posso e ando o resto do tempo, me movendo o mais rápido que consigo. Meus pés saem dos tênis grandes demais de Simon, e uma bolha se forma na ponta. Ensaio a narrativa da minha história, o tom da minha voz e o olhar no meu rosto quando vir minha mãe. "Você está sempre me dizendo para me exercitar mais. Decidi correr. Está com vontade de jantar cedo? Depois você pode nos deixar em casa." Ela vai fazer perguntas, sempre faz. Ela vai sorrir e concordar, mas haverá uma pontada de irritação. Vai reclamar que esqueci a carteira e o celular. Vai abordar todas as coisas que poderiam ter me acontecido e dizer que não posso, simplesmente não posso, ser tão distraída. Não quando sou mãe, e tenho Bethany para pensar. Ela vai falar sobre possibilidades estúpidas, e seu tom de voz vai soar superior, mais condescendente e frustrante. Nada disso importa. Vou ter Bethany de volta e estar a apenas alguns dias de uma nova vida, longe dos seus julgamentos e advertências. Inspiro profun-

damente e imagino o cheiro da minha filha, a pele macia da sua bochecha, seus cachos. Estou quase lá, a poucos quarteirões de distância de nunca a deixar fora da minha vista.

A casa está logo à minha frente. Vejo a beira da cerca branca. Talvez Bethany esteja no jardim. Me forço a avançar, sentindo a dor na lateral do corpo queimar, e viro a esquina, ficando na ponta dos pés para ver o máximo possível da casa da minha mãe.

Sim. Há uma luz acesa na cozinha, um brilho dourado de outono. Consigo correr. Meus pés se arrastam pelo concreto e um esquilo atravessa meu caminho. Um carro se aproxima, e eu espero, atravessando a rua assim que ele passa. Entro pelo portão, subo os degraus da frente e tento abrir a porta. Está trancada e eu aperto a campainha. Ela tem que estar em casa. Tento calcular quanto tempo se passou desde que ela pegou Bethany. Uma hora e meia? Duas?

Pressiono a campainha novamente, com mais urgência, e ouço o zumbido fraco. Onde ela poderia estar? Saio da varanda e dou a volta por trás. Se ao menos eu estivesse com o celular. Talvez elas estejam no parque. Talvez tenha enviado uma mensagem ou me ligado. Quem sabe foram à biblioteca ou tomar sorvete. Talvez. Talvez. Talvez. Eu devia ter pegado a chave reserva da casa dela. Eu tinha a chave, bem ali entre todas as outras. Que idiota eu sou.

A porta dos fundos também está trancada e quase grito de frustração. A garagem está fechada e não sei se o carro dela está lá. Mas ela não atende a campainha. Sento em uma das cadeiras de balanço na frente da casa e espero.

61

CHARLOTTE

O celular dela toca, um movimento constante exigindo atenção que Charlotte ignora. Algo nessa história vai ajudar, ela sente isso bem no fundo. Ela espera a mulher mais velha se recompor.

— Quando cheguei à casa deles, o carro do Simon estava lá. — Ela respira fundo, como se precisasse de ar para continuar. — Fiquei surpresa, mas também satisfeita. Antes de ter parado na casa da Helena... — Ela puxa a gola do suéter. — Estava planejando executar algumas tarefas. Levei a Bethany para dentro e falei rapidamente com o Simon. — Ela aperta os lábios e centenas de pequenas linhas em sua pele aparecem. — Ele tinha acabado de sair do banho e parecia distraído, e eu estava... — Ela levanta a mão e cobre o rosto, sobrecarregada demais para falar. — Estava pensando na roupa que mandei *lavar a seco*. Disse a ele que a Helena havia me pedido para ficar com a Bethany, mas que ela havia me dado sapatos de pares diferentes. Ele me disse para deixar a menina lá, que ele cuidaria dela. — Ela abaixa a mão por um momento e solta um soluço frágil. — Foi o que eu fiz. Deixei os dois lá. — Ela levanta os olhos e encontra os de Charlotte. — Não sei se vou me perdoar por isso.

— O artigo diz que a Helena levou seu carro para a cena. — Charlotte luta contra o desejo de retirar o recorte de jornal e reconfirmar os fatos. — Como ela acabou com...

— Fui à lavanderia depois que deixei a Bethany. — Seu rosto fica vermelho de constrangimento emaranhado com culpa. — Não sabia que a Helena estava em minha casa esperando. — Ela olha de volta para a página. — O trânsito estava intenso, e o funcionário da lavanderia não conseguia encontrar minha camisa... uma camisa de seda que eu ia usar em um casamento... — Ela diminui a voz e engole em seco. — Quando cheguei em casa, a Helena estava nos degraus da varanda. Ela pareceu tão... tão *feliz* em me ver.

Os olhos dela procuram a compreensão de Charlotte.

— Quando ela abriu a porta do carro e não viu a Bethany... — Ela apoia os nós dos dedos contra os lábios pintados de coral brilhante. — Acho que nunca tinha visto aquele olhar no rosto dela. O jeito como ela me olhou foi como se eu tivesse cometido um crime. Como se devolver uma criança à sua casa fosse criminoso.

Devolver uma criança à casa de Simon Park. Charlotte sente uma pontada de pavor que nem sequer leva em consideração o monóxido de carbono.

— Então a Helena pediu o seu carro emprestado?

— Ah, não. — Janice balança a cabeça com tristeza. — Ela *nem* chegou a pedir.

62

— Você fez o quê? — A cada respiração, o pânico aumenta, o fogo se espalha e minha psique fica mais perto da borda muito fina da histeria.

— Eu a deixei em casa. Com o Simon. — Minha mãe puxa a alça da bolsa mais para cima no ombro e as chaves em sua mão brilham. — Algum problema?

Não consigo ver através do pânico. Nem consigo pensar de tanto medo. Em algum momento, dou um passo à frente. De alguma forma, pego as chaves. Ela está com o rosto contorcido de raiva, a boca se mexendo, gritando, mas nem consigo ouvi-la. Só ouço meus batimentos cardíacos, o baque surdo, o som dos meus passos contra o cascalho e o rangido do assento de couro quando me enfio no banco do motorista e fecho a porta.

Dirijo. Ouço uma buzina e um carro desvia. O pedal não afunda mais e minhas pernas estão esticadas demais, com o banco muito para trás e a posição do retrovisor errada. Algo bate no para-choque, mas eu seguro o volante com força durante a curva.

Tudo o que posso ver é o rosto dela. Sua mãozinha se erguendo para os lábios e o sopro de um beijo distraído.

Quando viro a rua, vejo as ambulâncias e os carros da polícia. Paro no meio e saio, tropeçando em algo na pressa. Minhas mãos se esfolam no asfalto áspero, a pele queima. Me movo, desajeitada. Empurro uma pessoa e bato em outra. Bato com o pé no meio-fio e subo a calçada.

Sou parada por braços ao redor da minha cintura, um peito coberto por uniforme preto colide contra mim e sinto mãos estranhas nos ombros. Gritos. O vento balança o cabelo em meu rosto. Berro que aquela é minha casa, mas eles não se importam.

Digo a eles que minha filha está lá dentro, e algo no rosto do homem... Nunca vou esquecer aquele olhar, a maneira como o rosto dele endureceu e suavizou, tudo de uma vez. Vejo aquele olhar e entendo o que significa.

Eu a amo. Mesmo quando a deixei, mesmo quando estava feliz escrevendo naquela ala psiquiátrica ou jogando os pratos no chão em frustração, eu a amei. Eu a amava. Amo. Preciso dela. Preciso... preciso...

Não consigo ver através das lágrimas, não consigo ouvir através dos meus próprios gritos. Bato em seu peito até meus punhos cederem, o que não acontece. Ele me puxa contra seu peito e me leva para uma ambulância.

Imploro a ele para ver minha filha, mas ele não diz nada.

63

MARK

Depois de seis horas de silêncio, ela sai da sala, passa pela porta do escritório e vai para o outro lado do corredor. Ele olha de onde está, acomodado na mesa, e a observa caminhar lentamente com o bloco de notas na mão, sem virar a cabeça para ele. Ele ouve o som baixo da porta se fechando e espera por um momento.

Silêncio.

Ele se levanta e vai para o quarto de onde ela saiu. A porta está aberta e ele parece surpreso ao ver um espaço totalmente mobiliado. É uma sala de cinema pela qual Maggie se apaixonaria. Mark desliga o interruptor, fecha a porta e vê a chave ainda presa na fechadura. Voltando ao escritório, ele se acomoda no sofá, apoia os pés e cruza os braços. Olhando para o teto, ele se pergunta o que ela está fazendo.

— *Vou escrever. Mas preciso que você me deixe sozinha.*

Há uma linha tênue entre deixá-la sozinha e a negligenciar. Em algum momento ela vai precisar de comida. Remédio. Dormir. Ele olha para o relógio e considera uma interrupção. Considera contar a ela sobre Charlotte Blanton e sua menção a um artigo.

Ele resolve dar a ela mais algumas horas. Mas então, se ela ainda estiver acordada, ele vai levar algo para ela comer. Ele fecha os olhos e relaxa na almofada de couro.

Três horas depois, não há resposta, e ele gira a maçaneta e abre a porta, em silêncio, inclinando a cabeça para dentro. A luz do corredor primeiro ilumina o interruptor infantil, com a Bela e a Fera dançando na borda. As paredes são rosa-claro e o carpete é creme. Ele vê a ponta de uma casa de boneca e instantaneamente entende. Entra com cuidado e para, olhando para ela. A luz noturna brilha suavemente sobre a cena: seu corpo enrolado ao redor do caderno, a mão apoiada de forma possessiva sobre o topo da página e as palavras meio preenchendo o espaço. Seus olhos estão fechados, o corpo relaxado. Ele se inclina para pegá-la e depois para. Em dois meses, é a primeira vez que ela parece em paz, com as linhas da testa relaxadas, a expressão calma e os punhos abertos. Seus olhos se movem para a página, onde uma dúzia de linhas repete a mesma coisa.

Eu te amo.
Eu te amo.
Eu te amo.
Eu te amo.
Eu te amo.

Ele ignora as outras páginas, que estão espalhadas em um mar no outro lado do chão, embaixo do seu cotovelo e cabeça, páginas e páginas da história. Em vez disso, ele pega um cobertor do chão, estica-o sobre o corpo dela, depois dá um passo para trás e fecha a porta. Ele volta ao escritório, se estica no sofá e fecha os olhos.

64

Uma história de amor tem uma série de requisitos, uma equação para o sucesso. Amor + Lealdade = Felizes Para Sempre. Escrevi e li o suficiente nesta vida para entender que uma equação para o sucesso raramente o produz, mas que quebrar as regras normalmente garante o fracasso. Acho que com o casamento é da mesma maneira.

Você pode amar um monstro? Eu amei. Eu o amei e o odiei por razões inteiramente erradas.

Tínhamos lealdade? Não. Eu era mais leal aos meus livros, às minhas palavras, aos meus personagens do que a ele. Ele era mais leal a seus segredos, crimes e perversões do que a mim.

Houve um felizes para sempre? Eu te falei, no começo deste livro, sobre as chances disso.

Acordo no chão do quarto de Bethany, com o pescoço dolorido e uma folha grudada na palma da mão quando a levanto. Reúno os papéis soltos, passo para o último capítulo e escrevo a cena final do livro. Escrevi muitos finais na minha vida. Este é o mais difícil e, ao mesmo tempo, o mais fácil que já escrevi. Imprimo usando uma fonte elegante e deslizo a página do meu colo, deixando-a flutuar no chão com as outras.

Pronto. Minha história está prestes a terminar. Passei as últimas seis semanas pensando que não seria capaz de contar, que não seria capaz de voltar àquele dia, àqueles momentos terríveis. Agora que consegui, me sinto mais leve, como se tivesse arrancado fisicamente os momentos do meu coração e os transferido para as páginas. Dizem que a confissão limpa a alma. Eu devia ter confessado isso há muito tempo.

Fecho os olhos e me sento apoiada contra a parede, esticando as pernas e flexionando os dedos. Agora que terminei, há apenas uma coisa que quero fazer.

Me levanto lentamente, sentindo as costas protestarem e meu peito apertado pelas horas de constrição. Estalo os pulsos de cada mão enquanto me movo silenciosamente pelo corredor, passando pelo escritório, onde os roncos de Mark soam através da porta aberta, e continuo para meu antigo quarto. Entro, uso o banheiro e paro na pia, encontrando meus olhos no reflexo do espelho enquanto lavo as mãos.

Estou pronta?

Desligo a água e me inclino para a frente, me examinando. Pareço estar morta. Me sinto ainda pior. No momento, a única coisa que não dói é minha mente. Abro a gaveta da bancada e puxo a única coisa que tem lá dentro, um pequeno frasco branco com um líquido. Cento e dezoito mililitros de paz. Cento e dezoito mililitros de rendição.

Estou pronta?

Pego o frasco e o coloco sobre a mesa.

65

MARK

A mão é macia, mas insistente, empurrando o ombro dele. Ele acorda, sentindo as costas se contorcerem dolorosamente enquanto se senta.

— Merda. — A voz de Helena se move, e ele ouve o som de um tropeço no tapete. — Você me assustou.

Ele pisca, tentando enxergar no escuro.

— Que horas são?

— Tarde. Terminei. Você pode ler isto?

Ele apoia um pé no chão, pressionando a parte inferior das costas enquanto se senta.

— Agora?

— Não, Steinbeck. De manhã. Acabei de te acordar para perguntar.

Ele passa a enxergar melhor. Os cabelos escuros, o contorno dos óculos. Ela fica no meio da sala, segurando uma pilha de páginas. Ela parece um fantasma, com o pijama pendurado no corpo e os dedos longos como os de um esqueleto.

— Você está sendo sarcástica.

— Deus, você é tapado quando acorda. Sim. Eu gostaria que você lesse agora.

Ele esfrega os olhos, afastando o sono.

— Tudo bem. Me deixe tomar um café.

Mark se levanta, se estica e algo em seu pescoço estala.

Ela acende a lareira. As mãos se movem rápido e sem hesitação, provocando um crepitar. O brilho âmbar arde, depois se expande, e logo a lareira está cheia de chamas.

— Impressionante — ele observa, carregando duas canecas e passando uma para ela.

— Obrigada. — Ela segura a caneca de cerâmica com as duas mãos, trazendo-a para o rosto, e inala o cheiro profundamente. Seu cabelo castanho avermelhado brilha no fogo. Ela não parece um fantasma nessa luz. Nem doente. Ela é linda. Bonita e saudável, como se o fogo estivesse fazendo mágica em suas feições. Ele se acomoda no sofá e pega a pilha de páginas. Helena se recosta e levanta a caneca, tomando um longo gole. Faz um pequeno som de satisfação, mas ele já está perdido, com os olhos na página, ouvindo a voz clara das palavras, como se ela estivesse lendo em voz alta. Ele se acomoda, o café é esquecido e ele lê.

Quando termina, os olhos de Helena estão fechados, a cabeça apoiada no couro, a xícara de café desaparecida e com um cobertor ao seu redor. O fogo está baixo. Uma luz suave vem dali, assim como um estalo quando um tronco se move. Ela abre os olhos e o encara.

— Terminou?

Ele assente. Pela primeira vez em muito tempo, as palavras lhe escapam.

— Sinto muito — ele murmura.

Ela dá de ombros e alisa a frente do cobertor.

— Como está a escrita?

Ele olha para a página final, tentando entender seus sentimentos e separar suas emoções do conteúdo.

— Muito forte. Melhor do que eu poderia ter feito.

— Ah, Deus, não seja humilde comigo agora. — Um canto de sua boca se ergue e é quase como se ela fosse uma pessoa diferente, uma nova Helena, livre dos encargos contidos nessas páginas.

— Não mesmo. — Ele olha para ela. — É... — Ele tenta encontrar a palavra certa, uma maneira de discutir o modo como as palavras o agarraram e o estriparam. — É difícil de ler e muito vívido. É doloroso. Não consigo imaginar passar por isso. Descobrir uma coisa assim. Reagir a isso. É comovente, Helena.

Ela sorri de leve. Em seguida, pressiona os lábios com firmeza e olha para o fogo, os olhos brilhando com lágrimas não derramadas. Respira fundo, e ele pode ver a contenção da emoção e o momento em que ela recupera o controle. Ela passa a mão na bochecha e olha de volta para ele.

— Você falou com Charlotte Blanton? Descobriu se ela é da Virgínia?

— É. — Ele assente, se lembrando do telefonema rígido, e sua mente repentinamente conecta os pontos entre esse manuscrito e a conversa deles. — Ela gostaria de falar com você. Está escrevendo um artigo. Provavelmente sobre o Simon.

Helena torce a boca em um gesto que ele conhece bem, um gesto entre uma careta e uma carranca, a mesma expressão que ela faz quando ele pergunta se ela precisa descansar.

— Não quero falar com ela. Sei que deveria... — Ela tira um pé de debaixo do cobertor, se estendendo em direção ao fogo.

Um minuto se estende para dois, e, quando ela abre os olhos, sua expressão muda.

— O livro não tem muita resolução. — Ela olha para ele, e a conversa sobre Charlotte Blanton parece ter terminado. — Você vai escrever um epílogo?

Ele pega a caneca de café e a coloca de volta no lugar ao sentir a cerâmica fria.

— Um epílogo? — Ele considera a ideia. — O que você quer dizer?

— Não tenho certeza. — Ela mordisca o lábio inferior. — Acho que o que você pensa, o que sente.

— Isso é um pouco ambíguo. — Ele coloca as páginas ao seu lado. — É a nota final do seu livro. Não é uma coisa que eu possa fazer com o ânimo leve.

— Não vai ser autêntico se eu te disser o que escrever. Aguarde até que todas as edições e provas sejam concluídas e veja o que está no seu coração. — Ela tira a mão dos lábios e olha para ele.

— Você quer dizer, depois que você falecer.

Ela não vacila.

— Sim. Pode dizer a eles quem você é ou qual foi o seu papel no livro. Não me importo se souberem que tive ajuda.

Eles. Os deuses em seu mundo, os olhos nos quais o eixo gira. Os leitores. Os críticos. O que eles pensariam? Sua leitura do conteúdo seria distorcida por seu relacionamento com ela? Eles a difamariam ou martirizariam?

— Por favor, faça. Significaria muito para mim.

Ela o observa com olhos sábios demais para uma mulher tão jovem. Olhos que conhecem sua incapacidade de dizer não. Há seis semanas, aqueles olhos imploraram que ele aceitasse sua proposta de trabalho. Muita coisa aconteceu desde então. Uma vida inteira, literalmente a vida inteira. Cada capítulo que ele escreveu parecia uma experiência vivida. Observando-a agora, vendo sua luta... ele está surpreso por ela ter chegado tão longe.

— Claro que vou fazer isso.

Os ombros dela relaxam.

— Obrigada.

O silêncio cai, e ele pensa nos capítulos que acabou de ler, em tudo o que aconteceu nessa casa. Olha para ela, para a palidez de seu rosto, as cavidades sob seus olhos.

— O que você fez foi para proteger sua filha. Qualquer mãe teria feito a mesma coisa.

Os dedos de Helena se contraem sobre o cobertor.

— Nem todas — ela fala baixinho e tem razão. Ellen o faria? É difícil saber. Naquele dia, muitas mudanças minuciosas levariam a cem cenários diferentes, a maioria das quais poderia ter evitado a morte. — Eu era egoísta.

— Você a amava. — Ele diz com firmeza. — Lutou por ela. O que aconteceu, ela estar lá, foi um acidente.

— Eu sei. — Ela inclina a cabeça contra a poltrona, erguendo um joelho, e o abraça contra o peito. — Eu sei.

Ela não sabe. Qualquer pai ou mãe que perde um filho se responsabiliza, mesmo que o ato não esteja relacionado a ele. E, nesse caso, ela acendeu o fósforo que causou o incêndio. Ela nunca vai se perdoar por isso e carrega esse peso há quatro anos. Vai continuar a carregá-lo até morrer. É assim que a vida é, nos dá um fardo para carregar e não dá a mínima para o peso. Nós o empurramos ou estilhaçamos.

— Você acredita que existe céu? — Ela não olha para ele, apenas puxa as mangas da camisa.

— Acredito. A Ellen está lá agora, esperando minha cara feia. — Ele sorri e se inclina para a frente, apoiando os cotovelos nos joelhos. — Imagino que ela tenha uma lista de coisas para reclamar comigo. — O fato de ter dirigido bêbado era uma delas. Ele passou uma noite na prisão do condado por causa disso e ouviu a voz dela a noite inteira, uma avalanche constante de decepção. Só a vergonha foi o suficiente para ele largar a garrafa e buscar ajuda.

— Você acha que vou ver a Bethany? — A voz dela é o mais suave que ele já ouviu.

— Eu sei que vai. Você vai ter a eternidade com ela. — Mark fala com firmeza, acreditando em todas as sílabas, de todo o coração. Ela vira a cabeça de leve, encontra o olhar dele e os lábios se inclinam. Para ela, o movimento é tão bom quanto um alto-falante ensurdecedor. Ele sorri de volta.

66

MARK

Ele espera até o final da manhã, depois que o sol termina sua subida no carvalho, a casa esquentar, o aquecedor ser desligado e a luz inundar as janelas da frente antes de ir até ela. A cama está vazia, e ele volta para o quarto da criança no final do corredor, batendo suavemente na porta antes de abri-la.

O saco de dormir que ele ignorou na primeira vez está em uso. Seu corpo magro está de lado, os cabelos pretos espalhados, os olhos fechados e as duas mãos debaixo do travesseiro. Ela parece tão pacífica que ele recua, não querendo acordá-la. Ao chegar à porta, vê o envelope, apoiado em uma pilha de páginas, com seu nome escrito na frente. Ele olha para Helena e dá um passo à frente. Se agacha e levanta o envelope fino, virando-o. Descola a aba e vê a página escrita a mão, que sai facilmente. Ele lê a primeira frase e cai de joelhos, engatinhando. Puxa o cobertor e sua respiração sai em suspiros. A lã se afasta dela, revelando o pijama listrado. Seu corpo não reage à exposição. Nada se move em seu rosto ou peito, tudo está muito calmo, muito quieto. Ele desliza as mãos por baixo dela e a puxa contra o peito, enterrando o rosto nela, sufocando seu nome quando ela cai, flácida, contra ele.

Fechando os olhos, ele a segura com força, sentindo a pele fria e sem resposta, e soluça.

Querido Mark,

Sinto muito que tenha sido você a me encontrar. Sinto muito por não ter te avisado. Mas, por favor, não lamente minha morte. Por favor, celebre minha vida, o pequeno trecho de felicidade que você trouxe para ela. Você fez meus meses finais significarem alguma coisa. Me deu o maior presente que alguém poderia dar a outra pessoa: paz. Estou em minha fase mais feliz desde que ela morreu. Finalmente estou pronta para me perdoar. Nunca houve um momento melhor para minha partida.

A droga que tomei é um sedativo pesado, que me foi prescrito por dois médicos de Vermont, especializados em suicídio assistido. Vou morrer enquanto durmo e não vou sentir nada. Quando você ler isto, minha dor e tristeza terão terminado e eu estarei com Bethany. Mal posso esperar para tocar o rosto dela. Mal posso esperar para abraçá-la e contar tudo sobre você, o bebê de Mater e aquela noite em que você me sequestrou, me forçou a assistir Matthew McConaughey e a comer doces contrabandeados.

Não posso suportar ver o rosto de Charlotte Blanton. Sou muito egoísta para ouvir a história dela. Suponho que ela esteja procurando por um desfecho e querendo entender melhor o homem que tirou sua inocência. Não conheço esse homem. Só conheço meu marido. Sei as coisas que eu amava nele. E as coisas que odiava. Nenhuma delas me deu qualquer dica sobre os segredos dele. Na sala de mídia há uma mochila com todas as fitas. Por favor, entregue a ela, juntamente com a carta que coloquei em cima e uma cópia do manuscrito.

Eu não poderia ter escolhido um escritor melhor para contar minha história. Você é verdadeiramente talentoso, um dos melhores que já li. Em todos os seus romances, encontrei inspiração. Em nosso romance, encontrei a verdade e o perdão para mim mesma.

No fim desta carta estão as cenas finais da nossa história. Além das provas, gostaria que você a mantivesse o mais original possível. Na minha mesa você vai encontrar mais alguns capítulos, lembranças aleatórias que escrevi e que mantive guardadas até agora. Lamento não ter contado a você mais cedo sobre Simon. Era importante que você escrevesse minhas impressões sobre ele de maneira ingênua. Não queria essas lembranças contaminadas pelo que descobri mais tarde. Queria que o leitor entendesse como *eu era tola. Eu queria que eles entendessem por que eu fiz, reagi e falhei, como aconteceu.*

Por favor, não fique triste por mim. Por favor, por um momento, não lamente. Todos sabíamos que isso aconteceria. Eu precisava partir do meu jeito. Encontrar a paz em mim mesma e não perder mais esse sentimento.

Neste momento, posso senti-la sorrir. Neste momento, quase lembro dos abraços dela. Quero estar com ela. Quero terminar com o que quer que seja esta vida. Se existe um paraíso, estou pronta para ele. Se houver um inferno, acredito que não estou destinada a ele. E, se não houver nada além de esquecimento, estou pronta para fechar os olhos e afundar no vazio. Estou pronta para o nada. Para dizer adeus a este mundo e morrer.

Você é um bom homem. Gostaria de ter tido um pai como você. Gostaria de ter me casado com um homem como você. Queria que tivéssemos nos tornado amigos e não inimigos ao longo dos anos. Gostaria que Bethany pudesse ter te encontrado e conhecido você. Que eu pudesse ter te conhecido há muito mais tempo do que conheço.

Obrigada pela sua amizade. Obrigada por suas palavras. Obrigada por me ajudar com a tarefa mais importante da minha vida. E obrigada por juntar as peças, depois que eu me for. Estou ansiosa para ler seu próximo livro lá no céu.

*Sua amiga,
Helena*

67

KATE

Kate muda de posição e abre a porta devagar, saindo do carro e encontrando os olhos do homem que está parado na entrada, com as mãos nos bolsos. Dá um passo em sua direção, e Mark abre os braços, puxando-a contra o peito. Ela o segura pela cintura, com o rosto virado contra a camisa dele, e desaba, o peito arfando com os soluços, as lágrimas inundando seus olhos, umedecendo a flanela. Ele a aperta com força, apoiando a bochecha contra o topo da cabeça dela, e o calor do seu abraço é a única coisa que a mantém firme.

— Ela não sentiu nenhuma dor — ele diz, de forma brusca. — Perguntei aos paramédicos sobre isso. Ela foi dormir ontem à noite e não acordou.

Ela assente, engolindo em seco.

— Posso vê-la?

— Se você quiser. — Ele acena em direção à ambulância. — Ela está lá.

Até que ela a veja, quase não acredita. A morte parecia um caminho muito fraco para Helena. O pensamento de um mundo sem ela, sem mais histórias de Helena Ross, sem seus e-mails semanais, regras e opiniões... em um pensamento rápido, é como se Kate tivesse perdido toda a razão de existir. Helena simplesmente não pode estar morta. Não pode ter ido embora. Ela não pode.

No entanto, lá está ela, com o rosto pálido contra a maca barata.

Kate pisca rapidamente e as lágrimas escorrem pelos cantos dos olhos. Ela estende a mão para a frente e agarra o suporte da maca. A emoção a atinge. Seu coração não está preparado para isso. Isso não deveria acontecer ainda. Ela deveria ter mais tempo para se preparar, deveria se manter calma, fria e capaz de lidar com isso. Não deveria partir pela metade. Sua boca treme e ela aperta os lábios com força.

— Ela deixou uma carta para você — Mark fala, do lado de fora da ambulância. — Pode ajudar se você ler. Foi o que aconteceu comigo.

— Uma carta? — Kate se vira para ele, surpresa. — Para mim?

Ele recua, puxando um envelope do bolso e estendendo para ela.

— Aqui. — Ele dá um passo para atrás. — Estarei na cozinha quando tiver terminado.

Ela pega cuidadosamente o envelope, se afastando enquanto os paramédicos lotam o espaço. A maca de Helena é presa no lugar enquanto eles se preparam para sair. Seguindo para a entrada da garagem, ela se senta no concreto e tira o papel do envelope.

Querida Kate,

Te dei regras porque eu tinha medo. Nunca duvide da sua capacidade. Nem pense em mim de qualquer outro modo exceto como uma chata. Fui terrível com você. Por favor, me perdoe. Isso veio da culpa e do ódio que eu sentia por mim mesma. Por favor, nesta carta final, me permita ter mais alguns momentos como mandona.

1. No armário de arquivos da área de serviço está o meu testamento. Meu advogado é o executor, e as informações para ele estão listadas dentro da pasta. Por favor, ligue para ele. Vou poupar o drama de pensar no seu conteúdo. Estou deixando todos os meus bens para as vítimas de Simon Parks. Estou pedindo a Charlotte Blanton que as localize com base no conteúdo das fitas de vídeo que Mark vai dar a ela. Espero que, dada sua história em Wilmont, ela reconheça a maioria delas.

2. Também na área de serviço, há uma pilha de manuscritos não publicados. São obras que nunca me senti à vontade para lançar. Sinta-se livre para ler e ver o que acha. Você sempre foi honesta comigo em relação à minha escrita. Por favor, leia da mesma maneira crítica. Se achar que há algum de qualidade, sinta-se à vontade para lançar. Se precisar de reescrita, peça a Mark para coescrever esses títulos. Entendo que isso está além dos seus deveres-padrão. Permita que esta carta atue como autorização para que meu espólio lhe pague uma comissão de quarenta por cento sobre esses títulos. Você é uma das poucas pessoas em quem confio para não deixar que as vantagens econômicas superem seu julgamento sobre o conteúdo.

3. Quanto a este romance, eu o editei e reescrevi à medida que avançamos, por isso acredito que esteja bastante lapidado em seu estado atual. Envie para Tricia Pridgen e tome as providências para que todos os recursos de vendas sejam depositados em uma conta de garantia para futuras vítimas que Charlotte possa encontrar. Estou certa de que estou esquecendo alguma coisa. Também tenho certeza da sua capacidade de tomar as melhores decisões em meu nome. Não hesite se for confrontada com uma pergunta. Você sabe a resposta, especialmente no que me diz respeito.

Obrigada. Nunca disse isso o suficiente e é muito pouco dizer aqui. Mas é sincero. Obrigada por tudo que você fez pela minha escrita e pela minha carreira. Obrigada por me transformar em um dos maiores nomes do nosso mercado. Obrigada por sua orientação e sabedoria e por tornar possível passar grande parte da minha vida fazendo o que eu amo. Eu admiro você e nunca demonstrei isso o suficiente.

Com amor,
Helena Ross

Ela lê a carta duas vezes, depois se recosta no cimento, olhando para os galhos da árvore enquanto mais lágrimas escorrem dos seus olhos.

Eu admiro você e nunca demonstrei isso o suficiente.

Ela sufoca uma risada. Maldita Helena. Se tornando humana nos momentos finais da vida.

68

CHARLOTTE

O telefone toca, e ela o ignora, mantendo a caneta em movimento enquanto ouve a voz tensa de Janice Ross vindo através do minigravador. Faz uma anotação e pega o boletim de ocorrência da polícia, destacando o tempo da ligação da casa de Simon Parks para a emergência, o boletim de desmaio da filha, a incapacidade de fazê-la acordar. Ela faz uma pausa na fita e olha para a página enquanto seus olhos percorrem os fatos, tentando entender as circunstâncias. Cinco meses de trabalho. Cinco meses de busca por todos os Simons Parks, mortos e vivos, do país. Cinco meses investigando denúncias de estupro e tentando encontrar outras vítimas. Cinco meses sem nada e agora há um monte de peças que ela não consegue juntar. Ela ouve o som de uma batida contra a madeira e se vira para ver sua editora, uma mulher cuja paciência com o tema Simon Parks está começando a diminuir. Hoje, no entanto, seu rosto é amigável.

— O setor de entrega acabou de ligar. Tem alguma coisa para você na recepção.

Ela se afasta da mesa lentamente, fazendo uma anotação final na página antes de enfiar os pés descalços nas sandálias e ficar em pé, caminhando até a área da recepção sem pressa. Ela vira no corredor e diminui a velocidade quando vê a pilha de caixas arrumadas no alto do balcão.

— Tudo isso é para mim? — ela pergunta à recepcionista, estendendo a mão e assinando o formulário de liberação.

— Sim. Este envelope veio junto. — A mulher passa um envelope grosso de papel pardo por cima. De olho no nome do remetente, o coração de Charlotte acelera.

Pegando o envelope, ela olha para as caixas.

— Pode pedir que alguém leve para a minha sala?

Ela não espera por uma resposta. Em vez disso, volta para sua mesa, abre às pressas o envelope e puxa uma pilha grossa de páginas.

Prezada Charlotte,

Eu não sabia quem você era. Se soubesse, talvez não tivesse te evitado. Ou talvez sim. Não sei. Vi um vídeo do Simon há quatro anos e tentei esquecê-lo desde então. Me escondi quando poderia estar ajudando. Por favor, me perdoe. Eu estava de luto pela morte da minha filha e brigando com a culpa. Estava me convencendo de que eu era a vilã e a vítima, e perdi completamente de vista as crianças e mulheres como você.

Não posso consertar os últimos quatro anos. Não posso voltar vinte, antes que ele se tornasse um monstro. A única coisa que posso fazer é seguir em frente e pedir que você me ajude. Com esta carta deve haver várias coisas. Uma é um manuscrito, a história do meu relacionamento com Simon e a verdade sobre a morte dele. Sinto muito por não compartilhar essa história com você pessoalmente e por não ouvir a sua. Além do manuscrito, haverá várias caixas. Elas contêm todas as fitas de vídeo que Simon tinha. Não as assisti. Espero que a maioria delas seja de gravações inocentes, mas temo que sejam casos documentados de pedofilia e abuso sexual. Há também o laptop do Simon e o disco rígido do computador. Não sei as senhas, mas meu espólio vai custear a análise forense necessária para extrair quaisquer arquivos incriminadores que possam existir.

Se você está recebendo esta carta e esses itens, eu faleci por uma combinação de câncer terminal com assistência farmacêutica. Na morte, espero ser uma pessoa melhor do que fui em vida. Espero corrigir alguns dos erros de Simon, e estou escrevendo para pedir sua ajuda para fazê-lo.

Entendo que você é uma jornalista investigativa. Seu trabalho é encontrar e descobrir segredos, pesquisar. Gostaria que você localizasse as vítimas do Simon usando as fitas e os arquivos de computador dele. Nomeei um executor, um advogado que vai compensar igualmente cada vítima documentada que você encontrar. Não há como reembolsar a inocência de uma criança, mas o dinheiro é a única coisa que tenho para dar a elas. Dinheiro e a paz de saber que ele está morto. Espero que isso ajude de alguma maneira a luta delas. Você será, obviamente, a primeira vítima recompensada. Meu advogado também vai reembolsá-la por qualquer viagem ou outras despesas incorridas na busca e confirmação das vítimas. Se precisar de uma compensação adicional pelo seu tempo, solicite isso a ele.

Ganhei a vida através das palavras, mas estou sem saber o que dizer para você. Nunca vou entender o que passou. Nunca vou entender como me apaixonei por um homem que fez coisas tão terríveis.

Obrigada por entrar em contato comigo. Lamento ter medo de falar com você. Lamento que, neste momento, esteja usando a minha posição de covarde e te escrevendo em vez de falar com você pessoalmente.

Agradeço antecipadamente pela sua ajuda.

Atenciosamente,
Helena Ross

Ela passa direto pela porta do escritório. Então se vira, entra na pequena sala e afunda na cadeira, relendo as últimas linhas da carta enquanto coloca a pilha de páginas sobre a mesa com cuidado. Move a carta para o lado, o próximo item a fazendo parar: um cheque preso no topo de uma carta assinada por um homem chamado Antonio Sacco, um advogado de Nova York. Ela ignora a carta e observa repetidamente o cheque. Os sons do escritório, o frio no ar, tudo desaparece com a visão do cheque verde-claro com a letra elegante e pequena. O nome dela está em evidência. A quantidade a faz arregalar os olhos. Um milhão de dólares.

Engraçado como, em um único momento, toda a sua vida pode mudar.

Ela move o cheque com precisão, escondendo-o embaixo da carta de Helena, e depois pega o manuscrito. É o primeiro que já segurou. São centenas de páginas grampeadas, a página de rosto simples, apenas com o título e o nome de solteira de Helena.

PALAVRAS DIFÍCEIS
Helena Ross

Ela se recosta na cadeira, colocando um pé embaixo do corpo, e vira a página de rosto.

Epílogo de *Palavras difíceis*

Caro leitor,

Helena Ross morreu quatro anos após a morte de seu marido e de sua filha. Foi colocada para descansar no cemitério de New London, ao lado da filha. Sua lápide é simples, e foi escolhida logo após seu diagnóstico terminal. O mármore foi impresso apenas com seu nome, anos de vida e duas palavras: Sinto muito.

Antes de morrer, ela me escreveu uma carta, que agora está emoldurada no meu escritório, bem ao lado da primeira carta que recebi dela. Helena não era uma mulher fácil de amar, mas tocou minha vida de uma maneira que poucas pessoas já fizeram. Vou sentir sua falta nela. Vou sentir falta das suas histórias. Vou sentir falta dos seus sorrisos raros e difíceis de conseguir.

Gostaria que vocês pudessem ter conhecido a mulher por trás de suas histórias. Este romance oferece uma visão geral, mas não mostra a pessoa que ela se tornou após o término desta história. Quando conheci Helena, ela era uma bola de pesar e culpa ferida, e seu foco estava apenas em uma coisa: contar esta história. Ela queria confessar seus crimes e explicar suas motivações. Para muitos de vocês, especialmente para os fiéis leitores de Helena Ross, este livro será uma decepção. Não há final feliz escondido neste epílogo. Não há solução para a tristeza que você possa estar sentindo. A maioria dos romances de Helena foi escrita para entreter. Este livro foi escrito por uma razão completamente diferente. O livro era para ela. Era, ao mesmo tempo, seu castigo e sua absolvição.

Desde sua morte, entreguei várias mensagens de Helena, palavras finais que ela nunca teve a chance de dizer.

Esta mensagem, de longe, é a mais importante. Você, leitor, é o destinatário mais importante de todos. Obrigado por ouvir a história dela. Obrigado por apoiar o trabalho dela, mesmo que não apoie suas decisões finais.

Somos escritores, e nossas vidas não são as que vivemos, mas os personagens que criamos. Esse personagem foi o mais verdadeiro até hoje. Se você a ama ou a odeia, espero que ela tenha feito você sentir. Espero que ela tenha tocado seu coração. E que, ao fechar este livro, você aprecie a vida nestas páginas.

Helena, quando você ler estas palavras no céu, saiba que é amada e que faz muita falta.

Seu amigo,
Mark Fortune

Fim

Helena Ross (1984-2016)

Impresso no Brasil pelo Sistema Cameron da Divisão Gráfica da
DISTRIBUIDORA RECORD DE SERVIÇOS DE IMPRENSA S.A.